Staread
星文文化

挽香月

黑颜 —— 著

成都时代出版社

尾声		127
第十章	愚人	114
第九章	媚月	102
第八章	妒意	089
第七章	冷夏	077
第六章	重逢	067
第五章	绝命	054

尾声		274
第十章	永世	262
第九章	龙源	247
第八章	骗他	233
第七章	钟情	220
第六章	追缠	208
第五章	相濡	194

目录

挽香月

楔子　003

第一章　初见　005

第二章　命缘　018

第三章　艰险　031

第四章　患难　044

焰娘

楔子　133

第一章　得救　138

第二章　孤煞　151

第三章　起誓　165

第四章　相思　179

挽香月

楔子

雨湿桃花，烟笼层林。

几间简陋的茅舍静静地卧在桃林中，似一个个隐者，寂寥中透出几分悠然。

"你……真要回去？"清冷的声音，语气温柔，夹着淡淡的忧郁，从撑起的木窗中飘出来。人影晃动，一个素衣男子来到窗前，幽远的目光落进桃林深处。

修眉长眸，男人如月一般清润动人，眉心血痣艳红如火，却并不显得妖娆，只是为那纯净的温雅略添了一丝媚色。

"你知道，我不得不去。"低沉浑厚的男声在屋内响起，透着浓浓的无奈。

素衣男子嘴角微微上扬，一抹苦涩悄然浮上深黑的眼眸。"你我都被出身所累，为父皇兄弟所猜忌，才不得不做个闲散不羁之人。天下人都知你我两个'无用之人'一见如故，乃莫逆之交，却不知，你我早已联手，誓要终结两国纷争、钩心斗角，可如今你却要背弃承诺。若真如此，当初结拜时说的'永不为敌'，岂不可笑？"

"雁北……"伴着沧桑疲惫的叹息声，一个黑衣男人来到窗边，俊美刚毅如同雕刻的脸上写满无奈，"你要记着，无论怎样，我都不可能让你为难。"

素衣男子冷冷地笑了笑，说："可曾记得，你也说过，哪怕全天下人都背叛我，你也不会？"

黑衣男人僵住，抬起头，痛苦和矛盾的情绪在脸上交织，但最终还是回归了坚毅。

"对不起，雁北，对不起……"黑衣男子似乎知道自己快要失去一些很重要的东西，但他却无能为力，"我没有办法眼睁睁看着我母亲郁郁而终，没有办法……只能听从君命，带兵压境。"

"够了！燕子叽。"素衣男子脸上凝起了严霜，一想到有朝一日，至交好友要踏马挥刀，杀掠自己的国人，将他们的誓言抛诸脑后，他就浑身战抖。

"雁北……"燕子叽无言以对。

凤雁北冷笑道："燕子叽，你当我凤雁北是一个心软懦弱之人，你会付出代价的！""代价"二字他几乎是从牙缝中挤出来的，语罢，蓦然转身拉开木门决然而去，丝毫不理会燕子叽的呼喊。

木然看着那修长挺拔的身影消失在湿透的桃花林深处，很久，燕子叽无力地垂下手。

窗外，细雨纷飞，不时带落粉红的桃花。

谁知，春方至，而人已散……

第一章

初见

日光昏暗，风呼啸而过，扬起漫天尘沙，似浓浓的雾，笼罩着一切。

数排泥土夯筑而成的简陋房屋安静地躺在光秃秃的山脚下，与一座荒凉的土城遥遥相望。几棵叶子稀落的枯瘦杨树立于屋旁，风吹动树叶，沙沙声响起，更添寂寥。

"阿桂，你起了吗？不多睡一会儿？"一个透着睡意的女子声音从一间矮屋内传出来，惊扰了苍茫的寂静。

"嗯……睡不着。"簌簌的穿衣声随着另一个较柔的女声响起，"我去洗衣服，你有没有要洗的？"

"在炕头上……不行，倦死了……腰好痛……"

"你好好歇着，等我回来给你揉揉。"

"唉……这日子要到什么时候才是个头啊?!"

静默。仿佛被蒙了一层黄纱的阳光洒在矮小简陋的土屋上，非但没让人感觉到丝毫的暖意，反而衬得凛冽的朔风更加可怕了。

轻轻的脚步声向着门边而来，厚重的门幔被掀起，里面钻出一个穿着大花袄裤的女子。白净的脸,有些江南的温柔,却细眉细眼的,并不出众。她端着木盆子,里面装着满满的脏衣,虽然正值花样年华,低垂的眼角却有着淡淡的疲惫。

她沿着土屋间的空地而行,一路上偶尔遇到打扮相似的女子,却并不互打招呼,只是擦肩而过,仿佛素不相识的路人。

走出土屋区,入目的是黄沙与白草相间的空旷平野,数十个一组的白色营帐像洁白的花朵一样密布其上。兵士训练的声音及马嘶声被风吹过来,充满了肃杀的味道。

她早已麻木得不剩任何感觉,只是随意地扫了眼,便循着荒草丛中纵横交错的小路中的一条径直走下去。走了约莫半炷香时间,前面出现一条小溪,在稀疏的树林间蜿蜒细淌。

在平日洗衣的石边停下,还没碰到那泛着粼粼波光的水,她已不由自主打了个寒战。她的根在南方,即使过再多年,依然无法适应这里的寒冷。

她深吸一口气,挽起袖子,将盆里的衣服全部浸湿,泡在石边浅水中。

笑声玲玲像以前家里檐下挂着的风铃在响,吸引了她的心神。雪白的小脚蹚着水走了过来,在她面前停下。

"军营里是不能有女人的,你怎么在这里?"风铃般的声音从头顶上飘下来,带着快乐。

香桂抬头。眼前的女孩豆蔻花开般的年纪,飞扬的眉,明媚的眼,唇角梨涡一不小心便盈了醉人的甜。

"我……叫香桂……"她不知所措,由下往上看去,更加让她感到自己的卑微与渺小。

女孩咯咯地笑,小脚一扬,溅了她一头一脸的水。"你别怕,我也是女人来着。我叫莫商。"女人和女孩是有区别的,只是她懵懂不知。

笑是会感染人的,香桂以为自己看到了家乡塘边随风轻舞的柳条、塘中迎日而红的荷花,她不是个有书卷气的女子,却觉得自己从来没有这样诗情画意过,心中便也有些得意,甚至忘了去擦头脸上的水。

"你快上来吧,水冷,会病。"香桂病过,差点儿再也爬不起来,至今想起仍心有余悸。

"嘻嘻……"莫商笑得天真烂漫,不但没上岸,反而还故意在水中蹚过来蹚过去,小巧的玉足踩在溪底的鹅卵石上,反射着阳光的清澈水流在她白皙纤细的小腿肚边缓缓滑过,"没关系,很舒服呢,不信你也下来试试。"

香桂觉得头皮都起了鸡皮疙瘩,摇头道:"我以前没见过你,你是上营的?"除了同样身为营妓,她想不出眼前的少女有什么理由可以随意地在这个地方玩水。除了上营,她更想不出何处能容下这样的美丽。

"上营?"莫商有些诧异,恰在此时一声厉啸从空中传来,她被吸引,抬头追踪苍茫的天宇中那雄健自由的身姿,好半天才回过神,"那是什么地方?"

样式简单的衫裙,却是上上等的料子,连绣在衣角袖口的翠竹亦非凡品,加上她身上仅有的两样饰品,一只手腕所戴的碧蓝色镯子和腰间垂着的玉佩,任何一样都不是营中女人所能拥有的——即使是上营的女人。香桂突然有所悟,不再言语,弯下身开始洗衣。

久等无应，莫商不耐烦地踢了踢水："喂，你怎么不回答？"

水又溅到香桂的脸上，她抬起手臂用袖子揩了，依旧闷不吭声地洗自己的衣服。

莫商觉得无趣，上了岸。她其实有些不明白，好好的，怎么突然这人就不和她说话了。可是她不是死皮赖脸的人，不勉强也不生气，只是双手抱膝坐在岸边，下颌搁在膝上，歪着小脸看女人一下又一下地捣衣，清澈的眼中充满了兴趣。

"喂，姐姐，你家住哪里？我可以去玩吗？走到哪里都是男人，闷也闷死了。"看着香桂洗完衣，端起木盆准备走，莫商突然开口，一脸的乞怜。

即使是这样的表情，也比上营青双姑娘冷漠的表情看上去高贵许多。连求人也没有丝毫卑微的感觉，只有血统真正高贵的人才能做到吧。香桂摇头，不认为她所在的下营是眼前女子能去的地方。

"不闷？怎么可能会不闷？"莫商提高了嗓音，完全曲解香桂的拒绝，"下午我带你去军营里逛一圈你就知道有多烦了……"

"我是下营的，"香桂认真地看着女孩儿，耐心地解释，"那里住的都是最下等的女子，你别去那里，不好。"而且军营也不是香桂能随便逛的。

莫商眨了眨眼，正欲说话，马蹄声起，疏林外数匹马正离营向这边驰来。她无奈地叹了口气，苦笑道："不就是出来逛逛嘛，用得着这么大的阵仗？早知道就偷偷跟在他后面还自由一些。"一边说一边飞快地穿上鞋袜。

十二名虎背熊腰的青衣大汉众星捧月般簇拥着一个白衣华服

的男子,像旷原上一群剽悍的猎豹向两人扑来。即便还离得远,香桂也被那气势压得喘不过气来,脚下不自觉地往后退,似乎想将自己藏进草丛里。没少看见打仗,但她的胆子却丝毫没有变大。

敏感地察觉到她的害怕,莫商安慰道:"别怕,那是来寻我的。"话音未落,人已经钻出了树林,向她招手。

近了,一群人的面目渐渐清晰可见。当枭雄之气满溢之时,能吸引住人目光的绝对是足以与之抗衡的平和从容。修眉长眸,为首的白衣男人容颜清逸出尘,一粒鲜红的眉心痣衬得他如秋月一样温雅柔润。

香桂几乎看呆,平生没见过这么好看的人,恍惚觉得自己像是在做梦。

一声呼哨,十二匹骏马在数十步远处倏然立定,只有白衣男人直趋而前。

"小商。"低柔沉稳的声音在空中飘散。

莫商抓住那向自己伸出的修长大手,随着他的力道纵身而起,轻盈地落在男人身前。通体火红的骏马驮着两人,仿佛闪电一般在香桂面前凌空画出一道漂亮的弧线,转身回驰,没有一丝停滞。

"凤雁北,带我的朋友一起。"

"战马之上不带营妓。"温柔的声音,没有鄙夷,却自有一股高高在上的贵气。她们贱如野草,即使连看一眼都不屑,又遑论在其上投注分毫心思。

"营妓!"随着疑惑的低吟,莫商回头,视线越过男人的肩,留下淡淡的惋惜和抱歉。

香桂眨眼,笑,然后冲着莫商使劲儿地挥手。不是没有听到两人的对答，可是她并不生气。有什么理由生气呢？

两人一骑穿过一排黑色骏马往前驰去，叱呵声起，十二名青衣大汉纷纷原地掉转马头尾随其后。蹄声轰鸣，渐渐远去。

"凤雁北。"傻傻地笑着，香桂以几不可闻的声音低喃这个名字，仿佛声音稍大一点就会亵渎名字的主人似的。

他是天上的月亮吧！摸也摸不着，碰也碰不到，只能仰起头远远地看，但就算只是这样，也会让人很开心呢。

"是一年中最美丽的那轮月亮……"香桂在心里对自己说，笑得很满足，端着盆走出了小树林。

回到下营，香玉已经起来了，正在梳头。香玉比香桂长得好看一些，也精明一些，所以她总是骂香桂是傻子。香桂只是笑着听，不恼，她觉得自己的确很笨，于是总是埋头闷不吭声地做很多很多自己能做的事。人笨啊手脚就要勤快一些才好，不然就真的一点儿用也没有了。

"阿桂，你看，我好不好看？"香玉回头。她梳了一个别致的发髻，又簪了一支不知是谁送的金灿灿的凤头钗，看上去倒也清秀可人，只是眉眼间有着掩不住的风尘沧桑。

"好看。"香桂老实地回答。香玉会打扮，所以来找她的都是一些长得比较好看的士兵，还不时有人送她一些首饰之类的小东西，不像自己……不过，其实也没差别，大多数时间都是黑灯瞎火的，好不好看又有什么关系？

香玉满意地笑，沉默了一会儿说："阿桂，我想脱离娼籍。"

正在门口晾衣服的香桂闻言，动作慢了下来。

"咱俩年龄都大了……这身子渐渐看着也应付不过来了，

唉……"香玉一向比香桂想得多。

"脱了这个,能做什么呢?"香桂无力地垂下肩,脑海中莫名浮起那个高高在上的月亮,思维有些懒,她不是不想,只是十五岁就被分配到营中,什么也不会,常人的生活对她就是一个摸不着边的世界,陌生得让人恐惧,"而且……这个籍也不是想脱就能脱的,上次那个秋海棠不是就没被允许吗?"秋海棠是上营的名妓,深得将领们的喜爱。

"回南边儿,那儿暖和,找个老实的男人嫁了。"香玉早做好了打算,她受够了这里的气候,"我们没名气没长相,比不得秋海棠,还赚不着爷们儿的疼。再早个几年可能真不好说,那会儿嫩,现如今他们怕巴不得我们快快离开,好换一批新人!"

听着这话,香桂没了晾衣服的心思,靠着门框滑坐在门槛上,看着脚下踩的黄土地,有些不知所措。她不像阿玉,她私底下没存到什么钱,离开这里,不要说嫁人,能不能回到南边都是一个问题。但是阿玉说得没错,她们年纪大了,早晚都是要离开的,与其等到没用时被遣散,还不如趁这会儿,青春还未完全抛弃她们的时候离开。嫁人也好,出家也好,总胜过在这里挨日子。

"阿玉,你看见过像天上月亮一般的人儿吗?"她莫名其妙地问了句完全不相关的话,轻轻咬住下唇,又想起了那个凤雁北和莫商。他是什么人呢,竟然生得那样好?

"又犯傻了!"香玉摇头叹气,"哪里有那样的人?快晾好衣服来歇歇吧,待会儿怕老妈子又要来派事儿了。"香玉虽然总是好占些强,大多事都推给香桂做,但心其实不坏。

香桂应了一声,从门槛上站起,想到自己竟然看到了阿玉也没有看到过的好看的人儿，而且其中一个还同自己说了话，心里就像是藏了一个天大的秘密一样，一边晾衣服，一边自个儿偷偷地乐。

凤雁北唇角噙着一丝意味不明的浅笑看着厅心抚琴而歌的绿衣美姬，修长的手指有一下没一下地敲着面前的案几，音止他却不予任何评判。他的身旁是笑意盈盈的莫商，两名青衣大汉按剑跪坐其后，虽非横眉冷目，却自有一股压人的气势。

歌声停止，莫商率先鼓掌叫好，惹来两侧将领官员纷纷附和。绿衣美姬退下，座中站起一中年将领，一脸讨好地向凤雁北道："六王爷，青双已准备好，是否让她来为您侍酒？"

凤雁北唇角笑意加深，端起青铜酒杯，指腹温柔地摩挲着杯沿，却并不送至唇间。

"早就听说西北军营妓中有一个叫青双的冰雪美人儿，原来真有此人，"莫商眼中放出晶亮的光芒，拍手笑道，然后侧过脸眼含期待地看着凤雁北，"我很想见她呢。"

谁也不知莫商是何人，谁也不敢小觑她。毕竟能与权倾朝野的六王爷比肩而坐的，想来也不是一般人。

凤雁北狭长的眸子沉下，美酒入唇，冲那等着他回应的将领微一点头算是应允。

"待会儿可别追着问我谁比较美的蠢话。"在那将领吩咐下去的当儿，凤雁北向莫商偏了偏身体，以仅两人可听到的耳语声淡淡说道。

莫商轻轻哼了一声，刚要回话，眼前突然一亮，仿佛狂风卷着大雪，一团白影从门外以极速旋转进大厅，点点银光从影心射来，让人目眩神迷。

"剑舞！"莫商一把抓住凤雁北的手臂，惊喜地叫了起来。

鼓点声骤起，伴随着舞者的节奏，一下一下仿佛敲在观者的心上。

剑影闪动，所有人都不禁屏住了呼吸，为那轻盈的舞姿所慑。

"来如雷霆收震怒，罢如江海凝清光。"

何时起，何时止，没有人想得起，只是回过神时，厅心已站着一袭娜美女，双手持剑，悠然从容。艳丽夺目，但也冷傲逼人。

凤雁北目光一闪，与那不卑不亢的眼神对上，而后微微一笑。

"奴婢青双见过六王爷。"女子敛目，负剑盈盈拜倒。

"青双姑娘手中之剑寒气迫人，必非凡品，不知有何名目？"出乎所有人的意料，凤雁北不仅没有抢上去扶起美人儿，甚至没让她起身。

青双垂首，嘴角浮起一丝冰冷的笑，从容道："回六王爷，左手之剑为情斩，右手之剑为恨断，此二剑原非青双所有，乃是家姐遗物。"说到此处，她突然抬起头，直直地看向凤雁北，脸上浮起浓烈的恨意，"家姐为人所负，以情斩自刎了断，此剑沾有她的血，故如此锋寒。"

两旁之人都察觉到不对，却无人敢在六王爷发话之前喝退这看起来有些古怪的青双，只能密切注意着她的举动，以防出现意外。

"是吗？这剑倒是好剑，可惜……"凤雁北低吟，不无惋惜。

青双脸色一变，怒气加深："不知王爷是可惜剑还是可惜人？家姐——家姐——闺名可儿，王爷可还记得有这么一个人？"质问的声音中隐含着泣意,那一对丰润饱满的唇无法控制地轻轻颤抖着。

"放肆！竟敢对王爷……"原先吩咐青双上来侍酒的中年将领脸色一变,从座中站起身,想将莫名无礼的青双喝退,不想被凤雁北一个淡漠却威严的眼神扫得收住了声。

目光回移,凤雁北一脸兴味地看着那张因仇恨而变得分外明艳的脸,温和地道:"不记得了。"他的记忆中,很少有人能停驻。

青双俏脸瞬间惨白,握着剑柄的手一紧,冷冷地笑了起来:"负心薄幸！可儿,你可看清楚了……"语音未落,她已从地上弹起,如离弦之箭般射向上位的凤雁北。

在座有数名武将在青双表情不对的时候就提高了警惕,此时见她突然发出攻击,纷纷从席中跃起,只是她速度太快,已拦截不及。

眼看着双剑即将及身,凤雁北却若无其事地一扬头,饮尽杯中之酒,同时也将自己最脆弱的喉咙暴露了出来。

青双神情微动,因他这状似无意的动作隐隐感到不安,只是剑势已去,再无收回的余地,而她也无心收回。

剑尖只差一分就可以触到凤雁北的肌肤。

一老将大喝一声抛出手中酒杯欲挡她一剑,突然旁边伸过一只如兰花一样纤美的小手,在酒杯到达之前,曲指连环弹出,不偏不倚,恰好弹在离剑尖两寸的两剑剑身之上。

两股古怪的力从剑身传至握剑之手,仿佛有魔力一般轻而易举地化解了青双灌注在剑身的力量,两剑瞬间落地。下一刻,青双双腿一软,向前跌去,落进凤雁北的怀里。

"啊——啊——竟然用这种方式投怀送抱!"莫商不依地叫了起来,抓着凤雁北的手臂不肯放。

凤雁北啼笑皆非地瞪了她一眼,明明是她做的好事,还在这里大呼小叫!他垂眼,怀中女人不知是因气恼还是羞辱,雪白的肌肤染上绯色,美得不可方物。

真是个美人儿啊!他微笑,扬眼,看向一干面如土色的边塞官员。而他的身后,两名青衣侍卫由始至终连眉毛也没动一下。

这夜开始,上、中、下三营所有营妓全部被监控起来,不得出入,并严禁士卒前往营妓处寻乐。下营的女人消息闭塞,不知道发生了什么事,以为要大祸临头了,人心惶惶。

莫商找到香桂的时候,她正与香玉忐忑不安地等待着可能会到来的祸事。两人恐慌的反应大不一样,香玉比较消沉,成日躺在炕上,妆也懒得梳了;香桂却愈发勤快起来,把屋里屋外打扫得一尘不染,连粗陋的器具也擦得锃亮。

"也不知活不活得过明天,你弄那么干净给谁看啊?傻子!"无精打采地看着香桂忙进忙出,香玉裹着棉被靠墙坐着,还不时谩骂两句。

香桂原本就木讷,现在愈发不爱说话了,只是做自己的,也不搭腔。她一手端起水盆,一手掀起门幔准备将刚擦洗完器具的脏水泼出去,不想竟对上一张笑得比春花还娇艳的脸。

"姐姐!"莫商跳到香桂跟前,兴奋地叫道。

香桂吃了一惊,忙将水盆放到地上,将莫商拉进屋:"你怎么来这儿了?这两日不大安生,你别乱跑啊!"

"我来看你。"莫商笑嘻嘻地道,一点也没被四周紧张的气氛影响,"我有麻烦了,想请姐姐帮忙呢。"

麻烦?她那样子哪里像是有麻烦啊,倒似在问吃不吃饭一般!香桂有些好笑,拉着她坐在自己收拾得干净整齐的炕上,问道:"我能帮得上吗?"她虽然蠢笨,却没忘记这女孩儿不一般的来历。

窝在炕上的香玉却看傻了眼,她怎么也没想到香桂会认识这么一号人物,不自觉从被子里钻出来:"呃……阿桂,这位姑娘是……"如果她没记错的话,这个少女好像是前天傍晚到达军营的那一路人中的一个,身份似乎不低。

莫商看向头发蓬乱、衣衫不整的香玉,礼貌地冲她笑了笑:"我叫莫商,打扰姐姐了。"说着,不等香玉回话,又转向了香桂,"我闷,想四处走走,姐姐陪我可好?"

这叫麻烦?香桂怔了下,还没回答,香玉已掀开被子跳下了炕:"阿桂忙,我陪姑娘去吧。"一边说着一边就开始收拾起来。

香桂早习惯了香玉的霸道,倒也不以为意,露出一个憨厚木讷的笑:"呃,香玉会说话,有她陪着你就不会闷了。"突然想起什么,她的眼中浮起担忧,"只是不知现在能不能出去?"要知道这两日她们是哪里也不能去的。

香玉不禁翻了翻白眼,觉得香桂简直笨得没救了。

莫商虽然没说"不",但是原本雀跃的表情却黯淡了下来,闷闷不乐地坐在那里,拽着香桂的衣袖不放。香桂迟钝,没看出来,只是陪她坐在那里等香玉梳洗,也不会找一两句话来解闷。

片刻后,香玉梳洗好,来到两人面前,笑得有些谄媚、有些讨好:"姑娘,我们走吧。"

莫商咬住下唇不吭声,也不起来。香桂奇怪,正要开口催,香玉毕竟精明,一下子看出了原因,心中不免有些嫉妒,嘴上却忙道:"香桂一起去吧,多一个人更热闹些。"她知道惹眼前的少女不高兴了,谁也不会有好处。

闻言,香桂有些诧异,莫商脸上的阴郁却散开了,再次露出阳光一样灿烂的笑靥。

第二章 命缘

因为长年累月受到沙尘和战火的侵袭，土城的城墙被磨蚀得斑驳残缺，在昏黄的日光下，自有一股不可言说的悲壮与苍凉。

城中大道黄土飞扬，行人一多，尘土便迷了人眼，呛人口鼻。边城贫瘠，百姓生活清苦，人们即使互相笑谈着，眼尾嘴角的皱纹中似乎也夹带着愁苦。

然而即使在这样的地方，被闷坏的莫商仍一脸的兴致勃勃，一双明亮灵动的大眼不停地东张西望。

路边也有些做小生意的商贩卖一些玩具器物，她仿佛从未见过一般，对每一样东西都感到新奇不已。草茎编织的蝈蝈，红柳枝编的笸箩篮筐，打磨得明晃晃的铁器，手工织就的粗糙的毛毯……

"咦，这个真好看！"莫商在一个小玩物摊前蹲下，拿起一个灯芯草做的手环，惊奇地叫了起来。

香桂和香玉面面相觑，不明白这种给小孩子玩的小东西怎么能入她的眼。平常只有穷人家的女子才会用灯芯草这类随处可见的东西做成首饰佩戴，一般很少有人会花钱去买。而且莫商身上随意的一件小物事，无论是材质还是做工，都不知比这小玩意好上多少倍。

"这个也很好看……"她放下手环，又拿起一个灯芯草编的梅花细瞧，惹得香桂和香玉也不禁在她旁边蹲下，好奇地打量起这些平时连她们都不放在眼里的小玩意，想知道它们有什么特别之处，竟然能够吸引住见过世面的莫商。

就在这时，马蹄声乍起，黄尘自另一端的城门处卷起，向城中滚卷而来，路人纷纷掩住口鼻走避。

三人亦受到惊扰，站起身来避到一旁。

"何人如此狂？"莫商低声自语，眯起美眸往黄尘中看去。只是除了可看出来者有十来名骑兵之外，骑士面容被黄尘遮住，甚为模糊。

"呀！"香桂惊呼，只因看到一个在大路上玩耍的小孩子在躲闪时摔了一跤，眼看着就要被纷乱的马蹄踏成肉泥，心不禁提到了嗓子眼儿。

莫商一声冷哼，蓦然拔地而起，一把拎起趴在地上的孩子往后急速倒退。这一切发生在电光石火间，当孩子爆出震耳欲聋的哭声时，受惊的人们才回过神来，看向哭得眼泪鼻涕糊在一起的小孩和被他紧紧抱着大腿的莫商，脸上都对她露出崇拜和感激的神情。

莫商任小孩抱着，笔直地站在大路中间拦住来人，脸色极度难看。看清来者是几个穿着体面的汉子后，香桂和香玉吓得赶紧上前，一左一右拉住莫商，想将她拽离街心，发现竟拽不动！

"你们把他带到一边去。"莫商将受到惊吓一直哭个不停的小孩交给两人,语气中自有一股让人下意识服从的威严,完全没了之前的孩子气。

这一刻,香桂才知道,莫商并非平时所表现出来的那样天真烂漫。

"好威风啊,燕子叽!"刚将小孩交给孩子娘亲,香桂还没转身,那边已传来莫商冰冷的嘲讽声。她不禁一怔——原来他们认识。

为首的男人,一身黑色长袍,面如刀刻,神色刚毅,无形之中透出一股威霸之气。

"小商?"醇厚低沉的男声,尾音微微拔高,且隐含欣喜之情,显然没有料到会在此地遇到故人。

莫商冷笑,看着燕子叽翻身下马。

"此处非尔北国,燕南侯嚣张错地方了吧。"相较于男人的友善,她语气中对男人的反感十分明显。

看出眼前这几个人都非一般人,香桂不禁为莫商捏一把汗。倒是香玉眼眸亮晶晶的,心中隐隐明白这个她们陪了一路的丫头,身份比自己想象的还高。

燕子叽并不生气,微微一笑道:"因为想着马上就可以见到雁北,所以急躁了些,是我不对。"

此人风度极好,加上气宇轩昂,令原本愤愤不平的路人都不自觉忘记了起初的惊吓,将心偏向了他,希望莫商不要再追究下去。

莫商冷笑:"差点便是一条人命,你只用'急躁'二字便想带过去?"显然,她并不打算就此善罢甘休。

"姑娘,算了吧,这位爷也不是有意的。"

"是啊,也没出什么事。"

"就是，就是……"

燕子叽尚未开口，已有路人七嘴八舌地帮腔，那差点丧身马蹄的孩子的母亲也赫然在列。

莫商环视众人，怒极而笑，蓦然甩手而去，丝毫不理会身后燕子叽的呼喊。香桂、香玉想到若没有莫商相伴，回营地恐怕会被罚，急忙跟上了她。

走了两步，香桂突然回过头，看向三人停留了多时的玩物摊，微微犹豫了下，便匆匆转身向摊贩走去。她掏了一文钱，将那个灯芯草手环买了下来。

回到营地，香玉就一直在出神。香桂去端了吃的，点燃油灯，喊她一起吃。

"唉，若能和那位爷在一起一晚上，真是死也值了！"香玉脸上浮起对迷梦的憧憬，语气有些恍惚。

香桂惊讶地停下筷子，为一向精明世故的香玉竟说出这样的话而错愕不已。那个燕子叽是什么人？天上的月亮和泥泽里的野草如何能扯到一块儿？她心中也有自己念想的人，只是于她来说，能看着那个人已是老天爷的恩赐。其他的，是想也不敢想。

"阿玉，他不是一般的人。"她开口提醒，笨拙地戳破香玉的幻想。以那位爷的身份，想要什么样的姑娘没有？怎么可能碰她们这种卑贱之人？不过说起来，也许因为莫商姑娘不喜欢，所以她对那个燕子叽也没什么好感。

香玉白了她一眼，一脸没趣："我知道。"

香桂笑笑，又拿起筷子，开始埋头吃饭。

"你和那个莫姑娘是怎么认识的？"香玉咬了口腌萝卜，包了口饭，含混不清地问。她盯着香桂，亮晶晶的眼睛透着毫不掩饰的妒忌。

风从门的缝隙中灌进来，昏暗的油灯抖动着，晃了一墙的暗影。

香桂想到前天初见莫商的情景，咧嘴愉悦地笑了起来："前天早上去洗衣服的时候在溪边遇到的。"她不善言辞，只说了这么一句，便又沉默下来，但是脑子里却不自觉地重温起那天早上的事：那个姣美动人的少女，仙人一样尊贵好看的男子……

在她辛酸而平庸的一生中，怕也只有这一件事值得拿来反复回味了。

香玉自然不满意那么一点点内容，不停地追问，但是却再也问不出什么来。她知道香桂的脾性，虽不甘却也只能作罢。

"哎，阿桂，不如你去找莫姑娘，让她帮我们谋个听使唤的活儿，脱了这贱籍。"香玉脑子转得快，冷静下来，立时想到这上面去，"以她的身份，很容易就可以办到。"有机会就要抓住，香玉很早就学会了。

香桂却颇为犹豫："我和莫姑娘也只是见过两次面……这样就去找人家帮忙，人家会怎么想？"

"笨死了，你以为你能有多少机会认识像莫姑娘这样的人？"香玉反过筷子，在香桂头上轻轻敲了下，"难道你还想继续过这种糟烂日子啊？咱们早没脸了，还怕什么丢面子？"

香桂怔了怔，看着手中粗黑的土碗，细想想确实是这样。现在谈骨气、脸面什么的，未免可笑。行不行，总要试试，即使被人看不起，也不会比她们现在的处境更糟了——她过够了这种日子！

"嗯。"香桂含混地应了声，没有多做承诺。

毕竟明天的事，谁也说不清楚，她眼下只能答应，再不能做更多了。

香桂和香玉两人怎么也想不到，还没等见到莫商，她们的命运已发生了极大的转变。

因为青双刺杀六王爷的事，所有营妓均被波及。为避免再次出现类似的事，防止奸细隐匿其中，西北军中所有营妓都将被遣回南方。在这之前，若营妓有意愿嫁给在战争中伤残的军士，可赐予田地半亩、土屋两间，就在边地安家。香桂、香玉不得不立即为自己的后半生做好打算。

最终，香玉带着自己攒下的钱及遣散费回了南方。而香桂由于没有足够的钱远走他乡，则嫁给了一个在战争中失去一条腿的军士。没人知道哪种选择比较好，总之，对于她们来说，都意味着即将展开新的人生。

香桂跟的那个男人叫何长贵，曾经是个火长，在最近一次与西夷的战争中丢了右腿，幸运的是，他活了下来。香桂过去以后，才知道他不仅丢了腿，还已经不能人道。

何长贵是一个彻头彻尾的莽夫，脾气暴躁易怒，加上残废让他感到窝囊，一不顺心就对香桂又打又骂。香桂跟着一个失去劳动力又家徒四壁的男人，原是很委屈的，但她想着如果两人和和气气的，也能相互扶持着过完下半生，却没想到遇着这样一个人。她性子虽然温和，但也不肯默默忍受。时间长了，她便搬到了柴房去睡，每日只负责照顾男人的日常三餐，其余一概不理。何长贵拿她也没有办法，毕竟还要靠她养活自己，也不能真把她怎么样。这样子，两人竟也凑合着过了几个月。

每日夜晚，当香桂结束一天的劳作躺在柴房那简陋又冰冷的床上时，她会不由自主地想起家乡的池塘和柳树，更会频频想起似天人般的凤雁北和莫商。那些记忆美好得仿佛发生在前世一般，这一世对于她来说，就只有眼前幽暗的柴房以及身下硌得人骨头疼的床板。

这样的日子究竟要持续到什么时候，她从不去想，她只是很努力很努力地活着，并竭尽所能去养活那个依靠自己的男人。

边地暖和的日子总是很短，而寒冷却持续得很长。初雪过后，便是持续数月的大雪季。

那天，在咯吱的踩雪声中，茫茫风雪中如孤坟般的土屋迎来了两个不速之客。黑色貂裘、白狐披风——显然都是富贵之人。

那时，香桂正与何长贵难得平和地坐在一起吃午饭。桌上放着一筐箩粗黑的馍，两碗稀得可照见人影的热糊糊，正中一碟酱菜。

抖落身上的雪，白衣男人取下披风的帽子，露出一张俊美若仙人的脸，只是脸色苍白，似抱恙在身。

香桂一眼看到，差点惊呼出声，那人竟是她常常想起的凤雁北！只是看他一脸漠然，显然早已忘记她。当然，也有可能从一开始他就没将她看入眼过。

香桂心咚咚跳得很急，不敢再多看他一眼，低着头招呼两人坐下。

另一个男人英俊伟岸，无形间给人一股强大的压迫感，竟是那日骑着马在大街上横冲直撞，导致马差点踩到小孩子的燕子叽。

突然之间来了这么两个气度不凡的人，连一向气焰嚣张的何长贵也不自觉变得畏畏缩缩起来。

咚的一声，燕子叽将一锭十两有余的银子放在桌上："去给我烧点热水来，再弄点吃的。"他冷冷地吩咐，瞟了眼桌上的食物，露出嫌恶的神色，与那日在大街上面对莫商的谦和判若两人。

何长贵见到银子，不禁两眼放光，一边催促着香桂去办事，一边伸手就去拿银子。

燕子叽并不理会，转向已落座的凤雁北，眼神变得柔和："雁北，让我看看你的伤。"

凤雁北嘴角浮起一抹讽刺的笑意，垂眼："没必要。"

燕子叽有些无奈："你究竟要恼我到什么时候？"

吧唧吧唧的声音在简陋的屋内响起，燕子叽眉头一皱，回头，恰见何长贵一手拿着馍，一手端着碗，正噘嘴顺着碗沿呼噜一声喝了口糊糊。那旁若无人的样子，点燃了他胸中那把无名之火。

"滚出去！"冷喝声中，他扬袖隔空扫飞了何长贵手中的碗。

清脆的碎裂声响起，何长贵被吓得脸青唇白，不敢言语半句，哆哆嗦嗦撑着棍子挪出了门。

"燕子叽，你这是做给我看？"凤雁北抿紧唇，低笑，只是声音明显有些虚弱。

燕子叽冷哼一声，暴怒地一把将桌上的碗全扫到了地上："如果不是因为那臭丫头，你如何肯随我……如今又这般冷漠，你终究……你终究不曾视我为朋友！"

凤雁北弯眼笑道："没错，我根本没视你为朋友。"温润的声音，平静的语气，却漠然得让人觉得心寒。

燕子叽闻言，额上青筋暴起，闭上眼，费了好大劲儿才控制住自己。

就在这时,香桂端着热水走了进来,看到地上一片狼藉,吓了一跳。

"我要她帮我清理伤口。"凤雁北指着香桂,无视燕子叽强忍怒气的模样,淡淡道,语气中有着不容拒绝的坚定。

香桂茫然看着两人,不知道是什么状况。

燕子叽瞪着凤雁北俊美的脸,好半响,才恨恨地吐出一口气,妥协了。

香桂颤抖着手解开凤雁北染血的里衣,不禁倒吸一口气。只见在那原本白皙平坦的胸部,一条约一尺长的伤口从右肩直到左胸,皮肉外翻,骇人之极。尚幸,血已止住且没伤及骨头。

"不必害怕,"凤雁北看到香桂惨白的脸,柔声安慰道,"只要把伤处洗干净,敷上药,再用干净的布包扎好就行了。"他总是这样,对什么人都很温柔,却也从不将什么人放在心上。

这是他第一次对香桂说话,她心跳得又快又急,紧张得几乎喘不过气来。直到一声闷哼传进她耳中,她还没反应过来,便被一股凌厉的劲道给扫跌到了一边。

"滚开,笨手笨脚的!"燕子叽恼怒的声音在土屋内响起,香桂还没明白是怎么回事,便觉得右脸火辣辣地疼,脑子嗡嗡地响。

"你若再造次,就等着给我收尸吧。"在她吃力地从地上爬起来的时候,耳边传来凤雁北淡淡的说话声。不急,不怒,却让人不敢轻易造次。

香桂站稳,这才看清燕子叽忽红忽青的脸,而自己的右眼有些模糊,脸麻麻地胀痛。

"你过来,把那药擦在脸上,一会儿就消肿了。"凤雁北不再理会尴尬地僵于身边的燕子叽,他冲香桂柔声道,同时扬了扬下巴看向搁在桌子上的一个翠绿色的瓶子。

"那是给你治伤……"燕子叽大急,却被凤雁北冷淡的眼神逼回了后面未完的话。

"我没事……没事……"燕子叽没说完,香桂却已听明白了,慌忙摆着手,急切而笨拙地推拒。低贱的她怎么能用给他治伤的药?

凤雁北低笑,也不勉强:"那你过来帮我上药。"

香桂犹豫地看了眼凶神恶煞的燕子叽,却在发现凤雁北苍白的唇在不受控制地微微颤抖后,打消了一切顾虑。

这一次,她分外地小心,加上她手脚一向利落,很快就帮凤雁北处理好了伤口。

收拾干净屋子,香桂去给两人做饭时,何长贵正窝在灶膛前面,手中拿着一个黑馍馍啃着。看到他那可怜窝囊的样子,她心中又有些不忍,于是盛了一碗剩下的热糊糊递给他。

除了一小袋留着过年用的白面粉,家中并没有其他好的东西。香桂找出那袋面粉,用水和了,煮了一锅削面,放了些腌菜进去调味,还未出锅,那扑鼻的香味已让坐在一旁的何长贵差点流下口水来。只是一开始就尝到了那两人的厉害,何长贵心有余悸,不敢放肆。

当香桂端着两碗热气腾腾的削面来到主屋时,凤雁北正疲惫地靠在桌子边,一手支额,闭目养神。燕子叽则坐在对面,目不转睛地看着他。听到脚步声,两人谁也没有动。直到香桂将碗放在桌子上,凤雁北才缓缓睁开眼,却在看到碗中食物时,不易察觉地皱了皱眉。

"这是家里能拿出的最好的东西了。"在燕子叽再次发怒之前,香桂已经先行解释。她知道两人身份尊贵,吃惯了大鱼大肉,定然瞧不上他们这些穷人平时都舍不得吃的东西。只是这冰天雪地的,又离着县城老远,即使有钱也买不到肉,能怎么样呢?

知她说的是实话,即使是燕子叽也无可奈何。但对于养刁了嘴的两人来说,这两碗削面实在难以下咽,都只随意吃了两口便放了筷子,倒便宜了一直守在灶房锅边淌口水的何长贵。

两人原是打算休息一下便继续赶路,不料凤雁北却突然发起烧来,不得已,两人只得留宿。何长贵自是睡到了柴房,香桂不愿和他挤,于是就在柴草上将就。

半夜的时候,何长贵突然腹痛,迫不得已离开暖和的被窝,到外面解决。回来时经过主屋,听到里面有响动,不自觉悄悄凑上去透过门缝往里窥视。

屋内仍点着灯,昏暗的光线中,可以看见燕子叽正在跟凤雁北争执着什么,何长贵腿脚不利索,趔趄之时不由得"啊"一声叫了出来,等意识到自己闯了祸,却已来不及收声。

何长贵起身时,香桂便醒了,迷迷糊糊的,过了很久,却一直没见到他回来,不禁有些奇怪,但她并没多想,又睡了过去。直到清晨起来时,她才赫然发现,小木床上空空的,何长贵竟然一夜没回,这才开始有些不安起来。

连梳洗也没顾上,她就要去寻,却在拉开柴房门的那一刻僵住,原本就不热乎的手脚瞬间冰冷——主屋前面的空地上歪倒着一个姿势极为奇怪的人,几乎被雪完全覆盖。

不用走近,香桂已猜到了是谁。她下意识地看了眼主屋紧闭的门,这才犹疑地挪步上前。何长贵已气绝多时,身体僵硬冰冷……

昨天还好好的人,怎么就这样没了?香桂傻愣愣地蹲在那里,说不出心中是什么滋味。她是营妓,自然没少见打仗,常常前一刻还活生生的人,下一刻便再也不能说话,按理她早该习惯了,可是……

"女人,打热水过来。"主屋的门吱呀一声拉开了条缝,燕子叽的声音从里面传出来,然后砰的一声,门又被关上了。

香桂怔了半晌,这才翻过何长贵冷硬的尸体,打算拖到柴房内,不想竟看到他脸上惊骇的表情,和一边嘴角的血迹。

倒吸了一口冷气,她松开手连着退了好几步,而后突然掉头奔回柴房,手忙脚乱地收拾起自己的衣物来。何长贵是被人害死的,除了主屋内那个黑衣人,她想不出还有谁。她还不想死,现在不走更待何时?

"我要的热水在哪里?"不知何时,燕子叽来到了柴房门口,目光阴冷地看着她。

香桂手一抖,未打包好的包袱散开,几件破旧的衣服落了出来。

燕子叽冷笑道:"要走也不用急在这一时半刻,等我朋友好了,要我送你一程也没问题。"

香桂吓得面色惨白,知道自己别无选择。她甚至不明白,好好的为什么会招来杀身之祸。

她被逼着将何长贵的尸体拖到了屋后,香桂亲眼看着燕子叽以掌风扫起雪泥将之覆盖，心中仅存的那点侥幸也没了。

香桂端着热水到主屋时，凤雁北仍然昏昏沉沉地睡着，脸色较昨日越发地差了。看样子何长贵的死与他没有什么关系，想到这里，香桂莫名地松了口气。

在燕子叽的监督下，她小心翼翼地为凤雁北的伤口换了药和布条。在不可避免的触碰中，香桂察觉他的皮肤烫得吓人，不禁担忧起来。

"这位爷需要看大夫……"鼓起勇气，香桂在燕子叽冰冷的目光下硬是挤出了这句话。

燕子叽嘴角抽搐了下，却没有理会她。

但是到中午的时候，他还是背起了凤雁北往最近的县城赶去，顺手拎了香桂一同上路。

第三章 艰险

县城很小,他们找遍了全城,才找到一家简陋的医馆。

当时天已经暗了,一个穿着又脏又破袄子的老人正佝偻着在院子里生炉子。见到三人,他有些迟钝地抬了抬眼皮,然后继续在滚滚浓烟中拨弄着柴块。

"大夫在哪儿?"燕子叽远远地问,冷漠而轻鄙。

老人张口欲答,却被浓烟呛得剧烈咳嗽起来,好半会儿才抹着眼泪从烟中走出来,颤巍巍地挪到三人面前。

"老汉就是。"他的声音苍老而嘶哑,似沙砾摩擦。

燕子叽眯眼打量了下他,眼中浮起明显的不满:"除了你,还有没有别的大夫?"他不相信这个连走路都让人不放心的糟老头子。

老人显然没见过世面,被燕子叽锐利的眼神看得瑟缩了下:"没……整个县城就只有我老头子还在给人看病。其他人都被征到军营里去了。"他的声音有些颤抖,不知是因为害怕,还是因为年龄大了。

燕子叽闭了闭眼,仰天吐出一口郁气:"你能不能看病?"

一直闷不吭声的香桂诧异地看了他一眼，大夫不能看病能叫大夫吗？那一刻，她竟然觉得他比自己还笨。

老人显然是有些本事的，在重新处理凤雁北伤势的过程中，动作虽然因为年龄的关系而显得慢吞吞，但是手法老到熟练，让人无法再质疑他的能力。

香桂帮不上忙，便去帮老人把炉子生了起来，然后提进屋。柴块燃烧的味道充斥着人的鼻腔，冰冷的屋子渐渐有了一丝暖意。

熬药喂药的事自然是香桂来做，当她在燕子叽灼灼目光的监督下喂凤雁北喝下一整碗药之后，香桂才明白他为什么要不嫌麻烦地带自己上路。在这个世上，有一种人是专门服侍别人的，还有一种人是专门被人服侍的，燕子叽就属于后者。

晚上，凤雁北清醒了一些，香桂无意中发现他看燕子叽的目光异常冰冷，像是在看仇人一般。

"你叫什么名字？"凤雁北勉强坐起身，问香桂，语气清冷，少了昨日的温柔。

"香桂。"她察觉到他的改变，心中有着说不出的古怪感觉。她希望他好好的，像第一次见面时那样意气风发。与此相比，何长贵的死在她心中造成的小小惊慌，便显得微不足道了。

"晚上你就睡我床前。"淡淡说完这句，凤雁北又虚弱地合上了眼。

香桂下意识地偷看了眼燕子叽，果不其然，他的脸色变得铁青。她心中有些害怕，不禁想到何长贵，他不过是个对人没有丝毫威胁的瘸子，定然是昨晚起夜时发生了什么事，否则不会死得不明不白。然而，她根本没有拒绝的权利，而且，也并没想过拒绝。

凤雁北于她来说，是一个很特殊的存在，她虽然出身卑贱，但是心中也有自己想要珍惜的美好，而这个美好就是他和莫商，还有家乡的绿柳池塘。即使明知自己力量微小，她仍然希望努力让他露出暖阳一样的笑。

这一夜，三人共处一室。燕子叽坐在屋内唯一的椅子上，凤雁北躺在床上，而香桂则倚坐在床前脚踏上打着瞌睡，无形中将两人隔了开。

小炭炉的火熊熊燃烧着，释放出热气与刺鼻的味道。

凤雁北时睡时醒，睡得极不安稳。他稍有动静，香桂就会立刻惊醒，为他端茶递水，护理伤口，直到他再次睡过去。而这个时候，燕子叽总会关切又紧张地看着他，却因为凤雁北的抗拒而无法靠近。

终于熬到了天亮，当大夫起床过来看时，凤雁北的烧终于退了下去。

香桂一直提着的心这才放下了半颗，而另半颗仍为自己提着。她摸不准，自己什么时候会和何长贵走上同一条路。

马车往前驶着，不紧不慢。香桂坐在凤雁北身边，方便适时照顾他。燕子叽坐在对面，目光阴暗，神色阴晴难定。

马车里很安静，谁也没说话的欲望。凤雁北头倚着车窗，冷冷地看着窗外闪过的旷野，漠然的样子像是周遭的一切都与他无关。

香桂不明白，他有那么多厉害的护卫，为什么还会受这么重的伤，不喜欢身边这人又为什么任他跟着。她人笨，脑子里不能想太多的问题，不然就容易犯糊涂，所以这些想法也只是一闪而过罢了。

早上看着凤雁北烧退了，燕子叽马上就去雇了辆马车，带着两人上了路，多留一刻也不愿意。这一路向北，越走就越荒凉，真不知道他要带他们去哪里。凤雁北从来不问，似乎压根儿不放在心上。

正午的时候，天空又飘起鹅毛般的大雪，马儿眼睛被迷住了，不肯再往前走。不得已，燕子叽只能让车夫就近找一处可避风雪的地方暂歇。

附近没有人家，亦没有寺庙之类的建筑物，只有稀疏的树林及一片片收割后的田地，厚厚的雪将残留的庄稼根茎和灰黑的土地覆盖，白茫茫的一片，几乎让人分不清方向。

车夫在树林的边缘发现了一处农人用来看庄稼的小土屋，忙驾着马车过去。

土屋很小，里面铺着谷草，香桂理所当然地跟着往里走，却被燕子叽挡住。

"你去捡些柴草来生火。"他冷冷地吩咐完毕，便走了进去。

香桂知道眼前这个男人心狠手辣，不敢抗议，只能硬着头皮冒雪四下寻找。车夫憨厚，也跟着出来帮忙。

他们走到不远处的林子里，香桂艰难地捡拾着被雪覆盖住的干树枝，大雪迷了人眼，连五步外的地方都看不清，更不用说那个小屋。

如果要逃走，这便是最好的时机。香桂的脑海中突然冒出这么一个念头。

她还不能走。那一刻，她突然想起伤势严重的凤雁北，知道自己舍不得在他痊愈前走掉。虽然那个燕子叽似乎对他很忌惮，但是，很显然是不怀好意的。何况，在这样的大雪天逃跑，四周又无人家，她一个女人家，活命的机会简直微乎其微。

她虽然愚钝，但还不至于拿自己的命开玩笑，所以也不再胡思乱想，只一心一意地扒开雪层，收集枯枝断木。

大雪覆盖下的枯枝仍然干燥，很容易就生起了火。一直脸色不太好的凤雁北，因为柴草燃烧散发出的热气而渐渐恢复血色。

"香桂，你坐过来。"他突然开口，声音仍然乏力。

香桂依言，从门口的位置刚挪过去，凤雁北便无力地躺倒在了她的膝上。这样的亲近让她有些不知所措，同时也让燕子叽变了脸色。

然而当事人却浑然不觉，闭目养起神来。那样平静的睡颜，任谁也不忍心打搅。

"咱们一个雁北，一个燕南，可算是极有缘啊。"恍惚中，凤雁北耳中似乎又响起那个潇洒不羁的男人说笑的声音。

一抹隐约的讽笑浮现在凤雁北嘴角，他翻过身，面向香桂而卧，没让任何人看到，却也使两人的姿势显得更加暧昧。

燕子叽眼中的杀机一闪而过。香桂不自觉打了个寒战，但是因凤雁北突如其来的亲昵，心被这一刻的温柔占得满满的，并没察觉到危险。

风从门缝中灌进来，火焰扑扑地跳动。坐在门边的车夫瑟缩了一下，往旁边挪了挪。

"母命难违，雁北。"

凤雁北咬紧牙，忍着记忆中那撕心裂肺的疼痛。

明艳的桃花，如酥的春雨……他永远也无法忘记他们最后决裂的那刻，无法忘记在那充满生机的季节，他的世界因背叛而骤然崩坍。

之后，他结识了一个天真的少女。

对于他来说，想要一个女人的心，不过是轻而易举的事，何况还是一个情窦初开的丫头。

"愿得一心人，白首不相离。"当那个女孩轻吟着这句话将一根红绳系上他的小指时，他却残忍地当着她的面将红绳扯断，冷漠地看着她的脸瞬间苍白，写满痛苦。

"我不嫁给燕子叽，咱们私奔吧，小北哥哥。"看着躺在血泊中的红衣新娘，他脑子里不由自主地忆起某个荷叶飘香的夜晚，她依在他怀里说的娇柔的话。

那一夜，雨很大，很快就将新娘身上的血迹冲净。她躺在那里，湿衣紧贴着玲珑有致的身体，苍白，冰冷。

她叫什么？凤雁北皱了皱眉，莫名地觉得有些冷，下意识地挨近香桂。

可儿？印象中，青双好像提起过。

可儿的唇边有一粒很娇俏的小痣，笑起来就像春天的阳光一样。只是那阳光，最终还是被一场大雨给淋没了。

说不上后悔，他只是，没有任何报复成功的快感。

没有……

回到汉南，他如皇帝的愿，放弃手中的权势，将自己流放到偏远的西北军中。没想到那些过往竟然不肯放过他，阴魂不散地跟到了这里。

可恶的青双！可恶的燕子叽！

没有人在招惹过凤雁北后还能全身而退，他嘴角那抹阴狠的笑隐没在了香桂的衣料中。

如果说以前自己对燕子叽尚有不舍，那在他不顾自己生死的那一刻完全消失殆尽了。

北风呼啸过小上屋的顶，如鬼哭狼嚎般凄厉。

身边这个女人的身子很暖，也让人感到安稳。他突然冒出这么一个念头来，然后开始嘲笑自己的莫名其妙。

然而，不可否认，确实是因为这种极朴实的安稳，他被睡意侵袭。

一整晚，香桂动也不敢动一下，只怕惊醒他。等到雪停，他醒过来时，她的双腿已完全失去知觉，随之而来的似蚁噬的酸麻之感让她半天无法动弹。还是在车夫的帮助下，她才上了马车。

越往北走，天气越寒冷。

三日后，前面出现一条结着厚厚冰层的宽阔河道。马蹄踏上去，不停地打滑，车夫给马蹄缠上厚布，马车才得以顺利地驶过去。

到了河对面走了不到半日，便是一座坚固的城池。

直到凤雁北在她耳边低声念出"望南"两字时，香桂才知道，原来他们已经出了边界到了另外一个国家。

北国，一个与汉南比邻的强国。北国的燕子叽、汉南的凤雁北分别是两国的顶梁柱。也许是惺惺相惜，两人成为知己，这是天下皆知的事。因此燕子叽可以堂而皇之地踏入西北军营，并在那里盘桓数月，临走时还带走了凤雁北。

除了少数的几个人外，没有人知道，燕子叽是为青双而来。更没人知道，如果不是他挟持住莫商，加上对北国的顾忌，凤雁北早将他斩于西北军中，而不是好饭好菜地供养他几个月，结果还搭上了自己。

一进入望南，就有燕子叽的人接应，车夫便被打发了回去。如果不是凤雁北坚持，香桂恐怕也要被遣回去。

香桂不知道凤雁北为什么一定要她陪在身边，毕竟燕子叽所提供的侍女要比她美丽伶俐上千倍。她不会自以为是地认为他对自己产生了感情，她知道自己笨，所以一向对于想不明白的事不会再费精神去想。

何况，能一直陪着他最好，好过丢下他一个人，离开后总是惦念着怕他有个万一。想到此，她倒也坦然了。

他们又马不停蹄地前行了十来日，北国宏伟的都城——燕都赫然出现在眼前。

燕南侯府位于都城的皇城内，守卫森严。从未见过世面的香桂自踏入燕都后便被皇城的威势给震得很久都回不过神，直至进了燕南侯府，仍处于呆滞状态。

她无法想象这世上竟然有这么大的城，这么好看的宅子。在她简单的头脑中，即使是皇帝，住的地方也不过比土城里的大官宅第大一点点、漂亮一点点。燕南侯府的宏伟与华丽已经完全超出了她的想象。

凤雁北被安排住在他以前来时常住的冷香苑，香桂自也随他而居。燕子叽显然很忙，将他们安置妥当后便匆匆离开了，直到晚上也没出现。没有他在旁紧迫盯人，香桂明显轻松了许多。

室内陈设华美，暖香洁净。在看到外室那铺着锦绣被褥的侍女卧榻时，香桂不敢碰触，生怕自己弄脏了它。对于她那副畏首畏尾的乡下人样子，凤雁北并不在乎。自从燕子叽离开后，他便再没理过她，仿佛当她不存在一样。

侍女奴仆流水般进进出出，为他们上茶水、糕点、水果，又送来沐浴用的热水。如此一来，香桂更加不知所措了。

房间里燃着熏香，凤雁北沐浴过后便倒在床上睡了。香桂许久没洗过澡，实在忍不住，提心吊胆地用他用过的水胡乱洗了下，然后便站在屋子里，坐也不是，站也不是。直到有人来将脏水抬走，房间里才终于恢复了安静。

她又饿又累，看着桌子上香气扑鼻的糕点水果，只能暗自咽口水，却不敢动一下。

凤雁北熟睡的呼吸声从内间传来，更加惹得她眼皮沉重，头脑发昏。她最终没能坚持住，偏在卧榻上打起盹儿来。

也许是心中不安，她睡得不是很好，一个劲儿地做梦。梦里有骑在火红战马上，如神仙般的凤雁北，也有变得面目狰狞的燕子叽，还有不知到了哪里的香玉。

恍惚中，香玉仍如以前那般，用手指点着她的脑袋骂她蠢，转眼又拉着一根长满绿色小芽儿的柳树条，笑嘻嘻地对她说："看看吧，江南的柳树都发芽了。"

"现在才腊月，江南的柳树还没发芽。"她想着，却没有反驳香玉。香玉比她聪明，也比她凶悍，惹火了很麻烦。

"娘亲，娘亲……"一个髻上簪着杏花的女人撑着伞在前面慢悠悠地走着，她连忙撇下香玉追上去，一边追一边叫，生怕追慢了就会被丢下。

爹爱喝酒，一喝醉就打娘亲。娘亲不要他们了。她心中明白，所以想叫娘亲带她走，不然她会被爹卖给人牙子。

可是跑得腿又酸又胀也追不上，突然脚下打滑，她往前扑倒……

脚下蓦地一蹬，香桂从梦中醒了过来。视野中烛火跳动，她头痛得厉害，伸手，竟摸了一手的冷汗。

而更让她受惊吓的是，房间内不知何时多了一个人出来。

"姐姐，咱们真有缘，又见面了。"莫商笑嘻嘻地看着以为自己还在做梦的香桂。

"啊，呃……"香桂甩了甩头，仍处在震惊中无法回过神。

一声冷哼传进耳中，她回头，赫然发现凤雁北竟不知在何时亦来到了外间——他不是睡得很沉吗？

"你一人？"凤雁北淡淡地问莫商，对香桂视若无睹。

"我一个人足够了。"莫商轻巧地挪动了下，将身体隐在窗框外，以免烛光将自己的影子映在窗上。

凤雁北端起冷茶缓缓啜了一口，方才道："他每日都给我吃散功丸，我的功力尽失，你以为？"不然，他又何必一直忍耐！

莫商脸色变了变："那也得试过才行。"她追踪了一路，因为燕子叽始终形影不离，所以直到现在才现身。

脚步声响，一轻一重，显然是两个人。香桂脸色大变，凤雁北却无动于衷。

"六王爷，侯爷让张御医来给你检查一下伤势。"少女甜美的声音在外面响起，未等凤雁北回答，门已被推开。

香桂惊得差点失口叫出来，却被一只突然伸过来的手轻柔地捂住嘴，而后被顺势带入一堵温暖的胸膛。等她回过神来时，人已经被压在了榻上，目光与凤雁北冷漠的眼神对上，香桂原本加速跳动的心瞬间停住。

"滚出去，谁让你们进来的！"保持着暧昧的姿势，凤雁北声音低哑却严厉地道。声音不大，语气也不急，却有着让人不得不服从的威势。他当了这么多年的六王爷可不是假的，即使是在别人的地盘，亦丝毫没有减弱半分那与生俱来的霸王之气。

"可是……可……"美丽的侍女看清屋内情况，吓得赶紧倒退出屋，却碍于燕子叽的吩咐，不敢离开。直到凤雁北冰冷犀利的目光扫向她时，她才惊慌地关上门，带着太医落荒而逃。看六王爷还有精力，显然伤势已无大碍。想到侯爷惩罚下人的狠辣手段，她和从宫中特地请来的太医只得如此互相安慰，谁也不敢将情况如实禀报上去。

等到脚步声消失，凤雁北才放开香桂，不易察觉地皱了皱眉，伸手按向胸口。刚才动作太大，伤口似乎又裂开了。

香桂茫茫然坐起身，举目四顾，寻找突然消失无踪的莫商。

"就算没了功力，你的身手仍然很快啊。"调侃的声音从头顶传来，一阵微风刮过，两人只觉眼前一花，莫商已经稳稳当当地站在了他们面前。

原来在侍女推门那一刻，她已经悄然藏到了房梁之上。除了顶尖高手，极少有人能够察觉到她的存在。

凤雁北闷哼一声，没有回答。

"此地守卫森严，高手如云，你打算如何带我走？"这才是他最关心的。

莫商吐了吐舌头："不知道，还没想好。"她武功很高，可是还有小孩子脾气，做事向来贪玩爱闹，极少考虑后果。这也是为什么当初她会被燕子叽挟持住的原因。

凤雁北闭眼，仰天吐出一口郁气。早知道她会这样，为什么期待她这一次会懂事一点？

"胡闹。"他摇头斥责，却无可奈何。

莫商也不以为意，冲瞠目结舌看着她的香桂眨了下眼，才笑眯眯地道："咱们这就走吧。放心，有我保护你，一定可以成功逃出去的。"

"有人接应吗？"凤雁北没有动。

莫商不自觉地擦了下鼻尖上莫名冒出的轻汗，脸有些红："没……"她忘记知会阿大他们，自己一个人跑了过来。

凤雁北不可思议地看着她："丫头，你越来越笨了。"

莫商自知理亏，也不生气，只是拉起凤雁北的手往外扯："走吧走吧，我一定会保护好你的。"

凤雁北叹了口气，知道莫商不是笨，而是太相信他的能力了："你记得，如果我没逃出去，下次来之前一定要做好万全的准备才行。"明知他们根本没有机会逃出去，他仍然决定顺从她——他实在是宠坏她了。

莫商忙连连点头答应。

门吱呀一声打开，两人一前一后地闪了出去。外面雪白一片，加上灯火的光芒，无比明亮。

向后瞟了眼紧跟的香桂，凤雁北突然道："让她留下，不然我们没有任何机会。"

香桂脸色大变，未等莫商说话，已开口乞求："求求你们，带我一起走。"她知道如果留下，只有死路一条。

莫商心中不忍，欲向凤雁北求情，却发现他眼中的冷漠和坚持。她知道，一旦他露出这种表情，无论谁说情都不会有用。

"姐姐，你先留在这里，等我把凤雁北救出去后，再回来救你。"除了许下难以实现的诺言外，莫商不知道该说些什么。毕竟相对于凤雁北的安危来说，香桂不过是一个萍水相逢、无足轻重的人而已。

香桂张了张嘴，没说出一个字，只能眼睁睁看着两人的背影迅速消失在夜色中。

第四章 患难

果然不出凤雁北所料，他们连燕南侯府也没能踏出去。

燕子叽与他齐名，自不会徒有虚名。其府内高手如云，即使莫商武功天下第一，想单枪匹马从此地安然脱身亦是难事，何况还要带上近乎废人的凤雁北。

于是，在燕子叽闻讯赶到之前，凤雁北驱走了莫商，自己则从容地坐在奚亭居的花园内，等候燕子叽的驾临。

"雁北。"本来在处理堆积如山的公务的燕子叽匆匆赶到，看到凤雁北仍在，明显松了口气，殷勤趋前，对四周的尸体视若无睹。

凤雁北笑问："你打算这样囚禁我一辈子？"他们之间就像一场闹剧，他千里迢迢跑到西北军营，难道只是为了把自己带到此处锦衣玉食地供养起来？他是料定自己不想将此事闹得太大，所以有恃无恐？

燕子叽挥退手下，并命人带走地上的尸体。燕子叽为凤雁北难得不带敌意的笑显得有些激动："我只是……"他的目光扫到从自己身边被抬过去的苍白面孔，不自觉顿了一下，"想请你在这里做一段时间的客。"不敢造次，他隔着一段距离说出这样的话。

凤雁北心中微震，感到那熟悉的悸动，但是转念又忆及他的背叛，原本稍稍和缓的表情立时凝冻了起来："是吗？那在下真要为此感到荣幸啊，尊贵的燕南侯！"

燕子叽脸上露出一抹无奈："雁北，可不可以暂时抛开那些不快，陪我喝杯酒？"堂堂的燕南侯如此低声下气，还没离开的下人十分不解，纷纷对不近人情的凤雁北产生了极度的不满，而且他还欠着侯府许多条人命。

这一次，凤雁北没有拒绝。

暖阁之内，设起了暖酒的炉子，放着佐酒的佳肴。三年了，在这寒夜中，两人终于又相对而坐，但互相凝神的眼中，已不再似当年般惺惺相惜。

当壶中开始冒起热气，暖阁内开始弥漫浓郁的酒香时，对坐无言的两人终究无法再觅曾经的默契。

滚烫的酒入喉，凤雁北的眉眼微皱："不要白费心机了……"即使心中惆怅，他亦没有表现出来。

燕子叽苦笑："咱们……真的连普通朋友也不能做吗？"他自然知道凤雁北的性子刚硬，容不得一点背信弃义，不过心中仍抱着最后一点希望。

"朋友？"凤雁北咬牙而笑，"你应该庆幸我把你当陌路之人！"他性如烈火，对背叛过自己的人从来不会手软，然而对着燕子叽他却始终狠不下心，唯有拿他的未婚妻出气。

"我给了你机会，是你自己放弃的……"燕子叽喃喃说着无人能懂的话，一股犀利从眸中一闪而过。

"你……"凤雁北心中隐隐有些不安，"你在酒里下药！"生于帝王之家，见识过各种阴毒手段的他立时便知自己被下了迷药，头晕目眩。

"雁北，你手中握着整个汉南的兵权啊！功高盖主，你皇兄对你的忌惮已甚过我们北国。不然，你以为我怎么能如此轻易地将你从汉南带回来？"燕子叽摇头叹息，神色之间已无之前的柔情，"你让我未婚妻自戕，又害死了我最宠爱的南儿。"他闭眼，想起南儿那张苍白的脸。他自然知道那孩子是因为嫉妒凤雁北，才不顾他的命令，企图趁乱加害凤雁北，也算是咎由自取。然而看到那张失去生机的脸时，仍然让他的心有些许疼痛。

"这一切，我都要在你身上讨回。何况……你皇兄还说，不希望你太过光鲜……"他若有所思地低吟着。

被背叛的疼痛再次袭上心头，硬生生扯开上面陈旧的疤痕，凤雁北脚下几乎站不稳："原来你和那蠢货勾结在了一起，我真是瞎了眼，竟遇上你这只狗！"心中的愤懑，除了恶毒的言语，再找不到其他发泄之处。

"敬酒不吃吃罚酒！你以为你还是那个高高在上的王爷？"燕子叽突然掐住凤雁北的脖子厉声道，眼中泛起赤裸裸的狂暴，仿佛换了一个人。

"来人。"他转过头对着门外厉声大喝，"给我把那个女人带去地牢。你喜欢她，我就让她跟你在地牢做伴吧。"

凤雁北和香桂先后被带到地牢。

地牢中光线很暗，于是听觉便变得灵敏起来。老鼠跑动的声音，人的呼吸声，甚至是自己的心跳声，都像是贴在耳边响一样。

香桂逼自己静下心来，想着得先看看凤雁北的伤势，她忘不了他胸口的伤。

"凤爷！凤爷！"她低声唤，但是并没有得到回应。

"凤爷，我帮你看看伤口，可好？"她一边征询着他的意见，一边凭着微弱的呼吸声向他所在的方向摸索。

地牢不大，在凤雁北开口前，香桂已碰触到了他。

他一动不动地趴伏在地，呼吸时断时续，对于香桂的碰触没有丝毫反应，原来他早已昏了过去。

低低叹了口气，香桂咬住牙没让自己落泪，平稳且小心地将他翻过身，摸了摸他的胸口，发现沾血的衣服已经干硬，血显然止住了，这才稍稍松了口气。

"冷……冷……"半夜，药效过去的凤雁北蜷缩着身体虚弱地呓语，整个人抖得如风中的残叶。

挨着他的香桂本来就睡得不安稳，立即被惊醒。她想着他现在的落魄，再忆及他以前的俊朗，终于忍不住心疼得落下泪来，不禁张开手臂将他紧紧地抱在怀中，希望能用自己的身子给他提供些许温暖。

地牢中又湿又冷，两人即使挤在一起，依然冷得打战。为了不让凤雁北冻得失去知觉，香桂只能不停地用手摩擦他的脸和手，直到他恢复意识，尝试着回抱她。

过了许久，应是早上了吧，凤雁北醒了过来，却一言不发地与香桂拉开了距离，靠着墙坐在角落里，看守送来了食物。香桂除了将饭菜端到他面前外，也不多言。

晚上，燕子叽又将两人提了出去，对已经很虚弱的凤雁北任意羞辱，一点也不再顾念旧情。

这样几番折磨下来，凤雁北支撑不住，伤势急剧恶化，连着数天都没有再睁开过眼睛，更不用说进食了。奇怪的是，在那之后燕子叽就没再出现了，无论香桂怎么哀求看守找个大夫来看看凤雁北，都无人理会。也许燕子叽打算让他们在牢里自生自灭吧。

看着冷硬的馒头粒搁在凤雁北干裂的唇瓣间，随着呼吸而滑落，一点也没吃进去，一如这几日的情形，香桂控制不住低低啜泣。他的生命在她眼前一点点消逝，无力和绝望在她心中悄然蔓延，几乎要湮没她的求生意志。

但是她还不想死，更不希望他死。

可能越是出身卑微的人，求生的能力越强。香桂在片刻的颓丧之后又振作了起来，想了想，低头咬了一口馒头，混合着唾液嚼成食糜，再如同喂婴孩一般喂给昏迷中的凤雁北。在这种时候，已无法再去计较两人之间的身份悬殊，她只想让他熬过这一关。

"咱们要活下去，然后逃出这里。"当不需要喂食的时候，香桂就抱着发着高烧却冷得发抖的男人，在他耳边不停地重复着这句话，同时用石块在墙上画线，用来数地牢中的日子。

就这样，香桂拖着凤雁北挨过了五个寒冷的夜晚。在墙上的线条画到第六根的时候，凤雁北一直变化不定的体温终于恢复了正常。

在凤雁北真正清醒过来的那一刻，他便意识到了自己此次错得有多离谱。自代替莫商被燕子叽挟持那一刻起，他就没太认真地看待整件事。或许在他心中，并不认为燕子叽会真正伤害他吧。

"凤爷？"香桂唤，一只手摸上他的额，有着他早已习惯的粗糙和温柔。

是这只手的主人，在他徘徊在鬼门关时把他拉了回来，也是她，不停地在他耳边告诉他，要活下去，然后逃出这里。

是的，他要活下去，然后将燕子叽给自己的羞辱以千百倍奉还。

"香桂，你不怨我？"他自然不会忘记那夜，他们丢下她独自逃离。

香桂笑了笑，虽然地牢中光线昏暗，但是凤雁北仍看到她在笑。那是一种只有心地纯良的人才有的笑，淳朴，宽容，没有算计。

"这……没什么。"香桂想起这些日子和他的亲近，脸有些红，那晚被丢下的事，她压根没放在心上，"凤爷，你感觉可好些了？"

凤雁北叹了口气："死不了。也许，你……会后悔救我。"他丢下一句莫名其妙的话，便勉强坐起来，盘膝运功。

香桂挠了挠头，不大明白他的意思。她多希望他像以前那样好好的，怎么会后悔救他？

窸窸窣窣的声音突然响起，一只毛茸茸的小东西拖着干草从她脚上爬过，引开了她的注意力。

耗子在翻窝了，是要生崽了吧，她想。突然间有些羡慕这些小东西，她也想有孩子，有一个温暖的小家，平平安安地过日子，可是这一生恐怕是不大可能了。

原本呼吸渐渐变得匀细的凤雁北，突然闷哼出声，然后无力地仰靠在墙上。

"凤爷，你怎么了？"香桂想也未想便扑了过去，数日下来她已如惊弓之鸟,他任何一点异常都会让她心惊胆战。

凤雁北任她抱着,没有动,只是睁开眼睛,看着那因光线不足而显得有些模糊的面孔。那双眼中所透露出的担忧和关怀是那样的赤裸,他心中不禁有些疑惑。

这世上怎么可能会有人无端对另一个人好?现在的他,生死尚是未知,什么也给不了她,更没有可能许诺给她任何利益。那么她是为了什么?

生在帝王之家的他,根本不相信有人会不求回报地付出。

"散功丸的效力还留存在血液中,我的真气提不起来。"他开口,突然很想知道她能为他做到什么程度。

"那要怎么办?"香桂疑惑地问,其实她并不明白真气提不起来对他们有什么影响,但既然是他说的,那便一定是很要紧的事。

凤雁北默然。地牢中流动着腐烂潮湿的气味,若在以前,他是一刻也不能忍受的,如今却已习惯,可见人的适应能力是多么强大。

从莫商口中,他知道眼前的女人曾是营妓,那么他即将说出口的方法,对于她来说也许不至于太为难:"让我出汗,通过汗液将残余的药排出来。"

香桂怔住,脑子一时转不过弯来。此时正值一年中最冷的季节,地牢中温度更低,连破被褥也没有。这些天,两人一直相互依偎着取暖,连她都无法出汗,更遑论身体虚弱至极的他。

"出汗……出汗……"要怎么办呢?香桂喃喃自语,努力在记忆中寻找能让人发热的办法。

凤雁北叹息,因为女人的愚笨。懒得解释,他索性示范性地直接将手伸进紧挨着自己的女人衣服之内，温热的肌肤接触到冰冷的手，香桂很自然地瑟缩了一下，寒毛直立。

"让我的身体激动起来。"

"对哦。"香桂突然醒悟过来，"可是……"他不介意？这想法让她瞬间紧张起来，浑然不觉他冰冷的手仍贴着自己的皮肤，吸取着她身上的热量。

"没什么可是，若不在燕子叽出现之前让我恢复功力，咱们都得死在这里。"凤雁北开始不耐烦起来，他都不介意，她磨磨叽叽什么？！

"是……是，好……咱们要快点……"

汗，顺着他额角滑过下巴，滴在身下女人的脸上，与她的混融在一起。香桂顺从地依着他，承受着他突如其来的狂暴。

伤口再次绽裂，血浸透了里衣，冰冷地贴在身上，身上的燥热退去，他开始无法控制地发抖。他下意识抱紧身下的女人，渴望能从她身上分得一些热量。

"扶我起来……"他说，一开口，牙齿便不受控制地打起架来。但是他也知道，无论怎么虚弱，现在都必须开始运功，否则因受凉而再次发起烧来，之前所做的一切就白费了。

凤雁北盘膝而坐，调息凝神，一坐便是整整三天。香桂不敢打扰他，却又担心他有个好歹，只能每隔个把时辰将手指探到他的鼻下，确定他还活着，才放心。

其间送饭的人来了三次，每一次都是把食物搁在外面，然后收起上一次的碗便离开了，并没有察觉到牢内的情况。

香桂安静地坐在一边，除了在送饭的人来时挡在凤雁北面前外,没什么可做的。闲下来,脑子里便不由自主地胡思乱想起来。

她的脸发烫,似火烧一般。凤雁北的每一下呼吸在她耳中都变得无比清晰和魅惑,刺激着她的每一根神经,吓得她连忙压下心中的念头,好一会儿才平息自己体内的躁动。

她知道自己的出身,绝不敢痴心妄想。只是当那具火热的身体覆上她的时候,她感到有一种很暖的感觉充满了心口,那是一种极陌生的感觉,却让她不由自主地贪恋。

"不该。"她对自己说,手指下意识地摸着右手腕上那个灯芯草手环。

这个原本是她买下来打算送给莫姑娘的,可是莫姑娘没有要。她到现在仍然记得莫姑娘当时所说的话:"虽然喜欢,但那不代表想占为己有。"

香桂当时不是很懂这句话,她什么都没有,若喜欢上一件物事,自然想随时带在身边,好好地珍惜。

"我喜欢很多东西,若都要了,不是要很多马车成天跟着?所以,喜欢归喜欢,但只需要挑最合适自己的就足够了。"

最合适自己的……香桂看向仍然一动不动坐着的凤雁北,他的背脊似乎直了许多,呼吸也沉稳了许多。

她愚钝,很多事都要想好久才会明白,对莫姑娘的话也是这样。

所以她现在知道了,适合莫姑娘的只有那个价值足够贫穷人家过一辈子的碧蓝色镯子,而她自己,只配有这样一个灯芯草手环。

"你手上戴的什么?"凤雁北低柔的声音突然在黑暗中响起,沉稳而有力。

"灯芯草做的手环……"香桂反射性地回答,语音未落,赫然反应过来,"你……凤爷你……"她想问他什么时候醒过来的,又想问他怎么知道她手上戴着东西,还想问他真气提起来了没。或许是想问的太多,又或许是自己因他的苏醒而过于兴奋,结果一张口却结结巴巴,竟然一句完整的话也没说出来。

凤雁北微微一笑,挺身而起,只觉体内真气充沛。想到一切又都回到了自己掌握之中,被俘以来,他的心情首次转好。

"香桂,接下来就要看你的了。"他的声音铿锵有力。

第五章 绝命

地牢中隐隐约约传来女人悲伤的号哭声,看守的侍卫互看了一眼,想到狱中人的身份,心中不禁有些不安。

"是不是……"接下来的话虽然没说出口,两人却心知肚明。虽然侯爷特别吩咐不需要善待牢中之人,但是也没说回来想看到一具尸体。燕子叽有事出门去了,不然又怎么容得香桂他们平平静静地待这么久。

"去看看吧。"想到后果严重,两人终究还是有些害怕,决定让其中一个人进去看看出了什么事。

火把将黑暗驱散,进去的侍卫来到香桂和凤雁北所住的那间外面,透过上面监视用的小窗口往里面看。

那个女人背对着门跪在地上,上身趴伏在横躺在地的男人身上,哭得声嘶力竭。男人一动也不动地躺着,让人感觉不到丝毫生命的气息。由于光线太暗,他无法再看得更清楚一些。然而只是这样,已足够让他的背脊升起一股寒意。

侯爷惩罚犯错之人的狠辣手段,他们都是见识过的。这个男人的身份非同一般，若死在他们轮班的时候……想想那后果，他就觉得不寒而栗。

"喂，怎么了？"他冲牢里嚷，语气凶悍，还有一丝难察的惶恐。

女人兀自哭着，没有理会他。他又厉声问了两次，依然没有得到答复。

低声咒骂，他将火把往牢房旁的墙缝中一插，掏出钥匙，打开了牢房门。

半炷香工夫后，他从里面出来，走到从外面上了锁的铁门前，啪啪敲了两下。

"怎么样？"咣当一声，上面的小窗打开，锐利的目光直直射了进来，却只能看到他低垂的头顶。

"你快进来，咱们这次麻烦了……"他耷拉着脑袋，声音有些无精打采。

"可是……"外面的侍卫心一沉，却仍然有些犹豫，他自然不会忘记规矩——为了防止地牢中的人逃跑，除了送饭，他们谁也不能轻易在里面进出，就算不得不进去，也一定要留一个人在外面看守。

"别磨叽，再不想办法，咱俩都得没命！"里面的人暴躁地吼，又像怕被其他人听到，将声音压得很低。

想到里面只有一个女人和一个奄奄一息、不具任何威胁的男人，何况还有另一道门锁着，外面的侍卫觉得即使进去也没什么大碍，只要不被人发觉就好了。他急忙打开了门，闪身而入。

谁知刚掩上门，一股劲风便直袭他的后脑，他也是反应机敏的，当下反手便是一掌。谁知身后之人无论速度还是武技都远胜于他，即使力道稍弱，也足以在他发出声音之前将他制住。

一声闷哼，他连偷袭之人的样子也没看到，便瘫倒在了地上。身体被不客气地翻转过来，他的眼对上一双似笑非笑的眼，心咯噔一下沉入谷底。

"多谢阁下这段日子的照顾。"凤雁北一边温柔地说着反话，一边不客气地扒着对方的衣服。香桂出来时看到的正是这一幕，注意到侍卫的脸因为恐惧而吓得青白，她不禁为凤雁北孩子似的淘气哭笑不得。

香桂穿上凤雁北递给她的侍卫衣服，由于身形过于瘦小，套在比自己大了将近一倍的衣服里面，看上去有些奇怪。

凤雁北瞟了她一眼，没发表任何意见。"你看看外面是什么情况。"他说完，目光又落到了地上躺着的侍卫身上，不知在打什么主意。

香桂"哦"了一声，悄悄打开虚掩的门。外面已是深夜，只有几个灯笼挂在长长的走廊上，发出昏暗的光。没有看到其他人，冷风呼啸过光秃秃的树枝，将寒冷散播至每个角落。

香桂打了个寒战，缩回头来。

"没……"她的话戛然而止，面前那个刚刚还鲜活的一条生命，已经再也不能说话了。他惊恐地大睁着眼，其中含着不甘和懊悔，可见在生命结束之前他是多么害怕。

凤雁北若无其事地在尸体上擦了擦手："走吧。"没有理会香桂眼中的不理解和惶然，闪身而出。

香桂怔了怔，看着地上的尸体，心中突然有些害怕。

第五章 绝命

这是她第一次见识到凤雁北的狠辣。在她的心中，他一直如月亮般温润明朗，是如神般高贵的人。

然而现在的他虽然恢复了以往的神色，却让她开始觉得可怕。她想到死在雪地中的何长贵，想到凶狠的燕子叽也对他处处忍让，心中莫名地升起阵阵寒意。或许，这才是真正的凤雁北。

也许是燕子叽不在，侯府戒备比较松，也许是凤雁北对此地过于熟悉，总之，两人的逃脱较前次轻松许多。

一路逃奔，凤雁北始终没有丢下她。香桂心中感动，对于之前自己心中对他的不满和畏惧感到惭愧。她想着如果这次逃出去，一定要做牛做马回报他。

咯吱的踩雪声中，两串杂乱的脚印暴露出两人的逃亡方向。

凤雁北自然不知道香桂在想些什么，但就算知道了也只会嗤之以鼻。如今的他，如脱笼而出的鹰，再也不会让人轻易捉住。

"我不行了，凤爷……你走吧……别管我。"好不容易爬上侯府后面的山头，香桂弯腰撑住膝盖，大口大口地喘息着，冰冷的空气吸进肺中，如针般刺得人又冷又疼。她虽然已习惯了劳作，但在这样没命的狂奔下，仍然吃不消。不想连累凤雁北，她一边喘气一边催促他独自逃亡。

凤雁北站住，功力刚恢复的他体力仍然很差，一路走来，其实就是靠着超越常人的意志撑着。回头看向山下，只见燕南侯府灯火通明，人影晃动，显然已发现了两人的逃离。他知道他们很快就会追上来，因为这一路两人压根没有时间掩饰行踪。

他原本打算在原地稍稍休息片刻，却突然发现来路上有几个黑影正向山上飞奔而来。凤雁北神色凝住，蓦地揽住香桂的腰，向山上林木深处疾速奔去。

香桂惊呼出声,一颗心儿几乎提到了嗓子眼儿。冷风从耳边刮过,双耳被冻得完全失去了知觉,结冰的树枝从脸上划过,引起一下又一下的刺痛。

突然,凤雁北不知道是力尽,还是踩到了什么,脚下一个趔趄,两人同时扑倒在雪地上,半天爬不起来。

"其实,你可以不用管我,他们不会把我怎么样的。"看着趴在她身上喘息的男人头顶,香桂心中有着说不出的感动。

凤雁北没有回答。过了好一会儿,他吃力地坐起来。举目四顾,这才发现两人已到了山顶。但他怎么也没想到另一边竟然是悬崖,虽然不高,但下面却是一条水流湍急的大河,即使在这隆冬之际,依然没有结冰。

前无去路,后有追兵。凤雁北咬牙看向乌云密布,随时都会出现暴风雪的天空,一股强大的求生欲望蓦然生起。嘴角浮起一丝傲然的笑,他走到悬崖边,俯首下望,飞快地思考着逃生之计。就算老天要绝他凤雁北,也要看他愿不愿意配合。

"香桂,你过来。"回头,他看向愣在原地的女人。

香桂"哦"了一声,一步三滑地走到他身边,同他一样,往下望去,却在看见下面咆哮的河水时,双腿一阵发软,差点站不稳。

"凤爷……"他们不是要从这里跳下去吧?那样怎么可能还有命在?!

凤雁北抓住她的手臂,稳住那瘦小的身体。一声奇怪的低叹从他口中溢出,引起香桂的侧目。

"我说过,你会后悔救我。"遗憾的低语在黑冷的夜中响起。

香桂矢口否认："我没……"然而话音未落，一股大力从她手臂上传来，将她推下悬崖。

香桂大叫一声，不知道发生了什么事，扭头迷茫地看向凤雁北，双手胡乱地在空中抓着，渴望能抓住一样东西。她连思考为什么的时间都没有，人已坠下山崖。

凤雁北木然地看着她的身体变成一个黑点，直到落水的声音响起，才一个纵身也跟着跳下。但是，他并没有如香桂一样直落入水，而是抓着崖下一块稍微突出的岩石，挂在了上面。由于岩石的遮挡，从上面看下来，那些追兵根本不会发现他。

脚步声陆续响起，他使出全身力道抓住岩石，同时屏住了呼吸。他的十指指尖陷进了石上凝固的冰层中，刺骨的寒冷透指而入。

香桂看到了他毕生最耻辱的一幕，从决定要活下去那刻起，他就没打算过留她性命。一路带着她，只是怕她落在别人手中，然后把她看到的一切弄得世人皆知。

他本来便是为了利益不择手段的人，何况此次还受了这么大的屈辱，自然更加不再相信人性。

香桂，不过是一个无足轻重的营妓而已，死了于他也没什么影响。那时，挂在岩下的他是如此认为的。

第二日清晨，凤雁北成功地避开了追踪，逃出燕都，恰好与准备再次入侯府救他的莫商一行人遇上。

半个月后，凤雁北平安回到汉南都城怀安。

一乘白纱飘扬的华美车辇在金碧辉煌的太和宫前停下，宫前的太监和侍卫赶紧跪地高呼"王爷千岁"相迎。

随辇的莫忘忙上前，扶出随意披着一件素色长袍的凤雁北。

他黑发未束,散于肩背,显得有些懒散和过于随意。

阻止了太监通报,他留下侍仆,独自一人悠然走进御书房,一脸穿街寻柳的调调,哪里像是身在皇宫之中!当他看到那位书案后面正在专注地批阅奏章的黄袍男人,嘴角扬起一抹意味不明的谑笑:"臣弟见过皇兄。"

他的语气无比温柔,却惊得书案后的男人蓦然抬头,看清眼前所站之人,脸上立时血色尽失:"你……你……"男人指着他,如见鬼魅一般。

凤雁北轻笑:"怎么,皇兄,见着臣弟为何如此吃惊?"

男人回过神,勉强扯出一抹不自然的笑容:"六弟,你什么时候回来的?怎不早些通知我,也好为你设宴洗尘。"

眯眼享受着男人声音中的颤意和那帝王之家的"手足情深",或许想到了什么,凤雁北挂在脸上的笑,在某一刻竟让人觉得莫名残忍:"皇兄的关爱,臣弟将永远铭记于心,定无片刻敢忘。"

听着这像是对临终人说的话,男人神色大变:"六弟,你……你不必如此见外。"

凤雁北摇头叹息,缓步走至御案之前,身体微倾,居高临下地俯视那布着疲惫纹路、与自己有几分相似的脸,眼中射出奇异的光芒。

"皇兄,燕子叽说……"就在男人因那名字而惶恐不安的时候,他的声音突然低了下去,对面的男人好似着魔一般,盯着他绝美的脸,移不开眼。

很久之后,凤雁北脸色有些苍白地从御书房中出来,从容登上车辇,返回王府。

看着两旁的巍峨宫墙，凤雁北脑海里响起在自己摄魂术下那个男人的回答，一抹讥讽的笑浮上嘴角。

这宫墙之内，怎一个"脏"字可以形容?!

突然之间，他开始无比地厌烦，厌烦现在所拥有的一切。

纱幔如雾，华丽的寝帐之内，两具躯体紧密地交缠。

突然，女人的尖叫声起，纱帐飞扬，一个白皙丰满的女人被踢下了床，狼狈地摔在厚实的地毯上。

"滚！没用的东西！"充满怒气的男子声音从纱帐内传出来，近乎狂暴。

女人被吓得花容失色，连衣服也没敢穿，便跑了出去。谁都知道王爷回来后性情大变，即使表面上看去仍如以前那样温雅，但骨子里散发出的暴戾和残忍，让除了莫姑娘以外的所有人都噤若寒蝉。

"没用的东西……"凤雁北近乎痛苦地自语着，扯过被子盖住自己丝毫没有激动的身体，渐渐蜷缩成一团。

好冷！他的身体落下了病根，异常怕冷，每晚都会因为寒冷而难以沉睡。所以他让人不停地找女人来，试图用她们的身体来温暖自己，然而没有用。

室内炭火烧得极旺，好不容易迷迷糊糊睡过去的凤雁北在梦里又回到了那阴暗的地牢中，空气阴冷，潮湿，散发着霉烂的味道。

一个又一个妙龄少女来了又走，他却依然常常半夜被冷醒。

"香桂。"迷迷糊糊中，他依稀感觉到一个女人柔软的身体紧贴着他的背，一双粗糙的手不停地温暖着他的手脚，企图让他全身都暖和起来。

"香桂……"他不由得全身颤抖。

睁开眼,凤雁北气吁吁地瞪着纱帐顶部,知道自己刚才又下意识地靠幻想那女人的拥抱来去除寒意了。

为什么?她不过是个低贱的营妓而已!

眼前浮起那个女人被他打落悬崖时的迷茫眼神,以她的简单朴实,想必到死都不明白究竟发生了什么事吧。

一股郁气堵在胸口,压得他几乎无法喘息。而寒意,再一次侵骨。

凤雁北裹紧被子瑟瑟地抖着,脑海中闪过一个又一个的人,害他落到此等地步仍逍遥自在的燕子叽,已被他用药物控制住的皇兄,还有始终跟随着他的亲妹莫商……

他不是一个容易将别人放在心上的人,但是一旦将之视为自己的重要之人,便是全心全意地付出。因此,对着一再伤他的燕子叽,他始终无法彻底狠下心,所以才会有这次的遭遇。人心易变,随势而动,还是自己轻信了。以后,燕子叽再不会有任何机会了。

半年后,北国发生了一件震惊天下的事。

燕南侯意图谋反,被诛九族。旦夕间,风云变动,曾睥睨天下的燕子叽成为丧家之犬,被四处通缉。而原与汉南并肩称雄的北国,也因少了这顶梁之柱,国势大不如前,再无力与如日中天的汉南抗衡。

"找到人了吗?"握着一杯香茶,凤雁北倚栏而坐,目光落在波光粼粼的湖面上,淡淡地问。

阿大垂手恭立:"回王爷,兴安传来消息,在一家妓院发现燕子叽的踪迹,月河他们已经赶过去了。"

"嗯。"凤雁北脸上不见任何情绪波动,举杯到唇边,一口饮下,馥郁的茶水入喉,唇齿间尽是回香,"让青双进来。"

阿大应声倒退而去。半刻后,门被叩响,凤雁北收回目光,看向那推门而入的绝色美人。

"奴婢青双见过王爷。"女子行至近前,盈盈一礼,抬起头,曾经的冷若冰霜早已不见,取而代之的是无法掩饰的痴迷。

她原被燕子叽救出,然又于三月前再次闯入王府行刺凤雁北。只是这一次,她自己心里明白,行刺完全是借口。她想见他,想到日夜难眠。自第一次行刺不成,而被他抱在怀里那一刻起,她的心就陷在了他温柔而漫不经心的笑里。所以,即使明知他无心于己,她仍然臣服在了他的脚下。

"丫头,"凤雁北一把将青双拉进自己怀里,看着她的脸染上红晕,"帮我杀了燕子叽。"他的声音清冷,在青双震惊地抬眼看向他时,他狠狠地吻住她的嘴唇,肆意地怜爱。

即使虎落平阳,燕子叽仍然是一只老虎,想要杀他,并不是一件容易的事。何况,也应该让他尝尝被亲近的人背叛的滋味了。

半响,唇分,凤雁北看着如软泥般瘫在自己怀里的女子,有瞬间的恍惚。好像……他没有吻过那个女人……

"好。"第一次被心爱的男子如此怜爱,青双整颗芳心几乎都融化在了他的柔情中,她突然明白,如果能得到他的欢心,即使让她去死她也甘愿,何况只是去杀一个人。这时,于她来说,杀谁，都不重要了。

甩开脑子里莫名其妙的想法，凤雁北嘴角露出一抹满意的笑，放开青双："去吧，我等你回来。"

"是。"青双眷念地看了心上人一眼，不舍地退了出去。她满心以为，只要完成了他的吩咐，就一定可以得到他的爱。

阿大悄无声息地走了进来。

"跟上她，不准出任何差错。"

茶水从壶口落进杯中，水雾袅袅，带着扑鼻的清香。

阿大离开，掩上门，雅阁里恢复了初时的安静。

凤雁北只手撑头倚向窗框，半阖着眼，手中把玩着精致的朱砂杯，悠然自得。方才发生的小小插曲似乎一点也没有影响到他。

静，无比地静。鼻尖萦绕着淡淡的兰花香，让人只想沉溺其中不愿醒来。难怪这家酒楼如此出名，雅间敢要到十两金，就为这香，便值了。

慵懒地倚在窗棂上，他扬起嘴角，为这想法痴痴地笑。

这里很暖和，比王府暖。

凤雁北不禁倚着窗沿小憩，一头乌黑柔亮的青丝披散在雪白的长衣上，鲜红的眉心痣在夕阳照耀下显得分外妖娆。

同一时间，靠近燕都的陌阳城外，四月才转暖，还下着初春的雨。

河边，一个瘦小的女人挽着裤腿，双脚踩在刺骨的水中，正冒雨洗着衣服。她脚边的石头上，衣服已堆到了膝盖处，岸上的木盆中，装了大半盆清洗过的衣服，显然她站在这里已洗了有一段时间。

"阿水,这里还有,你洗完再回来吧,我给你留着饭。"一个十七八岁的少女撑着伞走过来,将另一只手抱着的衣服丢在女人的脚边,笑容满面地道。

叫阿水的女人看了眼那堆女子的衫裙,"嗯"了一声,没有再说其他。她自然知道那是少女自己的衣服,不过反正都是洗,也懒得计较。何况洗了太久,她的腿已经没有感觉了,再多站一会儿也没什么大碍。

少女没再看阿水一眼,转身走了。

阿水蹲着,无暇顾及手上被冻裂的伤口在水中被泡得泛白,浸出了缕缕血丝,只是埋头卖力地洗着。雨虽然不大,但是在户外站久了,依然浸透了她的衣服。淋湿的头发紧贴着她苍白的脸,头上不知是汗还是雨水,顺着发梢一滴一滴落到水中。

她的额角,一道触目惊心的疤痕直入发际,显示着她是一个在鬼门关前走过一遭的人。

直到天黑,阿水才洗完所有的衣服。当她上岸时,已无法站稳,重重地摔倒在地上晕了过去。很久后她被冻醒,像什么事也没发生一样,穿上鞋袜,吃力地端着衣服一瘸一拐地回到本村土财主为积德所修的善堂——一个专门收容无家可归之人的地方。

桌子上摆着少女给她留的两个黑馍馍和一根腌萝卜,早已变得冷硬。

她的手红肿开裂,使不了筷子,只好就这样拿起来啃。

人的命有的时候很硬。从那样高的地方掉下去,在寒冷湍急的河中漂了那样长的时间,除了被水中岩石划伤额角,差点废掉一条腿外,她竟然没有其他大碍。

喝了口冷水,将干硬如石的馍冲下肚,阿水这才起身换下身上的湿衣。

"真贱!"当她看到那个仍套在手腕上已被水泡得变了形的灯芯草手环时,不禁啐了自己一口。

如果没人将她捞起来,也许她会死吧。她钻进冰冷的薄被中,耳中听着大通铺上其他人熟睡的呼吸声,双眼瞪着黑漆漆的屋顶默默想着。

"傻子阿桂!"脑海中浮起一个女人轻蔑的叫唤声,她有些哽咽,可是眼睛干干的,没有办法用泪水冲掉那种感觉。

她的确是一个傻子。

傻子好啊,过一天就算一天,什么也别想了吧。在脑子里浮起另一张面孔前,她赶紧阻止自己。

别想了,别想天上的月亮,也别想江南的柳树。

第六章 重逢

又打仗了。

当燕子叽已死的消息传遍天下时,汉南突然举兵北上。泽卫、莫氏两国分别于西南、东北响应,同时攻打北国,意图将其瓜分。

彼时北国正值新旧权力交替的时刻,人心涣散,遇此骤变,立时手忙脚乱。

或许是迁怒,凤雁北对整个北国都充满恨意,他在逃出其地界的那一刻曾回头发誓,要将之踏平。于是他先是设计利用北国皇帝除去燕子叽,再利诱泽卫、莫氏两国,共讨北国。

因此,凡凤雁北所率铁蹄踏过之处,几乎寸草不留。北人闻风丧胆,扶老携幼亡命而逃。

没了燕子叽,天下已无凤雁北可惧之人,其军威如日中天,一路势如破竹,直逼北国燕都。

每天天未亮,阿水便要爬起来,推着简陋的家什走上大半时辰的路去城里卖煎饼。虽然住在善堂,但是他们仍然要靠自己的双手吃饭,同时养活里面一些没有劳动能力的老人和孩子。

陌阳城不大，但由于靠近燕都，南来北往的行脚商很多，所以做点小生意也能勉强糊口。

这一天早晨，天边竟然一改往日的阴霾，露出了许久不见的霞光。

阿水撑着痛了一夜的腿，刚把火炉生起，便有人来买早餐。她利落地上锅，下油，调面，一时之间，令人食欲大开的油香味飘得整条街都是。

也许是天气好，早起的人多，她的生意也比往日好了许多。太阳还在城外的山头上挂着，带来的面和馅料却已卖得差不多了。

人少的时候，她就坐在带来的凳子上，让疼痛的腿休息一下。她看着来来去去的行人，想着就这样在异乡过一辈子吧。

"阿水，把剩下的面全做了，给我送过来。"对面正在卖肉的张屠夫一边给人砍着肉，一边冲着这边喊。他每天都是最后一个要的，无论阿水剩多少，他都会要完。

所有人都说张屠夫看上了阿水，不然谁会天天早餐都吃煎饼。不过阿水倒是个勤快的女人，只是不太会说话，跟个哑巴似的。这样的女人娶回家，闷也要闷死了。不过张屠夫喜欢，谁管得着呢！

从阿水的煎饼摊子到对面的肉摊也就五十来步的距离，当阿水将剩下的料做成四个煎饼，用油纸包了拿着穿过大街时，急骤的马蹄声突然从东门那边传来。

宁静的清晨被这马蹄声划破，太平日子过得太久的人们没有一点危机意识，只是习惯性地散往街道两旁，好奇地往马蹄声传来的方向看去。他们知道打仗了，可是，身处偏僻的小城，战争对于他们来说似乎是很遥远的事，他们认为平静而富足的生活会一直跟随着他们，即使是死亡也遥远得仿佛永远都不会到来。

阿水不自觉地站住，木然看向街的另一头。她和他们不一样，她在军营中待了六年，能嗅出空气中战争的气味。

在旭日照射下，数千匹战骑如潮水般涌进城门，散往各个街道。他们以迅雷不及掩耳之势控制整个陌阳城。谁也想不到，城守连做做样子的抵抗也没有，便将陌阳拱手让给了汉南。

人们看着突然冒出来的军队目瞪口呆，十分茫然，不知究竟发生了什么事。

近百战骑直直穿过人潮汹涌的大街，往西门急驰而来，铠甲反射着日光，灼人眼。为首之人红马白袍，黑发飞扬，高傲似神，诡艳似妖。

阿水呼吸一顿，匆忙往街边跑去。谁知腿疾竟在此刻发作，剧痛中她一个趔趄，向前扑倒，手中煎饼散落一地。围观人们惊呼出声，眼看着马骑就要到近前，却无人伸手拉她一把。

没有期待别人会帮自己，阿水咬紧牙挣扎着往路边爬去。她毫不怀疑，如果她不闪开，那铁蹄定会从她的身上踏过去。

"阿水！"一个熟悉的声音突然响起，张屠夫冲出人群，几乎是半抱半拖地将她拉离大街，让她侥幸逃过了一劫。

带着马匹臊气的风刮过人们的脸庞，高大的骏马与剽悍的战士所形成的强大气势几乎压得人喘不过气来。

出乎所有人的意料，那为首之人驰出一段距离后，突然抬手做了个停止的手势，所有骑士立时勒紧手上缰绳，强硬地控制住疾跑中的战马。一时之间，战马扬蹄而起，长嘶之声响彻长街。

仍站在街两旁原本是看热闹的人们心中都不禁忐忑起来，即使他们再迟钝，也知道这些战骑来得不寻常。他们早就听过其他地方的战事，听过那些让人肝胆俱寒的传言，只是一直认为那不过是寻常的边疆战事罢了，怎么也波及不到他们。所以当这些与平时城中兵士不同的战士硬生生波及他们平静的生活时，在做梦般不实的感觉中，一股陌生的恐惧终于开始刺向他们的心脏。

只见为首那神明般的白袍人物调转马头，身后战骑立时让出一条道来。他骑着马穿过其中，轻缓地踱到仍紧抱着阿水、一脸紧张的张屠夫面前，居高临下地俯视他们。

"香桂。"半晌，他淡然低语，目光清冷地看着脸色瞬间灰白的女人，心里暗暗想着：没死，很好，老天爷这个玩笑可开得大了。

阿水，也就是死里逃生的香桂，站在凤雁北的帅帐中心，低垂着头，看着脚下的厚毡，心中一片茫然。

有的事情不想，日子便能照过；想，便是逼自己去死。她不想死，所以从来不让自己想太多。人们都说，善有善报，恶有恶报。她在想自己是不是做错了什么。

"你的命很大。"凤雁北眯眼打量了她半晌才悠悠地说。他怎么也想不到在那样恶劣的条件下，她仍然能活下来。不得不说，越低贱的人，命越硬。

香桂没有回答，也没有看他。自被善堂的老人救起来后，原本话就不多的她基本上不大说话了。

"在燕南侯府的事，你和哪些人说过？"轻轻地摩挲着拇指上的青铜扳指，凤雁北盯着她问道。

香桂闻言，好一会儿，就在凤雁北耐性将失时，才有所反应。

她慢慢地抬起头，见面以来第一次正视座上的男人，那个曾被她当成天上月亮一样仰望的男人。

摇了摇头，她又垂下了脑袋。她连想都不敢去想，又怎么会和人说？

"为什么？"她以为自己不会问，不会说，谁知，自己仍不由自主张开了久不说话的口。这个"为什么"在她的脑子里盘旋了半年多，压得她几乎喘不过气，如今吐了出来，答案是什么，似乎也并不是那么重要了。

凤雁北的心一顿，回答道："你活着，我难安"。他大可不必回答的。思及此，他有些恼。

原来是这样。香桂的头垂得更低了，手下意识地去摸那个变形的手环，心中叹了口气。

"是不是很后悔救了我？"见她不怒不骂不指责，凤雁北反而更恼，他站起身来到香桂面前，伸手将她的下巴抬了起来。

香桂沉默地与他对视，稍稍摇了下头表明自己的意思，没挣脱他的手，也没避开他凌厉的眼神。

后悔？不，她从来没有想过。她知道，如果一切重来，她依然不会弃他不顾。她并非舍己为人的圣人，只是因为，他在她心中，毕竟与别人不一样。

自经历过那场劫难后，没有一个人能如香桂这般无惧与他对视。她眼中的坦荡，仿佛一根鞭子狠狠地抽在凤雁北的心上，他大手一扬，将香桂甩了出去。

香桂的腿本来就不好使，被他如此一甩，连站稳也难，砰的一声，摔倒在了地上。还好地毡厚实，摔得不是很痛，只是因为腿的问题,她一时半会儿爬不起来。

凤雁北脸色阴沉,踏前一步,在她面前蹲下。他俯视着那张没什么血色的脸:"你住哪里?"如果有可能,他打算把半年来所有与她接触过的人都铲除干净,以免留下隐患,毕竟她见过他最狼狈不堪的时刻。

察觉到他眼中的杀机,香桂心中一紧,隐约猜到了他的意图。咬了咬牙,她知道即使自己不说,他也有本事查出来。这半年来,她的日子虽然不好过,但是总也有那么一些人对她好,她怎能牵累他们?

"我没对任何人说过,求你别去找他们……"她无法再去顾虑是否会触怒他,蓦地伸手抓住他的袖子,急切地解释。

一抹轻鄙的笑浮上嘴角:"求我,你凭什……"凤雁北的话因看到她额角深入发际的疤痕戛然停止。

"我凭什么相信你?"他改口,知道自己终究还是不能对她曾救过自己的事无动于衷,不能忘记她坠崖时的迷茫眼神。这些在过去半年就像噩梦一样时刻侵扰着他,让他无法安睡。

香桂张了张口,却没说出一个字。他凭什么相信她?凭什么?

凤雁北笑了,再次将她的下巴抬高,看着那双一直清澈的眼失去了镇定。

"我倒是有办法……"他的声音突然变得温柔无比,像是对着情人的低喃。

香桂不由自主对上他闪烁着奇异光芒的眼,心中一片迷茫。凤雁北对香桂施用摄魂术后,知道她没将他俩的往事告诉别人,心中舒畅多了。

香桂醒来时，发现自己睡在一处行军帐内，身上盖着毯子。已经快五月了，帐内却仍放着火盆，热如炎夏。脑海中有瞬间的空白，随即便忆起自己是在凤雁北的帅帐内。

帐内太热，香桂摇了摇头，掀毯坐了起来。直到接触微凉的空气，她才发现自己额头和手心竟然都出了一层薄汗。

怎么会在这里糊里糊涂睡着呢？她有些疑惑，打量了下空无一人的帐篷，心中隐隐觉得不大妥当。坐立难安地待了约半个时辰，一直也不见人来，她不由自主地往帐门走去。

"姑娘，请止步。"帐外站着两排手持铁戟的兵卫，香桂刚探出头，便被交叉的铁戟给止住了。吓得她又缩了回去。她规规矩矩地坐在刚刚睡着的地方，心怦怦直跳。

大约又过了个把时辰，帐外终于传来了脚步声。尔时夜幕已经降临，没有点灯的帐内完全被黑暗笼罩，只有火盆中的炭块发出明暗不定的红光，但对视物毫无帮助。

被热气熏得昏昏欲睡的香桂听到脚步声，精神一振，抬起头往帐门处看去。

帐帘被掀起，明亮的火光立时射了进来，一直处于黑暗中的香桂不适应地用手挡了下眼。几个兵士走了进来，点灯的点灯，抬水的抬水，铺床的铺床，各做各的事，谁也没理会坐在角落大气也不敢出的香桂。

等他们都走后，香桂才悄悄松了口气。看着那冒着热气的大浴桶，她大约能猜到那水是为凤雁北准备的，看来他很快就要来了。想到此，她竟莫名有些紧张，一整天未进食的胃饿得抽痛起来。

果然，片刻之后，又响起一阵脚步声，一身白袍的凤雁北撩起帐帘走了进来。

看见他,香桂无措地站了起来:"凤爷……"她想问他,自己是不是可以走了,却在看到他清冷的目光时,硬生生把到口的话吞了回去。

"你以后就跟着我。"凤雁北一边走向浴桶,一边解开自己的腰带,没有再看她,"你有没有什么要紧的东西落下?我让人去给你取。"

香桂张了张嘴,结果只吐出一个字:"没。"她心中其实很不安,只是,潜意识中觉得自己如果拒绝的话,会惹怒他,甚至会牵连他人,招致很可怕的后果。

凤雁北没有再说话,显然并不介意香桂的存在,他将自己脱了个精光,跨进桶中。

早在他开始脱里衣的时候,香桂就转过了身。

水声响起,她的耳根有些烫,努力控制自己不要去胡思乱想。低下头,她看着自己冻伤开裂的丑陋双手,嘴角浮起一抹不自在的苦笑。也不看看自己是什么出身,竟然产生那样的幻想,他——一个高贵的王爷,怎么可能让她碰他?又怎么可能抱她?

只是……为什么那些画面会那么真实?她甚至可以感受到他急促的喘息在耳边回荡,感受到她的身体上仍残留着那冰冷的肌肤触感。

脸上血色消失,香桂的身体不可控制地轻微颤抖起来。她害怕脑子里大不敬的幻想,害怕变得有些奇怪的自己,浑然不觉背后有一双眼睛正若有所思地看着她。

她的身体比之前更瘦了。左腿曾摔断过,没有大夫的处理,只有善堂的老人用乡下人的土方子找草药包过，好是好了，却也畸形了。凤雁北闭眼仰靠在木桶结实的桶壁上，缓缓吐出一口气。他从水中起身，披上白色的软袍，走向铺好的卧毯："你也去洗洗，我不喜欢我身边的人太脏。"在躺下前，他随口道。因为确定自己已经掌控了整个战势，眼下只等北国皇帝来递投降书，所以他能如此放松。

香桂脸色微红，转身，跛着脚走到浴桶边。里面的水仍冒着热气，也仍清亮，只因凤雁北平素爱干净。

她迟疑地回头看了眼，发现他侧着身半靠在枕上，湿润的黑发垂在白衣上，他正阖眼假寐，似乎还不打算睡。知道他没看自己，她才稍稍放松了些。

他也不屑于看她丑陋的身体吧。她嘲笑自己的拘谨，然而解衣服的手仍然不受控制地轻颤。

浴桶太高了，对于腿不方便的香桂来说，即使有垫脚的墩子，她仍然是很狼狈地摔着掉进去，灌了几口洗澡水。好不容易呛咳着从水中探出头，竟一眼与正皱着眉头往里查看情况的凤雁北对上。未及多想，她下意识地蜷缩成一团，又缩进水中。凤雁北的反应很冷淡，见没事，又转身走了，显然对眼前女人的身体没什么兴趣。

香桂面红耳赤地又往下缩了缩，第一次为自己残缺的身体感到自卑。

因刚才的摔倒，泡在热水中的左腿传来刺骨的疼痛，她用手轻轻地抚摸着，雾气缭绕间，她的眼中浮起浓浓的苍凉。

是夜，香桂就睡在凤雁北的帐中。也许是忘记了，也许是根本不在意，凤雁北始终没让人给她送吃的过来，她自然也不会开口去要。

裹着毯子,她蜷缩在角落里,因为饿和腿疼,久久难以入睡。

夜半的时候,凤雁北再次被冷醒,脑海中首先浮起的就是香桂温软的身子。

"香桂,你过来。"这一次,他不需要再努力靠幻想来让自己获得温暖。

香桂本来就睡得不安稳,闻声惊醒,披了衣服摸黑走过去,也没去想他大半夜叫自己做什么。

"睡进来,抱着我。"看着走到卧毯前的人影,凤雁北清冷的命令语气中夹有一丝自己没有察觉的懊恼。

香桂蓦然清醒过来,以为自己听错了,犹豫着不知该怎么做才好。

"还要我再说一遍?"见她久久没有行动,再开口,凤雁北的声音中加入了不悦。

香桂不敢再迟疑,依言钻进了他盖的被中。

也许是曾经相偎的记忆深入骨髓,当她的手碰到那熟悉的身体之后,很自然地就以惯有的姿势将他拥紧。

对了,就是这种感觉。午夜梦回,常忆及的温软身体紧贴着自己的后背。凤雁北阖上眼,舒服地叹了口气,原本因寒意而僵硬的身体缓缓放松下来。

龙涎香燃烧的香味在帐内弥漫,温暖的被褥,好闻的味道……香桂原本以为自己会紧张得睡不着,谁知再次相拥、相互依赖的感觉竟然让她睡了半年来最沉的觉。

第七章 冷夏

七日后,泽卫、莫氏两国军队到达燕都城外,与汉南军会和。五月初五,端阳,三国联手开始攻打燕都。五月十七,北国皇帝派使者至三军总指挥营,献降书。五月二十,北国降。至此,北国从地图上消失,汉南一国独霸天下,泽卫、莫氏渐盛。

江南。江南有垂柳,有碧绿的荷塘,还有温柔的姑娘,那温柔美丽的姑娘……

"你以后就住这里,没事别到处乱跑,这里不比乡下。"雪琴将香桂带到凤雁北所住北苑旁的侧院内,指着其中一间朱红格窗的屋子说。

雪琴是凤雁北四大贴身侍女之一,容貌、才华都是上上等,远胜过一般的官家小姐。她跟着凤雁北久了,说话言行间自然而然流露出一股威势。对于香桂,虽然她心中瞧不起,但也没表现在脸上。

香桂应了,手却紧张地扭在一起。自进王府后她就没自在过,不知道是不是自己的心理作用,一路过来,即使是小小的一个奴仆看上去似乎也比小地方的财主傲气。

看着她那副没见过世面的样子,雪琴暗暗叹了口气,不明白主人怎么会带这样一个女人回来,而且还是住在这只有轮值侍女才能住的侧院中。

安顿好香桂,雪琴便离开了。

半月过去,香桂由最初的不安到渐渐习惯。这半月来,除了去厨房领吃的、到侍仆的洗澡间去洗澡外,她没去过其他地方。也许是因为腿伤或者是额角的疤痕,每个人看她的眼神都很奇怪。为了避开这些不算友善的目光,她总是最晚一个去领吃的,洗澡也是等到别人都睡了才去。

这半个月来,凤雁北并没有再找过她。

"也许他已经忘记了吧。"啃着有点冷的馒头,香桂一边往回走,一边想。说不上有多难过,她很少让自己想太多,何况现在还是住在他的地方,有吃有穿有温暖的被窝,这一切对于她来说,已经是做梦都不敢想的了。

"香桂姑娘。"一个正蹲在太阳底下整理花草的仆人看见走过来的香桂,咧开嘴冲她友善地打招呼。

香桂认识他,他叫陈和,是这里的园丁,因两人常常在路上遇到,所以熟稔了起来。最重要的是,他是极少不会拿异样眼光看她的人之一。

看了眼自己手上还剩的一小口白面馒头,香桂有些不好意思地笑了笑。再走几步就是自己住的侧院,她犹豫了下,没再往前走。

"我帮你。"她在满头大汗的陈和身边蹲下,笑着说道。

"不,别……"陈和有些意外,谁都知道香桂是王爷带回来的女人,王爷没发话,谁也不敢让她做事。

香桂将最后一口馒头放进嘴里,鼓囊囊地嚼着,手已开始跟着拔起花丛中的杂草来。

"我是乡下来的,闲不惯。"等咽下口中的食物后,她才腼腆地笑道。整天无所事事,对于劳碌惯了的她来说仿佛是一种折磨。何况在这里什么也不做,白吃饭,她也于心难安。

那淳朴的笑让陈和不由自主也跟着笑了起来,对她立时亲近了许多。他也不再拦阻,反而简单教她认一些刚冒头的花苗,以免被当成杂草给拔了。

暑热的风带着花草和泥土的味道吹在脸上,是久违的美好感觉。

陈和是个憨厚老实的人,话不多,但实在。

半个时辰很快就过去了,看着面前那块被清理干净的花圃,进王府以来,香桂第一次觉得自己并非毫无用处。

"阿桂,休息一下,喝口水。"一碗清凉的水递到仍蹲着的香桂面前,愉快的相处时光让陈和改变了对香桂客气的称呼。

"好。"香桂眯眼笑,接过水咕嘟咕嘟喝了大半才起身。谁知在太阳下蹲得久了,骤然起身,她眼前立时一黑,狼狈地就要摔倒在地,加上左腿本来就不便,即使意识清醒,她也无法控制身子,让自己站稳。

"小心!"陈和眼疾手快,一下子扶住了她,但碗里剩下的水全洒了出来,溅在香桂的胸口和花草上。

香桂还没缓过神,只觉手腕突然一紧,一股大力将她往旁边拉去。措手不及之下,若不是那只手仍抓着她,她恐怕已经跌倒在地。

她勉强站稳，待眼前黑影散去，一个修长俊逸的身影赫然映入她的眼帘。

"王爷。"陈和已经喊了出来。

"凤爷……"香桂微觉诧异，即使是手腕上传来的疼痛也抑制不住见到他时心中的喜悦。

"你退下。"没有理会她，凤雁北沉声命令陈和，而手上的劲道兀自加大，几乎要捏碎手中细瘦的腕骨。

临去前，陈和看了眼脸色因疼痛而发白的香桂，眼中浮起浓浓的担忧。王爷的脾气似乎越来越不好了。

直到陈和的背影消失在院中，凤雁北才阴沉着脸看向香桂，眼神阴晴难明。

香桂本要扬起的笑僵在嘴角，心中忐忑，暗自思忖是不是自己做错什么惹恼了他。

凤雁北似乎在隐忍着什么，半晌没有开口，而后突然放开她的手，大步往回走。

"跟上来。"身后落下他的命令。

香桂不敢怠慢，撑着仍有些酸麻的腿，几乎是用跑的才勉强跟上他。

不想让自己依恋一个营妓的身子，回到怀安后，凤雁北强撑着不让香桂如在军中那样夜夜陪寝。他原想着天气已经转暖，必然不会再如冬日那样难熬。谁知半月过去，他依然常常半夜冷醒，之后再难入睡。御医看过后，却说他身体没问题，是心病。

心病药难医，他自然知道。但让他懊恼的，却是这个能医他心病的竟是一个他无法忍受的低贱之人。当然，无论他能不能接受，一夜好眠确是目前他最需要的。尤其是在他很清楚地知道自己怎样可以睡个好觉的情况下，这种渴望就越发难以抑制。

所以从御书房回来后，他便让人去找香桂，传回的话却是她去厨房拿吃的未归。甚至等不及奴仆一去一来地找，他已亲自按路来寻，谁想竟看到方才的那一幕。

进入北苑，凤雁北即斥退了所有的仆人，径直来到寝居。

"脱衣服。"不等香桂看清楚里面的陈设，他便冷声命令道，自己已去了外袍躺上床。

香桂脸微红，不明白他怎么会在这个时候想睡觉，而且王府中随便一个女子都比她好看，为什么他还要找自己？

"我的手……"正要解衣服，她才发现自己手中仍拿着碗，而且满手的泥，不禁有些尴尬。

凤雁北闭了闭眼，蓦然起身，一把抓住她的手臂将她拖向另一扇门，另一只手则抢过她手中的碗，扬手丢了出去。

她穿过那扇门，一股热气迎面扑来，里面竟是一个极奢华的大浴池。其内水雾弥漫，配上吐水的龙头、明亮的夜明珠、飘荡的纱帷及水池中鲜艳芳香的花瓣，让人怀疑身处仙境。

还没来得及从震惊中回过神，香桂已经被粗鲁地丢进了池中。

热水瞬间没顶，她惊恐地瞪大眼，连挣扎也忘记了，任凭热水灌进口鼻，任凭自己的身子往下沉……

哗的一声，在令人窒息的黑暗即将吞噬她的时候，头皮一痛，她的身子又被带出了水面。

"蠢奴才，不知道自己游上来？"凤雁北站在水中的石阶上，一只手按在她的胸口，一只手拍着她的背，把灌进她肚子里的水用内力给逼了出来。

香桂脸色惨白，浑身瑟瑟地抖着，许久都没缓过气来，直到一副滚烫的胸膛贴上她的后背，再次将她带入水中。

"凤爷……"当一只手抚上她有些畸形的左膝时，她终于发出了声。

"以后叫我王爷。"凤雁北说，显然已决定将她留在王府。

"是——王爷。"香桂惊魂未定，发现不知何时那只在她身上游移的手已将自己的衣服褪了去。

水气中灼热的呼吸、暖热的花香，还有身后男子身上那勾人欲望的浓郁麝香……香桂心口一紧，因为自己残缺丑陋的身子，她下意识地想逃，然而凤雁北突然说出口的话却转移了她的注意力。

"不过几天没见，你就和那个奴才好上了？"他漫不经心的语气，将见到两人亲密相依而升起的怒气轻描淡写地带了过去。

香桂微惊，不明白他怎么会这样以为："没……呃……"她试图转过身解释，却被那突然的侵入搅乱了思绪。

军中夜夜相依而眠，他一直忍着不去碰她，只是不想让自己依赖上她的身子。他堂堂一个王爷，权势如日中天，却对这样的她情有独钟，传出去只会让人耻笑。然而，在看到她被那个奴才"抱"在怀里时，他的忍耐瞬间到达极限。

热水迅速带走人的体力，很快，香桂便支撑不住自己，瘫跪在台阶上，急促地喘息着。还好室内通风良好，虽然热气蒸腾，却丝毫不觉得闷。

凤雁北突然伸手将她早已散落的头发撩至一侧胸前，俯视着她半阖着眼的侧脸，那一刻他竟然觉得她似乎并不是很难看。

她的皮肤是江南女子才有的白皙，此时布满红晕，被水浸泡得如玉般光滑。淡细的眉，弯弯的眼，上翘的唇尾——这原本应该是一张爱笑的脸。只是，在经历了那样的生活后，即使是再爱笑的人恐怕也笑不出来了吧。

"王爷……"察觉到他的异常，香桂努力睁开眼，恰与他的目光对上，心口不禁被狠狠撞了一下，让她有些喘不过气。

凤雁北的眼神转淡，紧抿着唇将她从水中抱了起来，走回自己的寝居。他不会忘记，自己找她来的最初目的，只是为得到一次好眠。

那一日之后，凤雁北仍然等到熬不住时才让香桂过去。因此，即使是他的贴身侍女也没有发现他这个古怪的毛病。

炎热的午后，香桂背靠着廊柱坐在阴凉的台阶上打着盹儿。相对于凤雁北的贴身侍女们，她的粗陋简直让人无法忍受。她不识字，更不用说用琴棋书画来打发闲暇的时光了。最重要的是，这样的天气，对于她来说，确实更想在一个凉爽的地方打瞌睡。

身后的水榭中传来男女的嬉笑声，却丝毫影响不到她。很多事情，只要习惯就好了。

然而，心高气傲的人却永远也学不会这一点。雪琴和绿荑仪态万方，微笑着从水榭中出来，却在竹帘落下遮挡住室内人目光的时候，同时变脸。她们跟着凤雁北久了，把他的傲气也学得十足。

雪琴一把将手上端着的茶杯砸在了地上，娇艳的小脸布满怒气。清脆的碎裂声惊醒了正睡得迷迷糊糊的香桂，她睁开眼，茫然地看向不知何时站在身边的雪琴和绿荑。

"不过是个营妓而已,也配咱们伺候!"绿蓣向地上作势啐了一口,脸上尽是鄙夷。

香桂的心像被刺了一下,明知她们说的不是自己,却仍然大为不自在。

"香桂,王爷要酸梅汤,你送进去。"雪琴皱了皱眉说。

香桂木讷地应了,揉着眼站起身,去端了一大盅冰镇的酸梅汤,独自一人往水榭走去。迟钝的她,没有留意到身后两女相视而笑。

看到她端着本应该是雪琴、绿蓣送的酸梅汤走进来,正躺在青双怀中休憩的凤雁北目光一闪,却什么也没说。

"给爷盛一碗过来。"青双一边温柔地给怀中男人打着扇,一边吩咐道,至于换了人伺候,她并不在意。

香桂用长勺将酸梅汤舀到碗中,那酸酸甜甜的味道扑鼻而来,她只觉舌尖津液直冒。倒不是她嘴馋,实在是酸梅汤一类的东西很难不让人两腮发酸。

香桂端着碗走到榻前,青双伸手接了过去。看她用勺子舀了汤喂凤雁北,那浓情蜜意的样子,香桂说不出是什么感觉,只是觉得,像青双这样美丽的女子与他在一起,才是理所当然的事。

"你先别出去。"看香桂正准备退出去,青双开口道,语罢,又转向凤雁北,"爷,喝了这碗,再盛一碗可好?"

凤雁北笑得意味不明,张口含住递到嘴边的酸梅汤,手突然握住青双的颈项,覆上了那红艳艳的嘴唇,将整勺梅汤一滴不漏地转移到了她嘴中。

青双被闹了个脸红耳赤,手中拿着碗,推也不是,不推也不是。何况她喜欢他这样对她,如果没有旁人的话。

"爷，别……有人呢……"青双闪躲着他不怀好意的挑逗，却又怕推拒得真了，惹恼心高气傲的他，"那你……你先出去。"不得已，她只能转向那个木头一样站在水榭内的女子。

"是。"香桂闻言刚松了口气，却又因凤雁北的话吊起了心。

"不必，这里还要她伺候。"他的声音清冷，并没有被欲望控制的迹象。

这一来，两女都有些不知所措。只是青双的不知所措很快就因为凤雁北的挑逗消失了，而香桂只能呆呆地站在原地，垂着眼，不去看。

耳边传来女人难耐的娇喘声，香桂觉得有些闷，是轩阁里太热了吧。她下意识地摸着腕上那一直不曾取下的灯芯草手环，轻轻地摩挲着。很早以前，她就学会了接受，学会了多做少想，也学会了认命。不然，她定是撑不到现在的——人活一遭不容易啊！

也许是想得太出神，也许是将自己抽离得太成功，总之，香桂没有听到喊她盛汤的声音，更没看到那个向她飞过来的碗。直到额头传来尖锐的刺痛，她才回过神，茫然地摸了摸额头，那里冒出的温热液体及脚边的雨花细瓷碗碎片提醒着她发生了什么事。

只是，为什么？她不解地看向已坐了起来的凤雁北，他正瞪着她，胸口急剧起伏着，显然气得不轻。而衣衫不整的青双也被凤雁北这突如其来的怒气给吓着了。

"你耳朵聋了吗？"凤雁北怒斥道，火大地下了榻，就这样赤着脚来到香桂面前，一把拽住她往外拖，"没用的东西，留你在这里有什么用?!"

香桂张了张口，终于没说出话来。也许，真的是她做错什么了吧。

"给我跪在外面!"一把将手中的女人丢到台阶下,看她狼狈地跌趴在地,他的眼中几乎要喷出火来。

正在外面偷懒的雪琴、绿荑从来没有见过凤雁北生这么大气,还以为是她们让香桂送酸梅汤的事惹怒了他,都噤若寒蝉,连大气也不敢喘。

谁知凤雁北看也没看她们一眼,便转身走了进去。

"你也下去吧!"无视衣衫轻薄、眉眼含春的青双殷殷期盼的眼神,凤雁北坐到几边椅中,冷冷道。

青双满腔热情瞬间被浇灭,羞惭地穿好衣服,下了榻。

"爷,别气了。为一个下人气坏身子,不值。"虽然有些难堪,但是仍然掩不住对心上人的关切,青双来到凤雁北身边,将他搂进怀中,温柔地安抚。

凤雁北脸上浮起不耐烦,一把推开她:"下去!怎么,连你也不听话了?"他厌恶未经他允许的碰触,那让他有杀人的冲动。

青双被推得连退了好几步,不敢相信前一刻还温柔多情的男人这一刻突然如此冷漠。只以为他心情不好,还待上前安慰:"爷……"

"要么现在离开,要么就给我滚出王府!"凤雁北看着窗外的一湖碧波,冷漠地打断她。

青双听出了他语气中的认真,心口一紧,不明白他怎么突然无情至此,那么刚才的热情又算什么?咬住下唇,她忍住欲脱口而出的话,落寞地退了出去。

屋外,烈日如火。青双的眼被明亮的阳光照得有些眩,闭了闭，她才看清那个跪在太阳底下的女子。

他生那么大的气，难道只是因为这下人没有及时应他吗？

这个时候，她才注意到这个女子与其他侍女不同的地方。无论是穿着还是容貌，都不像一个能在他身边伺候的人。为何会出现这样的情况？青双不禁疑惑地看向那两个垂首而站的侍女，却无法开口。她清楚地知道，她们根本不将她放在眼里。

她留恋地回头，视线却被落下的竹帘遮挡，失望地叹了口气。想要留在他身边，就必须学会委屈自己，她早就看明白了这一点。

听到远去的脚步声，凤雁北这才起身，悄然移步至竹帘后，透过缝隙看向跪在地上的女人，脸色阴沉之极。

他是故意的，故意叫她等在外面听她和青双在一起的声音，故意在她面前挑逗青双，只是为了让她知道，她于他并不重要。但是他没有料到自己会失控，因为她的无动于衷，还有她那轻摸着手环的专注。

现在想来他仍怒气难平。

那个手环……凤雁北顿了下，突然掀帘而出，在雪琴、绿荑两人惊恐的眼神中大步走下台阶，来到香桂面前。

"右手伸出来。"他沉声命令被太阳晒得脸色红透、不停冒汗的香桂。他记起了一件事，那个手环，他和她在地牢时就有看到她那样出神地抚摸过。看她宝贝的样子，恐怕是……恐怕是哪个穷酸男人送的。

香桂被晒得有些昏，也没多想，依言伸出右手。下一刻，那跟随了她近一年的灯芯草手环被凤雁北一把扯下，在他手中变成数段："这是什么破烂玩意儿，也敢往身上戴？"

她轻呼一声,看着他莫名其妙的行为,完全不知道该怎么应对。灯芯草的碎段被他撒向空中随风而散,她的肩无力地垮下。

"不值什么……"香桂对自己说,垂下头,看着白晃晃的石板,有些失神。手环就跟她一样,可以轻易地被人毁掉,过后连点痕迹也不留下。

她那接近无声的抗议让凤雁北更加怒火中烧,愤然一脚踢向她胸口,然后甩袖而去。两个侍女一头雾水地看了眼被踢得在地上滚了一圈又爬起来跪着的香桂,赶紧也跟着离开了水榭。

直到人都走完,香桂才咬着牙,按着胸口弯下腰,不值钱的泪水悄无声息地滴落石缝间。

曾经,她以为自己起码还是一个人,即使再低微卑贱。现在才明白,她一直高看了自己。

南方的太阳很烈,风吹在身上也是热的,但是没有带沙子。南方确实有很好看的柳树,还有很多很好看的人,他们……都很讲究。

以前,在西北的时候,她把梦中的江南当成天上一般的地方。只是这天上,又怎是她配待的地方?那天上的月亮,又怎是她亲近得了的?

阿玉……喉咙一甜,香桂呛咳了下,喷出一口猩红的血。这世上,只有阿玉一个人真心待她,即使会占她的小便宜,会骂她傻子,可是只有她会当她是人。

风住了,闷热的空气夹着血的腥味,令人作呕。

香桂茫然看着地上很快干了的血渍,想着一些人、一些事,那些像前世的记忆……不是念想,只是单纯地回忆。

第八章 妒意

什么时候晕过去的,香桂已记不起来。等她醒来,已夜凉如水。

风中有晚香玉的香气,有虫鸣蛙唱,但没有人声,显然都忘记了她。她的腿完全失去了知觉,挪动一下都很困难。

叹了口气,她勉强支撑起上身,抬眼,赫然发现廊下有人——披着白袍、散着发、赤着脚的凤雁北。他单膝屈起倚坐在廊下石阶上,手执一壶,正在独饮。银白的月光照着他额间鲜红的眉心痣,竟是别样娇艳。

他还是像神仙般好看。香桂痴望着他,明知他的心没神仙那么仁慈,可是自己终究无法移开目光。

"会喝酒吗?过来陪我喝酒。"他的声音很温柔,像初识的时候,他对她说不必害怕。

"不必害怕,只要把伤处洗干净,敷上药,再用干净的布包扎好就行了。"

"你过来,把那药擦在脸上,一会儿就消肿了。"

回忆中一句一句温柔的话语，这样的凤雁北是香桂抗拒不了的。她忘了胸口的痛，忘了额头还有血迹的伤口，迟缓地撑起自己，挪到他的身边。

刚坐下，一壶酒便丢到了她的手中。

香桂喝过酒，西北的劣酒，因为生病，香玉弄来给她暖身的。那酒很烈，喝下去，从喉咙一直烧到腹部，身体瞬间便暖烘烘的。

而凤雁北给的酒不一样。她拔开塞子，扑鼻而来的是一股浓郁的醇香，入口，温柔得如同江南的人一样。香桂没有喝过这么好味道的酒。

"香桂，你心中有想念的人吧。"突然，凤雁北开了口，声音中带着醉意。

香桂有些诧异地看了他一眼，却发现他的目光并没有落在自己身上。刚才的问话，像是她的错觉。

想念的人……

"嗯。"她轻轻应了。其实，她没什么人想念，就像不会有什么人想念她一样。她只是，只是不想让他觉得她很可怜。

凤雁北顿了一下，目光从月亮转到香桂的脸上。

"忘了他。"他缓缓道，语气柔和却霸道。

香桂哑然。

忘记？若真有那么一个人，她如何舍得忘记？她本是什么也没有的人，连一个一文钱的灯芯草手环都舍不得丢，又怎么可能随便把印在心上的人丢掉？！

咕嘟咕嘟灌了两口酒，凤雁北没在此事上继续追究，仿佛肯定香桂会按他的命令去做一样。

"我很久没喝酒了。"他说完，嘴角扬起一抹笑，有些忧伤，还有些嘲讽。曾经喝酒，是和那个人，最后一场对饮，几乎毁掉他。如今想起来，那些过往像梦一样，前半场美梦，后半场噩梦，却都是因为一个人。

香桂闷不吭声，只是静静地喝着酒，静静地看着他。

虽然权倾朝野，但他终究是一个人。是人就有自己的烦恼和心事，需要一个倾吐的对象。也许他并不想得到任何安慰，只是想找一个人，听他说说话，陪他喝喝酒。

"不知桑落酒，今岁谁与倾……"他低喃，神色惆怅，声音却如美酒般醉人。

月洒清辉，白绿色的晚香玉在风中轻轻摇动，馥郁的香气在夜色中静悄悄地弥漫。香桂无法接话，她不懂酒，更不懂诗。所以，即使找她说话，他一样是寂寞的吧。

凤雁北低低地笑了起来。也许是夜色太迷人，也许是桑落酒太香，他的脾气也变得好了起来。

"香桂，你喜不喜欢我？"突然，他问了一个奇怪的问题。

香桂怔住，对上他期待的眼神，那里面已然醉意迷蒙。原来如此，她暗暗松了口气，微笑着说："喜欢。"她若不说喜欢，他定然不会满意；他若清醒，她又定然不敢说这两个字。也许，这一生，也就这么一次机会对他说这两个字吧。

凤雁北弯眼，笑得开怀："我知道。"他自然知道她喜欢他，很多人都说喜欢他，喜欢他的权势，喜欢他的容貌，喜欢他的高不可攀。可是只有她一个人，始终对他不离不弃。

"香桂……让我靠靠……"不等香桂有所反应,他已经倒进了她的怀中。

他不是第一次这样睡在她的怀中。香桂垂眼,看着他半阖的眼、绝美的脸,想起一些过往,不由自主地拿起酒,仰头灌了一口,脸上登时染上一层薄晕。

她再笨也知道,清醒时的他是瞧不上她的。其实那也没什么,瞧不起她的人多了去了。

"王爷?"香桂轻声唤,为自己抗拒不了怀中男人的温柔而叹气。胸口被他踢中的地方仍在隐隐作痛,她却已不争气地为他的寂寞心疼。香玉说她是傻子,果真是没错的。

凤雁北已然睡沉,俊俏的脸上有着淡淡的红晕,酒香和着他身上的麝香味,扑进香桂的鼻中,引得她心神一乱,不由自主俯下头,轻如羽翼的吻悄悄落在怀中男人上挑的眼角,而后便不敢造次,慌乱地抬起头。

只是这样,香桂却已笑得满足。

那夜的事,仿佛一场梦,梦醒,日子还得照过。

就在次日,凤雁北便离开了王府,据说是要到西吾去迎接他未来的王妃,来去大概要一月余。这话是雪琴传出来的,四大侍女中的红末与冷柯跟着去了,她和青荑被留在了府中,为这,她生了好些天的闷气。只因一向四大侍女若要随行,都是一起的,从来没有像这次般只去两个。她担心因着上次的事,自己在王爷面前失了宠。

凤雁北走后,王府就开始忙碌起来,就算是一向被闲置在侧院中的香桂也被安排了些事情。看那修缮亭台、整理园林、置办百货的架势，便知王府很快就要有一场规模不小的喜事。

香桂每天都帮着陈和整理花园，置换花卉，从早忙到晚，几乎没什么时间胡思乱想。

直到那天，她正在跟陈和修剪盆栽，结果大管家一声令下，所有的人都被叫到了王府大门外。

糊里糊涂跟着其他人排好队，香桂才知道原来是凤雁北回来了，带着西吾的公主。他们这是来迎接女主人呢！

嗒嗒的马蹄声在王府外大街一头徐徐响起。

"来了。"大总管叫了一声，其他几个管家立时肃然而立，原本有些嘈杂的人群立时安静了下来。

最前面一排站着大管家及府内的高等仆人，比如雪琴、青荑一类的侍女。香桂因为这一个月来都是杂役，所以只能跟陈和站在一起，被湮没在人群中。

跟着其他人的目光，她也看向马蹄声传来的方向。说不上心中是什么感觉，也许有些期盼吧。

十来匹骏马出现在人们眼中，为首两骑，一红一黑，从容踱来，其后还有十来辆华丽的马车。

红马上坐着身着白色锦袍的男子，而黑马上却是很久不见的莫商。香桂看着那白袍男子脸上温雅平和的笑，不禁有些出神，脑海中浮起第一次见到凤雁北时的情景。那时，他也是这样的温和优雅，让她想到天上的月亮。这男子与他竟有七八分神似，只是额间没痣，倒好分辨。

就在香桂想得入神的时候，那些骑士及其后的马车已来至近前，除了上前接马的仆人以外，以总管为首的所有家仆都低下了头恭迎王爷，只有她一人仍傻傻地看着那白衣骑士。

那骑士显然也注意到了她异常的注视，不禁冲她点了点头，和善地一笑。

香桂还来不及有所反应，第一辆马车的白色纱帷突然被掀起，一个白影如箭般射出，一掌扫向她。

啪！清脆的响声在安静的大街上显得异常响亮。随着那声响，香桂飞出了人群，摔跌在马前空地上。

"贱奴，谁允许你这样放肆！"凤雁北的斥骂声传来，众人都吓了一跳，想不出香桂好好地站在人群中，怎么招惹到他了。

香桂跌得晕头转向，勉强撑起身来，茫然对上凤雁北脸上的盛怒，一头雾水。她似乎总是在惹他生气，这么久不见，还是没有改变。不过，她已经懒得去想他为什么生气了。

看到她眼中的平静，凤雁北的怒气来得更加狂暴，指着她怒斥："不过是一个营妓，竟敢对十三王爷无礼！来人，给我拖下去，鞭三十！"她竟然敢用那样柔情似水的眼光去看另外一个男人，无视他的存在！十三有什么好？谁不知道在汉南国无论容貌还是权势、才华，没有人能比得过他凤雁北！而这个低贱的女人竟然用那样痴迷的眼光去看另一个男人！

人群中传来吸冷气的声音，谁都没想到香桂会是一个营妓。此时听闻，吃惊的同时，众人不免心生鄙夷。

"凤雁北，你的脾气变得真坏。"莫商突然开口，她自然是认得香桂的，此时不免忍不住为她打抱不平。

"六哥，没什么关系，犯不着生这么大的气。"十三王爷看着香桂单薄的身子，有些许不忍。

谁知他的说情，反而是火上浇油，凤雁北冷冷一笑："这种贱奴，不好好教训一下，她便当自己也是一个人！"

此话一出，其他人都不好再插嘴。他教训家奴，天经地义的事，谁敢多嘴？

汉南的等级观念深入人心，贵族根本不把家中奴仆当人看。他这番话，说得理所当然，听者也习以为常，即使是一旁伺候的侍女侍从，亦没觉得有何不妥。只有被拖到一旁开始被鞭笞的香桂在听到这句话时，心瞬间变得空荡。

左脸肿胀麻木，连带影响到她的左眼看东西都有些模糊。他那一掌出手可丝毫没留情啊！她笑了，笑自己的愚蠢，怎么会期待，他把她当人看呢？

马鞭落在背上一下又一下，带来火烧般的疼痛。香桂闭上眼，咬紧牙关，没让自己发出一点声音来。他不当她是人，所有人都不当她是人，那也……那也没什么！她总得给自己挣点什么吧。

人群是什么时候散的，香桂不知道，自然也没能够看到那个传说中的王妃。等她被疼醒时，人已经躺在了自己住的屋子里。

送她回来的是陈和，见她醒了准备离开，他什么话也没说，临去前那欲言又止的眼神，却生生地刺痛了她。

凤雁北在迎接的人群里搜寻她的身影，而她竟然用那样温柔的眼神看着他的兄弟……

他沉着眼，将杯中之酒一饮而尽，目光诡异地打量着对面的十三王爷凤倾东，试图找出他吸引那个女人的地方。

凤倾东被他看得毛骨悚然，忙举杯："六哥，赶了那么久的路，我还在这里陪你喝酒,你可别用那种眼神看我,让人以为我欠了你几百万两银子似的。"

凤雁北冷冷看了他一眼:"你没欠我?"

"呃……"凤倾东冒了一身冷汗,赶紧起身深深作了个揖,"那个……多谢六哥成全我和蓝儿。"他抢了他六哥的王妃,这笔账看来要还一辈子了。

凤雁北哼了一声,淡淡道:"这还差不多,还不滚去看你未来的王妃,少在这里烦我。"

凤倾东咧嘴一笑:"是,小弟这就滚。旅途劳顿,六哥你也早些歇着吧。"

看着他的背影消失在湖心亭,凤雁北蓦然拿起酒壶仰头就灌。若他睡得着,也不会在这里坐着了。出门一个月,他没一天睡好过,对那个西吾公主更是一点兴趣也没有。十三喜欢,送他又何妨?

月动花影移,荷风徐徐。转眼,石桌上已堆了数个空酒壶。

"该休息了。"半阖着眼靠在椅背上,凤雁北对自己说。半响后,他撑起身,带着一丝醉意和几分疲倦,摇晃地走向自己的寝居。

推开门,龙涎暖香迎面扑来,他屏退了随侍的侍女,走向自己的床。那床宽大、华美、温暖,可是对他一点用也没有。

在自己的床边站了片刻,凤雁北又走了出去,脚仿佛有自我意识般走向侧院。

他悄然无声地推开香桂房间的门进去,再轻轻合上。

绕过屏风,入目便是香桂沉睡的侧颜。她侧趴在床上,脸颊肿胀，唇角破皮，身上仍穿着那件被鞭得破破烂烂的衣服。

这张脸并不漂亮，她也并非妙龄少女，甚至没有任何特别吸引人的地方。他想自己一定是醉了，才会看这样一个女人看得入神。

心底有个声音催促他快点离开这里，但是脚却不听使唤。良久，他终于控制不住自己，悄悄揭开她的被子，露出那布满鞭痕和血污的后背。

他竟然渴望这个女了，渴望了整整 个月。凤雁北的手抚上那伤痕累累的背，微微颤抖着，为心中所交织的欲念及厌恶，还有一些不明所以的疼痛。

他剥下那层挂在她身上的破布，指尖触碰着她滚烫如火般的肌肤。他闭了闭眼，却始终压抑不住心中邪恶的念头，轻轻爬上了床，躺在她的身后，环抱住她。

身体的疼痛让香桂不适地醒来，昏昏沉沉中，她感觉到身旁的暖意，恍惚以为自己还在军营中，直到屏风上傲骨的梅映入眼帘才突然想起，自己是在凤雁北的王府中，那么身后的人……

她下意识地挣扎起来，但在男人紧紧的环抱下，唯一能做的就是将头往后稍稍转动。虽然她仍无法看清身后之人，但是扑入鼻中，那混合在浓烈酒气中的熟悉的麝香味，让她放弃了挣扎的想法。

是他，他为什么……

她想不明白之前还被她惹得大发脾气的凤雁北为什么会出现在她的房间里，而沉重如铅的脑袋也容不得她多想。背上的鞭伤被牵动，疼得她额上冷汗直冒，但她没开口求饶，也没让自己发出任何声音。对于如今的她来说，什么都不剩了，唯一剩下的就只有一口气。

数翻折腾，香桂终于支撑不住，晕厥了过去。

再次迷迷糊糊地醒来，身后的人已经不在，屋内又黑又静。如不是房间残留着他的味道，她一定会以为自己刚刚只是做了一场有关于他的古怪之梦。

那样高高在上的一个人，怎么可能还愿意来看她？他一定是醉糊涂了，就像那夜一样。

想到那夜他罕见的温柔，香桂眼睛一热，赶紧在心中啐了自己一口。不过是醉了，当得真吗？闭上眼，她不让自己再胡思乱想。

黑暗中只有自己粗重的呼吸声，周围安静得可怕，这时她才蓦然感觉到浑身像散了架般疼，喉咙干渴如被火灼过。她吃力地想要撑起来去弄点水喝，却发现连手指动一下也觉得困难，最终只好无力地趴伏在那里。

热……周身都热烘烘的，像有一个很大很大的太阳烤着她。她知道自己在发烧，可是已没有力气去理。

会过去的，她想。自己的命太贱，连老天爷都不肯收。

连着几天，没有人来看香桂。她就这样趴在床上，昏昏沉沉，时睡时醒。

"也许会就这样去了吧。"偶尔，她有点意识的脑袋里会冒出这么一个想法。这样的结局并不陌生，在西北大营里的时候，她和姐妹们就已熟知这种下场。

年华老去的营妓，若不出家为尼，便是找个人嫁了，然而无论是哪一种选择，最终落得的都不过是一个凄凉终老的结局。死的时候，就是像她现在这样，身边没有一个人，也许直到自己发烂发臭才会被发现，然后被人用草席一裹，丢到乱葬岗，便算了结。

然而，某一天早上，屋外电闪雷鸣，大雨如注。雨水飘进窗户落到了香桂的脸上、唇边。香桂似是有了一丝知觉，慢慢醒了过来。即使嘴唇已被烧起泡，即使饿得站不住脚，可是她逐渐恢复了神志。她勉强从床上下来，在桌上找到搁了多日的水，一口气灌下。

死不了。无力地趴在桌上，她笑得有些无奈。

死不了那就好好活着吧。咬牙振作起精神，香桂找了一件好的衣服穿上，想梳一个髻，可是手实在无力，只能作罢。

她打开门，发现已过了中午，太阳明晃晃地照着，让人晕眩。

侧院中有一口水井，香桂折腾得几乎虚脱，才弄了点水来洗漱。映在水中的脸已经消了肿，除了眼眶凹陷、脸无血色、唇有血泡外，倒也还不算太糟糕。

到厨房里找了点冷饭胡乱吃下，精神稍稍好了些。途中遇到几个人，看见她都远远地避开，落下的目光诡异而不屑。

香桂也并不介怀。"不管怎么样，活着总是好的吧。"她对自己如此说。究竟是以前的生活好一些，还是现在的好一些，她说不清楚，只是觉得好像都是不能自己做主的。可是……可是起码自己还能看到明亮的太阳，即使那太阳刺得她眼睛痛。死后，恐怕只有黑暗吧。人们都说地下又冷又黑，她其实是怕的。她始终是一个人，怎么能不怕？

如果能离开王府，也许会好一点。她有手有脚，能够自己挣饭吃。偶尔，香桂脑子里会冒出这个念头，但是她知道那是不可能的，凤雁北不会放她走。

他不会放她走的……一抹忧郁浮上香桂的眼,她轻轻叹了口气。

那以后,她就更沉默了,就如在陌阳的时候。

身上的伤完全好了的时候,已近中秋。王府正在准备一场盛大的婚宴,预设流水宴,大宴宾客一月。

极少出房的香桂并不知道这些,她没有被赶出侧院,却也很久没再见到凤雁北。这对她来说,也许是件好事。只是,有的夜晚,她仍会不由自主地看着天上越来越圆、越来越晶莹的月亮,想起自己心中曾经的美好念想。

江南的柳树、天上的月亮……她都曾经那么近地碰触过,后来才发现,越美好的梦就越脆弱,轻轻一碰,便碎了。

"阿桂……"王府太大,人又多,即使在过了吃饭时间很久后去厨房,香桂仍不能避开所有的人。

她站住,看向那个王府中唯一一对她好的男人。

陈和红了脸,挠了挠头,似乎有点尴尬:"阿桂,我给你留了包子。"多日不见,他终究觉得过意不去,毕竟和香桂处得最久的人是他,她是什么样的人,他又怎会不清楚?这些日子不去看她,只是害怕府里那些闲言碎语,他每天躲在一旁,看香桂一个人孤孤单单的,也跟着难过。

递到手中用油纸包着的包子仍然是热的,香桂视线有些模糊,嘴角却忍不住往上扬。终究,还是有一个人稍稍记挂着她啊!

"阿桂,我觉得你最好是避着王爷一点。"这话憋在陈和肚子里好久了,只是顾虑着背后说王爷的是非不太好,所以一直忍着。但是香桂太老实,如果不提醒,恐怕以后还会更加麻烦。

香桂怔住。

"我知道王爷长得很好看，就算是男人见了也会忍不住脸红。但是，咱们毕竟是下人……王爷他就像……就像天上的月亮……得远远地看，别挨得近了。"

就像天上的月亮！原来他的想法和她一样。香桂点了点头，笑得有些无奈。原本，她也只是打算远远地看的。

见她赞同自己，陈和精神一振："阿柱，我……我……"他突然涨红了脸，欲言又止。

香桂虽然有些疑惑，却仍然耐心地等待他要说的话语。

深吸口气，陈和一脸豁出去的样子："让我照——"

"香桂姐姐，你在这里啊。"一个突然冒出来的声音打断了陈和鼓了极大勇气才出口的话，剩下的全被噎在了喉咙里。看着从另一边廊道过来的莫商笑意盈盈的脸，他有些丧气。

香桂有些惊讶地看着一脸天真的莫商，却不忘弯腰行礼。

"姐姐，凤雁北让人在四处找你，咱们一起过去吧。"无视香桂的疏离，莫商一把挽住她的手就走。

"呃……"香桂只来得及看陈和一眼，便被拖走了。

陈和站在原地，怔怔地看着她们的背影消失在转角处，未说出口的话一直在胸口回荡，心有点满，有点酸。

"让我照顾你吧！"这一句话，究竟什么时候才有机会说出来呢？

第九章

媚月

凤雁北正在院子里,见到香桂,俊美的脸上立时凝起了霜:"你去哪里了?"

香桂垂首,沉默着跪下,平静地准备承受他的怒火。

"你……"凤雁北滞了下,蓦然趋前,一把扼住香桂的脖子,铁青着脸道,"别惹火我!"看着她主动划清主仆的界限,他莫名暴躁起来。

香桂喉咙剧痛,显示着他失控的力道。香桂苦笑,闭上眼不去看他,于是那窒息的感觉便越发清晰起来。求生的本能,让她抓住了他的手,却欲推无力。

"凤雁北,你疯了,想掐死她是不是?"一旁的莫商虽然被两人奇怪的相处方式弄得一头雾水,但也及时察觉到香桂涨红发紫的脸色,忙叫道。

凤雁北一惊,倏地收回手,像被什么烫着似的。看着香桂一只手抚着喉咙,急促呛咳的样子,懊恼迅速闪过他的眼睛,快得让人抓不住。

"滚!"他僵硬地背过身,不让自己再去看她。

回过气的香桂仍然沉默,紧拽着手中的包子走了,眼神平静依旧。

直到她的背影消失在门外,莫商才开口:"你是不是对香桂姐姐有成见啊?再怎么说她也跟你共过患难,别对她太过分了。"她实在不解,对下人一向温和宽容的凤雁北为何对香桂那么严厉。

"小商,你别多管闲事。"凤雁北沉下眼,神情有些无奈,如今这天下间敢这样跟他说话的,怕只有他这个宝贝妹妹了,毕竟是自己一直看着长大的,他总是对她偏爱有加。

莫商偏了偏头,突然嘻嘻一笑,背着手绕凤雁北打了个转儿。

"你在做什么?"被当成猴看的感觉并不好,凤雁北皱起了眉。

莫商摇了摇头,啧啧叹息道:"果然啊……真是月亮般的人物,可惜脾气坏了。"

"你又胡闹!"凤雁北佯装嗔怪,心里却又似在隐隐地期盼着什么。

莫商耸肩:"我才没胡闹,我刚才听到香桂姐姐和人说你长得很好看,像天上的月亮一样……"她说得随意,如果香桂听到,一定会无语。谣言,就是这样产生的。

凤雁北怔住,脸上浮起一抹薄晕,掩饰性地转开脸,佯装怒斥道:"她胡言乱语些什么啊?也不看看自己是什么身份!"然而心中原本的怒火却消逝无踪,一股莫名的雀跃开始在血液中悄然流动。

察觉到凤雁北的异常,莫商眯眼,琢磨着他的表情。

"你也跟着她胡闹。下次再听到你们拿我消遣,定不轻饶。"

不自在地转过身，凤雁北抛下话便往回走，完全忘记了自己原本的意图，自然也没看到身后莫商因他的反应而变得奇异的眼神。

"凤雁北，你若看不惯香桂姐姐，便把她送给我吧，我挺喜欢她的！"突然，在他走上台阶的时候，身后传来莫商的声音。

凤雁北顿住，却没回头，隔了一会儿才道："你要侍女的话，在雪琴她们四个里面选好了。香桂不适合，别打她的主意！"话音未尽，人已走进了屋子。

"喂……"莫商皱眉，猜测他话中隐含的意思：她要谁都行，只有香桂不行。这究竟是鄙夷，还是占有欲？

回了内室，凤雁北才突然想起，自己找香桂来，好像是有什么事，没想到一看到她，便全忘记了。

"这奴才真放肆！"他喃喃自语，对于那忘记的事没太放在心上。

走到盆架前，准备洗把脸，却在低头时呆住。

清澈的水中，倒映出他的脸。那张脸上，不仅没有丝毫被冒犯的怒气，嘴角竟然还是往上扬的。

他竟然在为那个奴才的话独自一人傻笑！这个认知让凤雁北不禁冒了一身冷汗。

香桂做了一个很古怪的梦。梦中她又回到了那黑暗的地牢，凤雁北冰冷地躺在她的身边，无论她怎么唤都不醒。她惊醒后心跳得剧烈，脸上冰凉，竟然泪湿了枕席。她将手按在胸口，压制住那里异样的恐慌。

他没事，他不会有事，他好好地住在北苑里，现在没有人能再伤害他了……一遍又一遍，她安抚着自己的情绪。

注意到自己的行为，香桂不禁苦涩一笑。她的脖子上还残留着下午他无情留下的掐痕，尚有灼痛之感，没想到在梦中她仍然会为他悲伤流泪。

由始至终，她都没得选择。

披衣下床，走到院子里。夜晚微凉的空气中，飘浮着桂花的清香，香桂的情绪渐渐平复。

靠着廊柱坐在走廊的栏杆上，她仰望天空近乎圆盘的月亮。后天，就是十五了。

十五……这些年来，她几乎忘记了这个日子。

"柳儿，你看爹给你煮了什么好吃的？"

"来，把这碗长寿面吃了，我们家柳儿就会长命百岁了。"

香桂仍然清楚地记得，那一碗面，雪白而绵长，上面搁着一个金黄色的荷包蛋，散发出诱人的香味。

她记不起在这之前有没有吃过比那更好吃的东西，但那之后，自己再也没有吃到过了。

香桂微笑。她不在乎长命百岁，那碗长寿面和鸡蛋，她分成了两份，与自己最亲的人分享。只是，那时候她不太明白，为什么爹会一边吃一边侧过头偷偷抹泪。

如果不吃那碗面，事情会不会不一样呢？很显然，不会。

因为那是好赌又嗜酒的老爹难得清醒的一天……

一阵琵琶乐声被夜风带过来，时断时续，充满凄怨。香桂收回神，不由自主地被吸引，循声而去。明知不该在王府中乱跑，但是在这从梦中醒来的深夜，她的控制力变弱了。

万籁俱寂，只有那琵琶在风中幽幽怨怨地拨弄着夜色。穿廊绕径，分花拂柳。香桂也不知道自己走了多远，琵琶声终于伴着溪流的淙淙声渐渐清晰起来。

月下荷塘，一个白衣女子正坐在石桥对面的亭中，有一下没一下地弹着琵琶。曲不成调，似女子满心的心思不知该如何排遣一般。

女子侧脸灵秀，体态纤美，在柳影晃动下，极易让人产生她是荷塘中的精灵的错觉。原来是青双姑娘。

香桂在一株柳树后面停了下来，忆起那日凤雁北与她的亲昵，胸口微闷，一如当时的感觉。

不要打扰她吧，香桂如此想着，脚却没挪动。

只见青双素手轻拨，又是一串孤寂乐声。

"一曲歌，歌不成调。一场舞，舞不成步。乱跌起伏，心何处诉？"音止，青双喃喃轻语，突然一砸琵琶，伏膝大哭。

香桂惊住，见她哭得凄凉，不知该如何是好。

夜风起，拂得荷叶翩然。正在香桂进退两难的时候，青双突然抬起头，往她所站的方向看来，吓得她一下就缩到树后，不想竟撞进一个温暖的怀中。

一只手迅速捂住了她的惊呼，熟悉的麝香味随风吹进鼻中，告诉了她身后的人是谁。

他怎么也在这里？香桂没有挣扎，只是心中疑惑。难道是他们相约在此幽会，自己的出现打扰到他们了？

这种想法虽然荒谬，但是也不无可能，毕竟他们的行事方式在她眼中素来都是无法理解的。为这猜测，香桂心里暗暗叫糟，若是那样的话，身后的人又不知道要怎么发她脾气了。

"不准出声！"温热的呼吸喷在颈后，身后人在她耳边悄声命令。香桂点了点头，不敢不从。

直到青双收回目光，继续伏膝哭泣，捂在她嘴上的手才放开，转为拉住她，悄无声息地退离他们所隐藏的地方，往来时的路走去。

走出那个园子，凤雁北放开拉着香桂的手，沉默地走在前面。

香桂老老实实地跟在其后，准备再次接受惩罚。

然而凤雁北的步子却不急不缓，悠闲从容，长发散在随意披上的衣袍上，一看便知也是从床上才爬起来的，并非香桂所想的准备去幽会的样子，也没有要惩罚人的怒意。

最紧要的，香桂吃惊地看着他随着两袖潇洒摆动而往前迈动的双脚，之所以踩在地上没有一点声音，完全是因为他根本没穿鞋！是太仓促忘记了吧。她如是猜测，却不禁想起那一夜，他也是跣足散发与她在一起喝酒。也许，这个男人，压根儿就不喜欢穿鞋。

凤雁北没有回北苑，而是径直走向侧院，进了香桂的房间。

"把门关上。"走到床边坐下，他吩咐随后跟进来的香桂。

香桂一怔，依言做了，然后走到桌前摸索火石，准备把蜡烛点起来。

"不要点灯。"黑暗中，凤雁北的声音从屏风后面传过来，有些沉，还有些迟疑，"窗……都关好了吧。"

香桂突然意识到他来此的用意，心跳蓦然快了起来。

"嗯。"好半会儿，她才轻轻应了声，却有些不解。他明明厌恶她，为什么又要找她？何况，他身边还有那么多貌美纯洁的女子？

"过来。"凤雁北低声命令。事实上，连他自己都不明白，为什么一定非她不可。明明讨厌自己对她的依赖，却又无法克制那种欲念，那样的矛盾和挫折感几乎要把他折磨疯。

香桂慢慢地走到他身边，心中有些抗拒。

"你半夜不睡觉四处乱跑做什么？"伸手将她拉到自己的身边坐下，凤雁北一边问，一边去解她的衣带。他的声音低柔，指尖却在轻轻颤抖。庆幸的是，黑暗中，这女人看不见。

香桂被他的反复无常弄得局促起来，抬起手打算自己解衣，却在碰到他手时又缩了回来。

"王爷……"她张嘴，除了这两个字，却不知该说什么。

"是不是睡不着？我也睡不着。帮我宽衣。"凤雁北没有等她往下说，径自替她找了理由，只是在褪下她的衣服时，声音已不再如开始那样沉稳。

自从上次明明恼怒她不将自己放在眼里，却仍忍不住对她的渴望之后，他被自己对她那强烈的渴望和占有欲给吓坏了。这些日子，他几乎是有意避着她。

然而，这一晚，他却怎么也压制不住想她的念头。他来到侧院外徘徊，却不想看到她推门而出，坐在檐下发呆。这是他第一次看到她脸上露出那样的表情——忧伤，无奈，还有让人心酸的坚强微笑。

青双的琵琶声起,她走了出去,他便一直跟在她身后。看着她瘦削的身影孤零零地站在塘边柳树下,风起,吹乱她的头发,那一刻,他突然害怕起来,害怕她越来越平静、越来越沉默,以至于再也不抬头看天上的月亮……

眼睛渐渐适应了黑暗,月光隔着一层窗纱透进来。他温热的呼吸喷在香桂的脸上,浓烈的麝香味将她环绕,一股难言的暧昧在黑暗的房间里悄然弥漫。

香桂的手放上他的领口,突然间有些口干舌燥,额上微微浸出了细汗。

"桂……"凤雁北低唤,牵着她的手缓缓解开自己的衣服,黑曜石般的眸子紧盯着眼前那张平凡无奇的脸,热切而专注。

香桂轻喘了口气,抬眼看向面前的男人。朦胧月色中,他长发散落,晶莹的眼中似有水波荡漾,原本就绝美的脸被蒙上了一层月色,显得惊人的媚惑。

她的心跳乱了序。

温润的唇轻轻落在她的唇上,那极致的温柔和小心翼翼的试探让香桂的眼睛渐渐湿润。这是他第一次吻她,也是第一次这样珍惜地对待她……

究竟,自己是恋着他的容貌,还是恋着他偶尔出现的温柔呢?香桂脑子里突然冒出了这个疑惑。

房间里温度在持续上升,将黑暗染上了一层浓艳的绯色。

屋外月色正明,一个窈窕的身影落寞地站在窗边,侧耳听着里面传出来的声音,垂在身侧的双手紧紧地握着。一滴红色液体从她的指缝中浸出,无声地滴在地上,在月光中溅开,一滴接着一滴……

良久，屋内的激情平息了下来。

"我怕冷，你抱着我睡。"突然响起的男人声音让窗外原本打算悄然离开的人蓦然僵住，冷月照在她美丽的脸上，现出的是惊诧，是难以置信，还有浓浓的嫉妒的表情。

他怎么可能用那种霸道但又近乎撒娇的语气和人说话？他怎么可能怕冷？

"嗯。"女人回答得很简单，除了声音带着慵懒外，并没有特别的欣喜，像是早已习惯他的要求。

然而，过了一会儿，她又讷讷开口："天气很热……"很热，两个人抱在一起会非常热。

原本她不该笑，然而，嘴角却控制不住地上扬。

"少啰唆，让你抱就抱。"男人压低声音吼，貌似有些尴尬。

很显然，女人处于弱势地位，闻言便不再说话，似纵容也似委屈。她倒宁愿被他这样欺负。

屋外那身影动了一下，轻轻靠在墙上，在心中暗暗叹了一口气。

屋内归于寂静，从呼吸声可以听出两人都已睡沉。她就这样站在那里，一动也不动，直到东方发白。

"你也是从西北军营里出来的？"转过一个弯，香桂看到靠墙站着的青双。她看上去清瘦了许多，却也更加清雅动人。

香桂笑了笑，有些讶异青双会在这里专门等她。

"一起走走，好吗？"虽然是询问，但是那只纤美的手已经伸了过来，牵起香桂的手。

有些受宠若惊，那柔滑的触感让香桂浑身不自在，生怕自己粗糙的手茧会磨伤那只小手，又不好收回来，唯有僵硬地随她牵着。

"你的腿是怎么回事？"似乎此刻才注意到她的跛足，青双关切地问。

实在是不太习惯这突如其来的亲昵，香桂的反应比平时更慢一拍，过了好一会儿才讷讷地道。"摔的。"说出这两个字，她胸口突然一紧，难受得差点喘不过气来。

青双并没发现她脸色泛白，在穿过一处柳荫之后，停了下来。脚下的小径往前延伸至不知名的其他院落，两旁花木扶疏，叶片反射着明媚的阳光，葱翠欲滴。

"穿过那片杏树林，就是王府的院墙。你是下营的吧，怎么会认识王爷呢？"很显然，青双比香桂更熟悉王府。

试探性地把被握住的手抽回来，将重获自由的手收到身后，香桂悄悄在衣服上擦了擦掌心的汗。她暗暗松了口气，却对青双的问题感到为难。她知道如果老实回答的话，会带来很可怕的后果，可是她也不习惯撒谎。

"我……在军营中见过他一面。"斟酌了半天，她挤出这么一句话。那是她第一次见他，不过他却没将她放在眼里。那个大雪天，在她和何长贵的家中，才是两人的初识。

很显然这并不是青双要的答案，但她也不再追问，笑了笑，道："你也喜欢王爷吧。"陈述的句式，显示出她的肯定。

这一次，香桂没有回答。喜欢或者不喜欢，对别人来说都无关紧要，这只是她一个人的事。

"我喜欢他,很喜欢很喜欢……"青双敛下了明媚的眼,清丽的小脸蒙上了一层薄薄的哀怨,"喜欢到愿意为他做任何事……"

为什么要和她说这些?香桂不解,但没有接话,事实上是不知道该如何接话。

"你能为他做什么呢?"短暂的沉默后,青双突然抬起双眸,定定地盯着香桂,大声质问。

没有待香桂回答,她已经继续说道:"你长得不出色,腿又残疾,还是下营的……他究竟为什么会留你在身边?"不解,心酸,不甘。她怎么也想不明白,为什么他宁可要一个早已不干净的女人,也不愿碰自己。

被人这样当着面数说自己的短处,香桂不恼,却有些哭笑不得。

"可惜,无论是什么样的,咱们都曾经是营妓。他不会要一个营妓做他的妻子……他不会要……他明天就要和西吾来的公主成亲了。"似乎已经忘记了身边还有另一个人的存在,青双失神地低喃,两行清泪顺着脸颊悄无声息地淌下。

他要成亲了!香桂怔住,心中有些茫然。

那样的话,那样的话……那跟她没关系吧。眨了眨眼,她突然想起。

"你别难过了。"长得好看,连哭起来也要惹人怜爱一些,香桂叹气,笨拙地安慰这个满腔情意却无处倾诉的女子。

"你为什么不难过?"瞪着水雾迷蒙的眼,青双对香桂的平静感到不可思议。

"我?我有难过……"呆滞了下,香桂有点难为情地承认,但是也仅此而已。她不是情窦初开的少女，那些不合时宜的憧憬早在残酷的现实中还没开始便幻灭了。她可以倾尽一切去保护自己想保护的美好，宽容着加在她身上的不平，却不容许自己去渴求回报。因为她知道，当她开始渴求回报的那一刻，将会是她不幸的真正开始。

青双蹙眉，突然发现自己完全看不透眼前的女人——她究竟是心机太深，还是太愚蠢？

抬手，用手绢拭净脸上的泪，她说出此次找香桂的真正目的："我无法忍受他以后都属于另一个女人……我要离开这里，你跟我一起吧。"

没想到她会为这事找自己，香桂有些错愕，半响，才回道："我不能走。"除非凤雁北亲口告诉她，她可以离开了，否则她不能走。不然的话，走到哪里都只有死路一条，而且还会牵累别人。

青双闻言脸色微变，冷笑道："容不得你说不。"话音未落，她蓦然伸手点向香桂的腰际，在她软倒前轻松地接住，而后带着她提气纵身往侧方杏林奔去。

"如果你把香桂从他身边弄走，我就想办法让他纳你为侧妃。"那个人的承诺在青双耳边响着，哪怕只有一点希望，她也必须为自己搏一把。

第十章
愚人

"不在了?"凤雁北正在疾行的脚步蓦地停下,目光凌厉地扫向紧跟在自己身后的大总管,"什么意思?"

"回王爷,我们已找遍整个王府,并不见香桂姑娘踪迹。"大总管冷静地回道,背上的冷汗已浸透了里衣。

凤雁北的表情有一瞬间的凝滞,随后恢复如常:"让冷尉到侧院来见我。"

冷尉,驭风十三骑之一,统率着一个庞大而神秘的情报组织,专门为凤雁北所用,在刺探情报、寻人与追踪上,天下无人能出其右。

"是。"大总管即使心中有万般疑惑,也不敢表现出来,忙去安排人找冷尉。

怎么会突然消失?在原地站了片刻,凤雁北才往侧院走去。

昨晚还好好的,只是半日不见,便没了踪影?他自然知道她有多大能耐,怎么也不可能离开王府而无人察觉。

进了侧院,原本在休息的侍女见到他都有些惊讶,忙迎了上来，却被他屏退，然后在她们充满不可思议的目光中，走进了香桂的房间。

折叠得整整齐齐的被褥丝毫看不出昨夜的痕迹，他的手轻轻抚上那仍残留着两人气味的枕头，想到她被欺负了既不恼也不暗自生闷气的可怜样儿，嘴角不自觉往上翘。

"没见过比她还傻的女人。"他低叹。随便看了下屋子，他发现她少得可怜的衣服还在，显然不是自己偷逃，要逃她早该逃了，而不是等自己在的时候。那么是去了哪里？或是……想到另一种可能，凤雁北的眉皱在一起。谁会对她不利？以她那脾性，又怎么会得罪人？"王爷！"冷尉的声音在门外响起，打断了他的思绪。

他走到梳妆台前，拿起上面的梳子，拈下一根缠绕在梳齿上的长发，握在掌心："进来。"感受着那细微的触感，他不禁想起昨夜，她的发曾绕上他的颈，与他的纠缠在一起。

冷尉走了进来，却仍站在门边，恭敬地听候命令。

"明天之前，把香桂带到我的面前。"凤雁北缓缓道，"活要见人，死……""死"字刚一吐出，他的喉咙便像被哽了什么东西，没办法再说下去。

片刻之后，他才沉声继续道："我要活的她。"这一次，他没有给冷尉选择的余地。

冷尉一直跟着凤雁北出生入死，自然见过香桂，不敢拖延，立刻领命而去。他知道，只是呼吸之间，便可决定一个人的生死。

"除了我，没有人能要你的命。"望向窗外，蔚蓝色的天空飘着几丝浮云，凤雁北握着发丝的手渐渐收紧。

从凤倾东的泠远阁出来,看着爬上柳梢的朗月,凤雁北缓缓吐出一口气。

这半日,漫长得几乎将他的耐性磨光。明天是十三的大婚之日,既然在他府中举办,自然要确保万无一失。

只是,冷尉一直没传消息回来……

究竟是没找到人,还是……不敢回报?明知自己的部下不是会逃避责任的人,他却控制不住心中的恐惧。

一直以来,只要他将事情吩咐下去,便会平静地等待结果,从来没有一次像现在这样忐忑不安。

"凤雁北。"全天下只有一个人会这样直呼他的名字,不用看,凤雁北也知道是谁。无奈地叹了口气,他看向那个向他扑来的女孩儿,下意识地张开手接住她。

"今天怎么这么热情,丫头?"压下心中的忐忑,他调侃莫商。

莫商笑嘻嘻地搂住他的脖子:"你猜?"

凤雁北眯眼,为她这反常的亲昵感到奇怪,手却仍温柔地扶住偎在怀中的蛮腰:"你是打算叫我哥哥了?"莫商是长公主的女儿,三岁的时候被一个世外高人带走,直到十四岁才回京,因长公主已逝,她便被接到宫里照拂。但是她从来都是直呼他名字,不肯像十三那样叫他六哥。他也不是很介意,便由着她了。

闻言,莫商撇了撇小嘴,一拳捶向凤雁北的胸膛:"下辈子吧。"

凤雁北笑,一把接住她的手,顺势牵着往前走:"说吧,有什么开心事?"即使他现在没心情,也没有冷落她。

不料莫商轻哼一声,缩回了手。

凤雁北微怔,突然伸手抓过她的小手,摊开。只见那柔嫩的掌心上，赫然印着三个深深的指甲形伤痕。

"这是怎么回事？"他神色严肃，严厉地问。

莫商脸上的笑容消失，将手抽了回来："没什么，我自己不小心弄的，不要你管。"她飞快地转头，却仍让凤雁北捕捉到了眼中闪烁的泪光。

"小商……"凤雁北叹气，觉得头隐隐作痛，"乖，别耍小孩子脾气，告诉我怎么了？"前一刻还好好的，转眼就变脸。

"我生气，自己掐的。"莫商没有回头，冷冷道。

"还是这么任性！"凤雁北摇头，他心中牵挂着香桂的安危，也懒得再追问，"你乖乖地去找十三玩，我有点事要出去一下。"再这样等下去，他一定会疯掉。

谁知他刚准备离开，就被突然转身的莫商抓住了手："你要去哪里？"眼中有着明显的慌乱与不满。

"香桂不见了，我去找找。"凤雁北的语气依然温和，然而心中已经开始烦躁起来，心想应该和冷尉一起去的，耽搁到现在，那个女人那么笨，不知道多吃了多少苦头。

"你要亲自去找一个下人？"莫商难以置信地瞪着他，首次在谈到香桂时语气中充满轻视，"她是一个营妓，有过那么多的男人……"

"够了！"凤雁北喝止道。

"现在，她只有我一个男人。"倾身，他冲着她柔和而缓慢地宣告，"不要让我再听到任何侮辱她的话。"警告的语气中暗含不被轻易察觉的残忍。

泪花在莫商明亮的大眼中滚来滚去，却硬是没掉下来。

"凤雁北，我会让你后悔的。"努力保持平静地说完这句话，莫商转身挺直了背脊快步而去。

看着她要强而委屈的背影，凤雁北眼中浮起一丝后悔，但随即似是想到了什么，脸色微变，立即招来了一直隐藏在旁保护自己的侍卫，低声嘱咐了几句，然后匆匆离开。

香桂被丢到了一艘往北行驶的船上，她眼睁睁看着离怀安越来越远，却无能为力。

也许从此再也不能相见了吧！想到凤雁北，她心中竟是五味杂陈。从最初的仰慕到后来的恐惧、无奈、伤心，然而，她对他最多的还是怜惜。每当他对她稍微温柔一点，她就会立即忘记他曾加在她身上的那些责罚，全心全意地怜他爱他。

或许是她太笨了，所以才会惹怒他。不然，为什么他对其他人都温温和和的，偏偏在她面前就爱生气？

可是，他也有对她温柔的时候。像那天晚上，他喝醉了，躺在她的怀里睡了一夜……

香桂的脸有些发热，心口满满的，像是有什么东西要溢出来一样。

船顺流而下，行驶得飞快，透过舱窗，可以见到不远处的岸上，官道时隐时现。香桂被点了穴丢在椅子上，无法动弹。

离他越来越远了。她叹了口气，想着明日便要与西吾公主成亲的凤雁北，曾经的不愉快都化为乌有，最后剩下的只有浓浓的不舍。若不离开，她必然不会知道自己竟然会这么舍不得。即使住在王府里会被所有人看不起，也见不着他，但是只要知道他就在近处，她的心里便是安稳的，如今却要远离了。

太阳渐渐落下去，月亮从江的另一边爬了上来，舱房内没有点灯，香桂却并不觉得黑，她仍然只能一动不能动地坐着。

这艘船会把她带到哪里去？他又要到什么时候才会发现她不在呢？想到此，她突然笑了起来，笑自己心中的期待，也笑这突如其来的遭遇。

世上的事真的很奇妙，来非她所愿，去也非她所愿。似乎，她的人生，一直都是别人在帮她做决定。

马蹄声突然从岸上传来，踏破月色，打破了夜的沉寂。

什么人这么晚还在赶路？香桂好奇地看向岸上，只见官道上一队人马正疾驰而来，离船越来越近。

"停船！"在万籁俱寂的夜晚，这一声娇媚的大喊足以引起水上所有船只的注意。

莫商姑娘？香桂听出了声音，突然有些激动。是来找她的吗？他这么快就发现她不见了？

正想着，只见马匹已近岸边，骑士突然纵身而起，足尖在马背上一点，越过江面，轻飘飘地落到船上。

很快，莫商就找到了香桂所在的这间舱房，因为没有点灯，所以香桂无法看清出现在门口的女孩的表情，但是很快她就发现了不对劲。

莫商只是站在那里，既不进来，也不说话。香桂被点哑穴，即使心中有疑问，也无法问出来。

也不知过了多久，直到船身猛地一震，一直平静前行的船突然停了下来，莫商才像是回过神，大步走进舱房。

"别怪我……"低声一句莫名其妙的话,她来到香桂面前,一把捏住她的下颏,飞快地塞了样东西到她嘴里,然后又在她喉咙某处按了一下,香桂不由自主吞咽了一下,那东西便入了腹。

正在香桂疑惑的当儿,舱房外走廊上响起急促的脚步声,一时间灯火通明,数人涌了进来。而此时莫商已经扼着她的脖子,退到了敞开的窗边。

为首之人正是凤雁北。他依然一身白袍,优雅从容,不同的是,香桂在他看向自己的眼中看到了关切。看见他,香桂无法再去注意其他人。

他也来了,他会不会以为她是逃跑的呢?那一刻,她心中竟开始忐忑起来,完全忘记了自己的处境。

"桂。"凤雁北轻唤,绝美的脸上露出温柔的笑容,只因她仍然平安。至于是否会因此而激怒莫商,他根本不放在心上,从现在这一刻起,一切都开始由他掌控。

又是这样的温柔……香桂心跳急剧加速,感到有些呼吸困难,突然明白,原来温柔真是可以溺死人的。

"凤雁北!"显然很不满意自己被彻底忽视,莫商的嗓音有些尖利,还带着浓浓的嫉妒和不甘。

香桂有些惊讶,惊讶于流动在两人间的敌意。怎么会?他们昨天早上还好好的啊。

"小商,你可知我凤雁北平生最恨的就是背叛。"凤雁北低叹,漆黑的眸子中掠过一抹悲伤。

香桂感觉到背后的女孩身子明显地一颤,她很想开口说话,却没办法发出声来。即使她能发出声来,她也不知道在现在这种情况下该说什么好——她压根不明白发生了什么事。

"我没有背叛你。是你……是你，竟然会喜欢上她！"莫商情绪激动，几乎是带着哭音失控地叫喊，"若是西吾的公主，我便也认了，可她是一个低贱的营妓呀！你眼睛是不是瞎了，宁可把心给她，也看不到我对你的爱？"

"小商……"凤雁北似乎有些诧异，为她不再遮掩的心意，"你知道你在说什么吗？"他怎么也想不到，这个他一直当作妹妹疼爱宠爱的人竟然会对他产生不该有的感情，也终于明白为什么她一直不肯叫他哥哥了。

"我当然知道，我当然知道……"莫商又哭又笑，近似癫狂，"从见到你的第一眼起，我的心就不是我自己的了。看着那些女人围绕在你身边，你知道我有多恨吗？"

香桂对莫商一直都很有好感，此时见她如此难过，心中不禁有点忧伤。这世上的事，最伤人的是情，而最难勉强的也是情。看不开，便只能自己苦，谁也怪不了。

"可是他们都是虚情假意！我便想着，这一生，你不娶，我不嫁，咱们好好地在一起……"想到自己曾设想的美好未来，莫商的语气渐渐温柔，但刹那间又转凄厉，"可是，你竟然会喜欢上她！"

香桂不由自主抬起了脸，似乎明白了点什么，莫商口中的"她"，好像是指自己。但是，这有可能吗？她下意识地看向仍然一脸平静的凤雁北。

"她很好。"说这句话时，他的目光是落在香桂脸上的。那样的温柔，像是正用手怜惜地抚着她的脸。

香桂的目光被他紧紧吸引住，无法移开，只能怔怔地看着他，脑子里一片空白。

凤雁北没有得到香桂预期的欣喜反应，有些挫败地叹了口气："她还很笨。"

"小商，你放了她，我既往不咎。"这是他对她最后的宽容。

莫商蓦然回过神，冷笑道："来不及了，我已经给她吃了腐肠丸，你若要解药，必须答应我一件事。"

凤雁北眼中射出冷锐的寒光："你要我答应什么？"从来没有人能和他谈条件。

"娶我为妻。"莫商明亮的大眼中闪烁着疯狂而兴奋的光芒，仿佛自己的梦想马上就要实现了一般。

凤雁北脸上浮起一抹诡异的笑，在灯火的映照下，显得异常妖媚："你已经错过了机会，莫商。"

谁也想不到他说的竟然是这样一句话！语音未落，他已如离弦之箭直袭向两人。

莫商一惊，反应也是极快，一扬手便将手中的东西丢出了窗口。

下一刻，香桂落进了凤雁北的怀中，莫商仍然站在原地，怔怔地看着自己空了的手。直到凤雁北动的那一刻，她才知道，自己中了无色无味的化功散，功力已在不知不觉中被完全化解掉。之前凤雁北和她说那么多话，不过是在拖延时间而已。

但是，她并非全无胜算。想到此，她原本有些颓丧的精神稍稍一振。

"解药已经被我丢进了江中，遇水即化，你把她抢过去又有什么用呢？"她笑了，这一次，香桂看清了她眼中浓浓的嫉妒和恨意。

凤雁北没有再理会她，而是抱紧香桂，将她带出了舱房。剩下的事，自然会有人处理。

"凤雁北，你当真不管她死活了吗？放开我……"身后传来莫商的叫喊声。

船上的人不知道何时已经全被赶到了另一条船上。凤雁北一行所乘的船在一个宽阔处掉了头，开始回航。

"怕不怕？"站在船头，凤雁北柔声问身边的香桂。

香桂的穴道已经解开，但她仍像处在梦中一般，看着月色下缓慢倒退的两岸，她摇了摇头。

"你没有什么要问我的吗？"顿了下，凤雁北脸色微红，不大自在地问。

她应该问什么吗？香桂闻言将目光转到他身上，有些疑惑。

此时，两个黑衣男子走了过来，对着凤雁北行礼后，其中一人径直走向香桂，说道："得罪了，香桂姑娘。"醇厚的嗓音未落，香桂的腕脉已被握住。

片刻后，他冲凤雁北点了点头："王爷，解药没问题。"两个黑衣男子配合默契，另一人摊开手掌恭敬地将一个小瓷瓶递到凤雁北面前。

原来，早在凤雁北他们进入舱内时，不仅释放了化功散，水下也有人埋伏，以防莫商在药性发作前挟人而逃，那被从窗中丢出的解药自然是被顺手接住了。凤雁北胸有成竹，哪里会受莫商要挟？何况，驭风十三骑中，还有顶尖的用毒、解毒高手。

看着香桂服下解药,又等了半炷香的时间,见她无事,那两人才退下。

"桂……"凤雁北的心此时才算落地,他低唤了一声香桂的名字,向她靠近了些。

香桂发现自己心跳又开始加速,脸热烘烘的,呼吸急促。轻轻应了一声,她垂下头不敢看他。

"如果我没追来,你会回来找我吗?"凤雁北伸手抬起香桂的脸,拇指轻轻摩挲着,同时问出心中的不安。他自然知道自己对她不好,害过她,也无端责罚过她,他害怕她记起这些,然后想从他身边逃开。所以,一路追来,他怕的不是面对青双或者莫商的威胁,而是她不愿留在他身边。

香桂怔住,心却因他手指的抚摸柔成了春水,下意识地抬手按在他的手背上。

"我……我不知道……"她讷讷地道,在看到他眼中的失落之后,忍不住又腼腆地补充,"可是,我心里很舍不得你。"说到这儿,她脸像被火烧一般发烫,却仍定定地与他对视。

她是配不上他,可是,喜欢便是喜欢了,她无法否认。

舍不得啊……凤雁北嘴角往上扬了起来,黑曜石般的眸子因为她这几个字而闪烁着光。

"我也舍不得你。"他将女人瘦小的身子揽进自己的怀中,下颔在她头顶轻轻地磨蹭,"以后,咱们一直在一起,好不好?"他不要其他人了。其实,自将她推下山崖的那一天起,他就没有过其他人。

他是喜欢她的,只是他的自尊和骄傲让他放不下身段,害得两人都吃够了苦头。若是这一次没有差点失去她，恐怕他还要硬撑一段时间，也许到那个时候，会是他的恶劣亲手将她从自己身边推离。

没想到他会这样说，香桂闻着他身上传来的好闻且熟悉的味道，又有些恍惚了。

"你不嫌弃我？"抓住他腰间的衣服，她问，颤抖的声音透露出她的惶恐不安。没有男人会不介意她的出身，何况是他这样的人物。

凤雁北笑了，在她额角的疤痕上轻轻落下一吻。

香桂将脸贴在他的胸口，听着他平稳而有力的心跳，没有再说话。

原来，天上的月亮也有可能照到地上的灯芯草……

逆流要比顺流慢许多，两人也不着急，借着月光相偎在船头喝酒闲聊。

这一夜，也许是醉了，凤雁北始终紧抱着香桂，不肯放开。夜风带着水气吹在两人身上，除了畅快的凉爽外，他再没感觉到寒意。他说了很多话，香桂才知道，他们是从青双处探知到她的踪迹、莫商的背叛……

"我想求你一件事。"她说，"不要太为难青双和莫商两位姑娘。"

此言入耳，凤雁北酒意全无："不行，不能坏了规矩！"

与他冷硬的目光对视半晌，香桂叹了口气，转过头看向江尽处隐约可见的山脉，不再说话。她并不企图左右他的想法，只是她知道，惩罚莫商，他不会好过——她不想他伤心。

"不准给我脸色看……"凤雁北讨厌她这样的平静,又想像以往那样发脾气,却在看见她无意识轻抚左膝的动作时僵住,心里微酸,蓦地扑过去将她压倒在地。

"好。我答应你,小惩大诫。"在香桂惊讶又惊喜的目光中,他像是要把胸中压抑着的某些东西发泄出来似的,低头狠狠吻住了她。

"笨女人!"

香桂睁眼,一轮朗月映入眼帘,她的嘴角扬起温柔的笑。是啊,她是一个笨女人。

尾声

王家包子店铺门口，一个蓬着发的妇人正抽打着不听话的孩子，弄得整条街都是小孩的哭闹声。左邻右舍早已习惯，各做各的事，还不时互相问候一声。

"老板娘，拿十个包子。"低缓而温柔的女人声音突兀地插入小孩的哭闹声中，正在借机发泄起床气的妇人闻声突然一僵，停了下来。

梳着整齐的发髻，身着朴素的布衣，一个白皙瘦小的女人正站在包子铺外面，静静地对着妇人笑着。

"笨阿桂！"妇人尖叫，一把丢开仍在哭叫的孩子，扑向女人。

女人怔了下，等看清楚妇人的容貌，也不禁吃了一惊："阿玉？"她有些犹疑。

"是我，是我啊！"妇人一把抱住一脸惊讶的女人，开心得又跳又叫。

自西北军营一别，两人怎么也想不到会有再见面的一天。

"阿玉，"香桂笑了，"还能见到你，真好。"这话听在别人耳中,只以为是单纯的感叹,对于九死一生的她来说,确实是想也不敢想的。

"是啊是啊,你不是配给了一个火长吗?看样子过得好像不错。"相对于香桂历尽劫难后培养出的沉静,香玉却是没变,仍然是以往的急躁脾气。

想起死得不明不白的何长贵,香桂愣了一会儿,笑得有些勉强:"你的孩子都这么大了?"

"是啊,快三岁了,皮得很。你家的呢?男娃女娃?"虽然动不动伸手就打,但是说起自家娃,香玉仍然不自觉露出为人母的骄傲。

香桂眼中不禁露出羡慕的神色:"我还没——"

"走走走,家里说。"香玉突然想起两人还站在外面,就要拉着香桂往包子铺里走,如同以往一样不客气地打断了香桂未完的话。

香桂也并不在意,却有些犹豫地往后看了眼,低声道:"可能不太方便。"

"什么?"香玉没听清楚,回过头正要询问,却被一辆缓慢驶过来的华丽马车吸引了注意力。

时间仿佛静止了,周围的喧闹都停了下来,只有那辆马车在马蹄踏石的清脆声中缓缓驶近。

"桂。"低柔微沉的男人声音自马车内传出,呼唤情人一样缠绵含情。

香桂脸一红,不自在地看了看瞪大眼一脸无法相信的香玉,尴尬地道:"我得走了。"话音刚落,马车帘已被掀起,一只修长的手伸了出来,抓住香桂的腰,将她带上了马车。虽然只是眨眼的工夫,香玉仍看到了那个男人探出的半张脸——一粒艳红的眉心痣在阳光下散发出夺目的妖娆模样。

倾城倾国!香玉虽然善言,却没读过书,无法用言语准确地表达男人给她的震撼,脑子里只想到说书先生说过的形容绝色美人的这几个字,可总觉得还是少了些什么。

车帘放下,隔断了她痴迷的目光,让她蓦然回过神来。

"阿桂,你这就要走了吗?"她心中的疑惑,却终究比不过对故人的眷念。

车帘再次掀起,香桂的脸探了出来,眼含着不舍:"嗯。阿玉,我以后一定会再来看你。"

香玉向车内探了一眼,这次却什么也没看到。她迟疑了一下,扯过香桂的衣领,贴在她耳边悄声问:"他是谁?"她怎么也想不到以香桂的身份和容貌会认识这样高贵好看如神一样的人物。

对,就是像神仙一般的人物。这是她突然想到的再贴切不过的形容。

"呃,他……他……"香桂脸再次红了起来,耳朵似火烧一般。她吞吞吐吐了半天,才在香玉不得到答案誓不罢休的目光中挤出几个含糊的字。奇怪的是,耗了这么久,一向不太耐烦的他竟然不催促马车前行。

"什么?"香玉没听清楚,又或者觉得无法相信,不禁再次向她确定。

阳光太强,香桂觉得自己浑身都像被晒得冒烟了。

"我的男人。"她重复。这一次,一字一句,极为清晰。就在香玉被震住的当儿,她再次被揽腰带回了马车内。

滚烫的胸膛,激狂的吻如暴风骤雨般袭向她,让她几乎透不过气来。

他等这一句话,已经很久了。

马车再次开始往前行驶,缓慢而平稳。

"阿桂——阿桂——你要的包子。"从震惊中蓦然回过神的香玉突然想起香桂是来买包子的,她赶紧揭开蒸笼,用油纸包了十来个包子,一边在后面追,一边着急地喊。

阳光照在熙熙攘攘的大街上,一枝火红的桃花在某家矮墙内开得正艳,带着花香的风吹在人身上,像情人温柔的抚摸。

春天才正要开始。

(完)

焰娘

楔子

她蜷缩在稻草垛里。满天繁星伴着一弯月牙儿点缀着凉爽的秋夜,左边是无际的田野,阡陌纵横;右边是一片稀疏的小树林,一条清澈的小溪从树林中穿过,流向很远很远的、隐约可见的大江。在草垛的不远处,是一个有四五十户人家的小村落,此时偶尔可听见犬吠,人声却早已消逝。

此起彼伏的秋虫鸣叫让人更感觉到夜的深沉。她闭上眼,一丝淡淡的寂寞感浮上心间。祖辈的经验告诉她,这些情绪会让一个人软弱不能自立,而焰族的女儿没有软弱的权利。

十二岁一过,焰族女儿便会被逐出部落,一生一世不得回去。

焰族的男儿天生高贵,女儿却注定低贱。女孩儿自生下来便没有名字,均被称为焰娘,没有人瞧得起她们。这些被逐出部落的女儿为了生存,什么都能出卖。

她十六岁了,熬过了那一段随时会丧命的日子,现在的她有能力应付任何场面。睡意涌起,她将自己完全缩入草中,准备入睡。

一声异响,她猛然睁眼,警惕地看向树林。一条黑影快速地从林中窜出,却出人意料地脚下一踉跄,差点摔倒。他站稳后,转身戒备地看着树林。

凭经验,她知道自己可能遇上了江湖仇杀,于是赶紧屏住呼吸,以免引起他人注意。她的目光随着那人进入黑森森的树林,等了片刻,却什么也没看到。她低头沉思片刻,当她再次看向那人时,却吓了一跳,只见他后面赫然多了一人,瘦瘦高高,比他高出一大截。那黑影似有所觉,正要回头,就被一把匕首插入后背,直没至柄,他连哼也未哼一声,便扑倒在地。

她被吓得连大气也不敢出,不只因为杀人的场面,更因为透过微光她看到了那杀人者的长相。

这人长发披散至肩膀,狭长的脸,颧骨高耸,眼眶凹陷,眼睛在黑夜中看上去就像两个空洞;鼻高而钩,下巴长而微向前突。他身材瘦长,一件长袍披在身上,似挂在竹竿上一般,在夜风中簌簌飘动。

这个人浑身上下带着一股仿佛自地狱而来的冷森之气,令人禁不住打起寒战。而最让人后背发凉的是,当他将匕首插入先前那人后背时,脸上的表情竟无一丝变化,就好像是在做一件不甚重要的事。

再也未看面前扑倒的人一眼,那人木然地扭头向她所在的方向看了一眼,吓得她赶紧屏气闭眼,生怕眼珠反射的微光被他发觉。

良久,她只听见虫鸣蛙唱和风吹过树林的声音,看来那人并未发觉异常。她忍不住睁开眼,那人已不知去向,只剩地上的尸体告诉她刚发生的一切并不是她的幻觉。

她钻出草堆,抖了抖身上的草屑,提气纵身向树林奔去。这里已不适合休息，她只好另觅他处。

卿洵并没走远，他有一个习惯，每次杀人后都会找水净手，这个习惯是什么时候养成的，他已经记不清了。在决定动手杀这个人前他已弄清了这里的地形，知道有一条极清澈的小溪从林中穿过。

将手浸在冰凉的溪水中，他努力让头脑空白，但脑海中却浮起了一张笑意盈盈的精致小脸。他无奈地叹了口气，收回手在外衫上擦干，然后从怀中掏出一块叠得整齐的手帕，小心翼翼地在掌中摊开，微弱的光线中，上面躺着一只珍珠耳坠。那是师妹杨芷净最心爱的饰物，但另一只不知怎么遗失了。她生气耳坠不能成对，又不喜欢他另外让人打制的，便索性将这一只也扔掉了。他捡了回来，贴身细心地保管了近两年。每当他外出执行任务想念师妹时，就拿出来看看，便似看到师妹本人一般。

他喜欢师妹好多年了，从她被母亲带回来还在牙牙学语的时候他就发誓，一生一世都要照顾她，不让她受到丝毫委屈。

他不禁微笑，待会儿回去，师妹肯定又要怪他独自行动了，一想到师妹娇嗔的样子，他心中就不禁充满怜爱。

"不想死就滚！"他突然收敛笑容，将耳坠放回怀里，哑声道。

如非必要，他一般不会出手杀人，即便那人刚刚目睹了他杀人的整个过程。

一声娇媚的叹息，眼前人影一晃，小溪对面的大石上已坐了个人。

他漠然看去，稀疏的月光之中，他看出那是一个身裹薄纱的妙龄女子。只一眼，他已将女人打量得清清楚楚：一头长发并没梳成髻，而是用丝巾缠成一束垂在胸前一侧；双足赤裸，浸入溪水之中；薄纱裙紧贴凹凸有致的身子，将该露的、不该露的全露了出来。那张脸虽是美艳绝伦，却让他心生厌恶。他常年行走江湖，一看便知这女人是属于靠身体在江湖中生存的那类。

他不愿和这种低贱的女人打交道，即便杀她都会觉得污了手。他站起身，准备离开。

"喂，你就这么走了吗？"女子的声音中有一丝做作的娇柔，好像在和情人撒娇。

卿洵充耳不闻，长腿一跨，已在丈许之外，瘦长的背影似长枪般挺直，披散的长发随着夜风向后飞扬，整个人散发出一股孤傲与霸气，女子的存在被他完全忽视。

女子被他的气势震慑住，竟忘了自己不顾性命危险出现在他面前的目的——利用自己的美貌在他身上捞点好处。等她回过神来，卿洵早已不见踪迹。

"他是谁？"她轻声自问，右手抚上胸口，感到那里异常快速地跳动着。这还是她首次对一个男人的身份感兴趣，可是风吹动树叶发出的沙沙声，提醒着她焰族女儿血液中流动着的古老诅咒——自古以来，焰女凡动情的，都不会有好下场。在世人眼中，她们滥情而贪婪，只有她们自己知道，焰族女儿一旦动情就会不顾一切，直至化为灰烬。所以，她们每个人都在尽量避免动心，游戏人间，完全不理会别人的眼光。她们一无所有，因而她们连输的本钱都没有。

"那个男人又丑又吓人，有什么好？"她在心里安慰自己。方才如果不是无意间撞见他在溪边洗手，她一时进退维谷，也不会想到打他的主意。何况,先前她还被他吓到了呢!

她生性洒脱,一时的心动也不会放在心上,只是觉得奇怪。四年来,什么样的男人她没见过,为何偏偏对这个丑陋异常的男人感兴趣?

她将脚从溪水中收回。夜色已深,她收拾心情,觅了一棵大树栖身。对于她来说,每天都有无数的挑战,稍有不慎便可能造成永远也不能挽回的局面,所以她必须养足精神,以应对任何不可预料的危险。

第一章

得救

平静的江面上，一艘华丽的三桅巨舶顺流而下，飞快地向竟阳行驶。船首立着数名彪悍的男人，看其气度身形，便知不是庸才。

船身雕刻着一只展翼金鹰，在粼粼波光的映照下闪闪夺目，以睥睨一切的姿态昭告着主人的显赫地位。

在二楼船舱一间类似书房的舱内，两人凭几相对而坐，中间摆着一方棋盘，两人正在对弈。其中一位是身穿雪白锦袍的男人，身形瘦削，长发披散至肩，长相十分丑陋骇人。另一位却是个绾着双鬟、姣美动人的少女。两人坐在一起，十分扎眼，但他们却恍若不觉。男人一脸淡定，深陷的双眸透露出思索的眼神；少女则双眉紧锁，樱唇紧抿，神色之中有几分不悦。

窗外传来木桨击打水面和风吹过树梢的声音。两岸是原始森林，层峦叠嶂，秋日清爽的风夹带着水汽从打开的窗户吹了进来，一切是那么的静谧和悠然。

少女蓦地站起身，一把挥掉棋盘上的棋子，在棋子滚落地板的哗哗声中怒道："不下了，你根本是在敷衍，和你下棋真没趣！"

她的声音娇美动人,即使盛怒之中,听着也让人觉得十分享受,只盼着能再多听几句。

男人木然望向她,嘴唇微动,却没说出话来。

少女小嘴一嘟,骄傲地抬起下巴说:"我要回房休息,到竟阳前不要来打扰我。"说罢,挺直纤细的腰肢,转身盛气凌人地走了出去,没再看男人一眼。

男人看着她离去的背影,脸上依旧毫无表情。他的目光转向窗外,岸上深绿夹着明黄火红的色彩立时占据了他的视野,他却无心观赏。

究竟他要怎样做,她才会开心?以往他赢了她,她便气得大哭,说再不和他下棋;今天他让着她,本想让她赢,只为博她一笑,不想她还是发了脾气,说他敷衍。他哪里敷衍了?对她,他怎会敷衍?

他,卿洵,从小就立誓要保护她,不让她受到一丁点儿伤害。可是他千方百计地讨好,她却浑然不觉。他总是做不好,总是让她生气。究竟要怎样,她才能感觉到他的心?

船在竟阳渡口靠岸,两辆镶有飞鹰族徽的华美马车、十数名护卫及马匹早已等候在岸。卿洵和那少女——杨芷净,在一群手下的簇拥下下船登上马车,众星拱月般向竟阳城中的卿宅驶去。

卿家是当朝大将之家,掌控着明江下游竟阳、龙行、微平、虎修、紫阳、明丘等郡的政治、经济、军事大权。因临近大海,卿家积极开展海上贸易,又与内陆贸易商来往频繁,故十分繁荣富足。另外,卿家还拥有一支既深谙水战之道又擅长陆战的军队,人数虽然只有三万,但在足智多谋、善于玩弄权术又熟悉兵法的大家长卿九言的率领下，其威力无人不知。故朝廷对卿家也十分忌惮，不能除掉，只能笼络。因此，卿家逐渐成为当朝最有影响力的家族。

前面一阵混乱，马车停了下来。正在闭目养神的卿洵睁开眼，正要问发生何事，突觉有异。在外面此起彼伏的斥骂声中，一丝光线突然射入车内。车帘已被掀起，一团红影扑了进来。他神情凝滞，却并不慌乱，提功运气，一手两指伸出，袭向来人双眼，另一手则平举身前护住自己胸口要害；右足飞起，点向来人下阴，左足则踢向他膝关节。毫无花哨招式，又狠又辣，势要将来人一举制服。

但让他出乎意料的事发生了，来人不闪不避，口中喷出一股鲜红的液体，身体像是凑上来给他喂招似的，直挺挺扑向他。

卿洵眉头一皱，鼻中已闻到血腥味。不想弄脏自己，他闪身避过，方才所使招式立即全部作废，只听咚一声，来人倒在他之前坐的地方。

他凝目望去，只见来人长发披散，身穿几乎透明的红色纱裙，腰系金带，倒在那里时露出了大半截光滑白皙的腿，玉足赤裸，没有穿鞋袜。因是面朝下，看不到容貌。

一个女人！他目光中透露出嫌恶与不屑。就在此时，车帘再次被掀起，现出数名侍卫惊恐的脸。

"奴才该死！"外面唰一下跪了一地侍卫，个个脸色青白。

卿洵冷眼看了他们一眼，目光再次朝向车中女人。这女人能耐不小，在受伤的情况下仍能闯过一众身手了得的侍卫的防护，冲进马车。

钻出车厢，卿洵举目四顾，发觉围观之人甚多，最前面有一群人虎视眈眈地盯着自己这辆马车，为首的竟然是"快剑"马为。这人是出了名的好色之徒，且武功了得，看情形是这女人惹上了他，难怪讨不了好。

卿洵走下马车。他平素爱洁，被沾染了血污及那女人味道的车厢，他怎会再坐？

"起来。"他沙哑且不带任何感情的声音令手下摸不清他心中在想些什么，虽依命站了起来，心中却仍忐忑不安。

"将那女人扔出去。"他继续淡漠地吩咐，自己则缓步向前走去。

手下牵马给他，他却没有理会——他从不坐别人的坐骑。

"慢着。"

正当马为一群人闻言露出欣喜之色时，前面一辆马车传来杨芷净清脆的声音。只见车帘挑开，一道绿色的身影钻了出来。卿洵驻足，不解地看向她。

杨芷净来到卿洵的车前，撩起帘子向里看了一眼，秀眉微蹙，不悦道："师兄，你怎能这样对待人家女孩子？"

"她不是好女人。"卿洵缓缓地阐述自己的观点。凭这女人的打扮及招惹上马为的行为，就可看出不是正经女人，他没必要为这样一个素不相识的女人得罪"快剑"。

"我不管，你要救她！"杨芷净跺足。她也知道卿洵说的是实话，可是马为在不知她身份时曾调戏过她，就凭这点，她也要和他抢人。

看见师妹露出让他无法拒绝的小女儿娇态，卿洵只能在心中叹气，扬了扬手，道："走吧。"除此之外，他还能做什么？

杨芷净娇美的小脸立马扬起胜利的笑容，轻盈地跳上自己的马车。

队伍开始继续前进，而看似什么也不理会的卿洵却留意到马为眼中迸出的阴毒，不禁暗暗警惕。卿家势力庞大，而且自己在武林中还有点名头，马为不敢明惹，只能忍辱咽下这口气。但是这种人如果玩阴的，可当真是防不胜防。但卿洵生性高傲，虽考虑到这点，却并不放在心上。

"嗯，还真是个美人儿呢！"杨芷净瞟了眼床上的女人，有些不甘愿地承认。她一向自诩貌美，但这女人比起她却毫不逊色。只是从其打扮来看，不像是正经人家的女儿，倒仿佛是在风尘中打滚多年的。

"好生医治她。"虽不喜欢女人的穿着打扮和那即使受伤昏迷仍无法消散的妖媚，杨芷净还是如此吩咐道。既然救了她，自要救到底。

"是。"卿家专用的大夫王孟予恭敬地应道，但一双眼睛却不受控制地落在红衣女子微敞领口的上身，咕嘟一声咽了口口水。相对于杨芷净的清新脱俗，眼前的女人更能吸引他的目光。

"哼！"王孟予色眯眯的表情被杨芷净逮个正着，心中不禁一阵厌烦，"这女人是师兄救的，你自己看着办吧！"这王大夫看着正正经经，不想也是个好色之徒，实在令人讨厌。语罢，她转身走了出去。

王孟予却控制不住地打了个寒战。

卿家有三兄弟，老大卿灏敦厚沉稳，善兵法，有大将之风，待人温和，深受下人敬重。老三卿溯鬼点子多，喜欢与人嬉闹，故也无人惧之。只有老二卿洵狠辣无情，一张脸从不显露表情，长相骇人，在卿府中无人不惧。

既然是卿洵救的女人，无疑是他看上了的，王孟予心中的念头立时烟消云散，赶紧敛眉垂目，连多看一眼也不敢。卿洵的威势大大胜过女人的美色。

杨芷净出门来，只见太阳已经偏西，小院寂寂，偶见一两个下人匆匆路过。这里是客舍，离她的梵清小楼还有一炷香的路程。微微沉吟，她便向师父——卿洵的母亲的啸坤居走去。一回来便安置那受伤女子，还没去见过卿伯伯呢，师父去承奉了，也不知回来没有。

"师兄？"在客舍外不远处的一堆假山旁，杨芷净看见卿洵背手而立，"你在这里做什么？"虽然她与他相处了十多年，但他的心思她依然捉摸不透。

"等你。"卿洵淡淡道。他的声音沙哑，让人听着很不舒服，不知是不是因这个原因，他极少说话。他的声音和他的脸一样，毫无情绪变化，因而几乎无人可以摸清他的心意。由无知生恐惧，于是他成了卿府乃至江湖中人人胆寒的角色。

"那你怎么不进去看看那位姑娘？"杨芷净话一出口立即后悔——又说废话了。除了卿家的人和她，师兄谁都不爱搭理，更何况是一个陌生的女人。

果不其然，卿洵只吐了一个字出来："脏。"他转身与来到他近前的杨芷净并肩向啸坤居走去。

园中花木扶疏，虽已是秋季，花木却丝毫不见衰败。

杨芷净闻言不禁哑然。她这师兄话不多，却一点也不留口德。人家女子又没惹到他，他竟然这样说！幸好那女子听不到，否则即便不会伤重而死，也会被他气毙。尚幸的是师兄待自己极好，连师父也没他这么宠爱自己，大哥和三哥就更不用说了。

听杨芷净讲完此次滇南之行的经过，卿九言转头问一旁一语不发的卿洵："你怎么看？"他这儿子虽然很少说话，但对事情的判断却极为精准，至今尚未出过差错。

"警惕。"卿洵只说了两个字。

"有什么好警惕的？那宋锡元不过是个酒色之徒，能成什么大事？"杨芷净反驳道。

一说起那宋锡元，她心中就有气，都七老八十了还左拥右抱。最可气的就是他那双色眯眯的眼睛，在她身上看过来看过去，仿佛要将她剥光似的，让她浑身不自在。

被她如此冲撞，卿洵却并不生气，反而嘴角微露笑意，望向她的目光变得柔和，轻声说："他是故意的，或许他真好色，却绝不昏庸。"只有对她，他才会不吝解释。

"何以见得？"杨芷净不服地问。

卿洵收敛了脸上难得一见的表情，转向卿九言："我看见了雪湖秋。"语罢，他不再多言，相信父亲应该明白。

"那又如何？"杨芷净依旧不甘心地反问。

卿洵没有回答，明显地表示出不想在这个问题上多谈。

"好了好了，你们刚回来，就不谈正事了。"卿九言见机扬手中断话题。以雪湖秋的可怕及特立独行，出现在宋家，可见宋老头不是他表面上看起来的懦弱无能。究竟，这老头葫芦里卖的是什么药？

　　心中如此想着，卿九言脸上却露出温和的笑容，转向杨芷净，道："净儿，一路上师兄是不是又欺负你了？"在这个家里，只有洵儿待净儿最好，偏偏净儿就是喜欢告洵儿的状，他早已习以为常。如此问，只是想捉弄一下他这个从小便吝于表现感情的儿子而已。

　　"可不！"被他如此一提，杨芷净立时忘了开始的不愉快，跳到卿九言身边叽叽喳喳地数落起卿洵的不是。

　　看到父亲调侃的笑容，卿洵无言以对。他转身来到窗边，目光落在园中已含苞的菊花上，耳中是师妹动听的声音，心境平和。只有在这种时候，他才会稍稍感到生命的美好，这对于他来说是一种奢侈，所以他万分珍惜，生怕一不小心连这仅有的快乐也会消失无踪。他，真的很寂寞。

　　用过晚膳，杨芷净沐浴后换了一条淡紫色绣花长裙，白色丝织宽带紧束纤细的腰，在后面相结，带尾下垂至地，走动时向后飞动，飘逸飞扬，很是美丽。加上月白色底蓝丝绣花宽披肩，湿润的秀发以紫色发带松松束在脑后，泛着健康的光泽，整个人散发出无与伦比的优雅与贵气，实在很难不让人拜倒于她的美貌与气质之下。

　　杨芷净来到客舍，那红衣女子已经醒了，正背倚枕头，双手抱膝坐在床上，头埋在双臂间，长发披散，遮住了大半个身子。即使如此，她身上仍带着可让男人血脉偾张的魔力。

听到门响,她抬起头,露出那张艳丽的脸来,见到杨芷净,明显地愣了一愣,但随即露出一个友善的笑容:"是姑娘救了我吗?"声音清柔似风。

"你觉得怎样?"杨芷净并没走近她,只是远远地站着。对于眼前的女人,她也没有好感。

"已无大碍,多谢姑娘相救。奴家焰娘,不知姑娘如何称呼?"对于她的冷淡,焰娘并不介意。

"既然无大碍,那便早点离开这里。"杨芷净冷冷地道,对于这种女人,她一向不注意态度,至于对方的名字,她更不屑于去记,"你也不必谢我,实话告诉你,如果不是为了和马为作对,你这种女人,我是看也不会看一眼的。"

她语气中的不屑和鄙夷令焰娘微眯双眼,随即发出一串媚惑人心的轻笑:"姑娘的意思是说,焰娘可以不必回报姑娘的救命之恩吗?"

轻轻一哼,杨芷净转身向外走去,说:"自是不必,而且真正救你的人是我师兄。"语罢,她已走出大门。

月色如水,杨芷净沿湖而行,湖水在月光下泛着点点银光。她脑海中浮起一张意气风发的脸,不禁脸颊微烫。她不敢相信自己会如此大胆,竟然和一个陌生的男人结伴同游了两天。他说他叫傅昕臣。那本来是个冰冷孤傲的男子,可是在她面前他会欢畅地大笑,只是那笑声也带着无法掩饰的傲气,让她不禁猜测他的身份地位一定不一般,只是为什么从没有听过这名字呢?

"傅昕臣。"她轻念这个名字,想起两人分手时他的承诺,手不觉抚着小鹿乱撞的心口,"你说要来提亲的,可别忘记。"她讲得极轻,生怕被风听了去。那个男人她只认识了两天,便和他订下了终身,这不是缘分又是什么?

她叹了口气,嘴唇微动,向着天空中的明月不知说了些什么,片刻后转身向来路走去。

许久之后,一个瘦长的身影悄无声息地出现在她方才站立的地方,神色复杂地仰望那冷月,似心伤,似落寞,又似心灰意冷。

"傅昕臣,我好想你!"杨芷净最后对月说的这句话还在他耳中回响,久久不散。

焰娘深吸一口气,吃力地站起来,脚步虚浮地向外走去。人家都说到这份上了,她怎能再留下?大不了被马为抓回去,多说几句甜言蜜语,赔上这迟早会被人占了的身子,应该还是可以留住一条命的。她招惹谁不好,偏碰上马为这煞星,活该倒霉!

一个小丫鬟手捧托盘,上置一碗,碗中冒着热气,出现在路的尽头。看见已至院中的焰娘,她明显地吃了一惊:"姑娘身子还未大好,怎下床了?"她说着,步子不禁加快,恨不得能赶上前将焰娘搀回屋去。奈何碗中的药汁大荡,令她不得不停下,以免药泼洒出来。

焰娘娇媚地一笑,柔声道:"我要走了,谢谢你。"

小丫鬟看到她的笑,小脸不由自主地红了。她可从未见过这么撩动人心的笑容,让人心跳也跟着加快。但是一听到焰娘的话,她便如冷水泼头,立时清醒过来,急忙说道:"你病还未好,怎就要走了?二少爷可知道?"谁都知道这位姑娘是二少爷救的,走也须二少爷同意。

"二少爷?"焰娘微愣,脸上却笑得更加灿烂,"小妹妹,你告诉我,二少爷是谁?"她走不走与他何干?

"二少爷?"小丫鬟显然被问住了,良久,才讷讷地道:"二少爷就是二少爷啊,是他救你的,难道你不知道吗?"

焰娘心里感到奇怪,怎么又冒出这号人来:"救我的不是位姑娘吗?"

"你说的是净小姐,她和二少爷一起回来的,但是拉你回来的是二少爷的车。那些侍卫没有二少爷的同意,是不敢做主救人的,即便是净小姐发话也不行。"小丫鬟不过十二三岁,说起话来却条理清晰,想必这事已在下面传开了。

焰娘脑海中蓦然浮起今晨自己闯进马车的那一幕,当时情急,她什么也顾不得,只望能抓住马车中的人当人质,好让那些侍卫带自己走。却不想其中所坐之人武功奇高,她又身受重伤,在跃上马车之时已感身体不支,不要说与之较量,就是对方样貌她也没看清便昏了过去。

现在想来,那位必定是小丫鬟口中的二少爷了,看来她又多欠了一人情。不过她也不在乎,报得了恩就报,报不了就算了,反正她过的是朝不保夕的日子。不过那二少爷必是个男人,男人的恩就要好报得多了。

"我要走了。"一股寒意自足底涌上,焰娘再次道别,再不走的话,她怕自己真走不了,她一向不娇弱,但受伤后又是另一回事,"等我好了,再来向你们二少爷道谢。"

"别!"小丫鬟吓得赶紧将托盘放在地上,冲上前张开双手拦住焰娘,"没有二少爷同意,你走了,我们可活不成了!"

看到那惶恐急切的小脸和根本起不了什么作用的小手,焰娘只觉好笑,一阵虚乏令她不禁蹙起了眉,看来走是走不成了。她恶作剧地眨了眨眼,纤手扶额,呻吟一声,娇软地倒向小丫鬟,小丫鬟赶紧伸手抱住她。焰娘身子虽纤弱,重量却不小,对于一个小孩子来说,撑住她也不是一件容易的事。

小丫鬟一边吃力地撑住她,小嘴还一边念叨:"看你,这个样子还想走,怕尚未出府已倒下了。"

"嗯。"焰娘嘴角微翘,轻轻哼了一声,"好冷,你扶我进去吧。"既然她不让自己走,自得由她承受让自己留下的代价。

小丫鬟倒是没有怨言,深吸一口气,扶住焰娘,吃力地迈起脚步。

感受到小丫鬟纤细柔弱的肩膀,焰娘眼中闪过一丝凄凉,回想起自己像她这么大的时候生活是多么艰难,坑蒙拐骗,什么都做,有几次还差点落入妓院和那些专门拐骗小孩的人手中。如不是凭着过人的机灵和那自族中带出来的功夫,今日的她早不知被糟蹋成什么样子了。

思及此,她慢慢收回压在小丫鬟身上的重量。

喝下小丫鬟端来的药,焰娘从怀中掏出红色丝巾,将长发拢在胸前一侧。一挑眼,看见小丫鬟正一眨不眨地看着自己,不禁失笑,故意抛了个媚眼给她,柔声道:"奴家好看吗?"

小丫鬟顿时脸红,却并没移开目光,真诚地点头道:"好看。"顿了顿又道,"净小姐也很好看,可是我总觉得姑娘和净小姐不大一样。"至于哪里不一样,她却说不出来。

"当然不一样,我和净小姐本来就是两个人,不一样才正常。"焰娘有意曲解她的话,眼波流转中,媚态横生。

"不,不是这个意思。"小丫鬟急道,然后闭眼想了一想继续道,"看着你我会觉得心跳加快,觉得不好意思,对着净小姐却没有这种感觉。"她觉得女孩子应该像净小姐一样,而不是像这红衣姑娘这样。她从小就待在卿府,并不知道有专门靠勾引男人来生存的女人。

不想再说下去,焰娘端起药一口喝了,面向墙躺下,闭目假寐。

小丫鬟只道她累了,不敢再打扰,端起空碗,放轻脚步走出房间,并轻轻将门拉上。

第二章

孤煞

"这里很舒服,"她再一次对自己说,"有吃有住,还有人伺候,比她以前过的日子不知好上几千倍、几万倍。"可是,那个二少爷什么时候才召见她啊?

焰娘迈步走下石阶,园中各色菊花已开了大半。数数日子,她来到这里已有一月,身体早好得差不多了。可是除了丫鬟玉儿和那个大夫外,她再没见过其他人。

通过与玉儿闲聊,她了解到此处的主人是当朝权势如日中天的卿家,难怪敢从一向横行霸道的"快剑"马为手中夺人。此外,她还知道了那二少爷便是江湖几位高手中的孤煞卿洵,那少女是他的师妹杨芷净。江湖中盛传,只要擒住杨芷净,不怕孤煞不低头,可见杨芷净对他的重要性。这样的人,这样的身份,这救命之恩怕是不太好报啊!

她停下脚步,目光落在一朵刚刚绽放的白色菊花上,一只浅黄色的蝴蝶立在上面,纤柔的翅膀在秋风中轻轻地扇动着。

她习惯了流浪,无法再过温室小花的日子。没有风吹雨打,没有死亡的威胁,又怎能显出生命的珍贵?只有在一种情况下,她,或者是其他所有的焰娘,才会心甘情愿地被囚禁,但这种情况是她们极力避免的,因为那代表着她们的生命将不再掌控在自己手中。

她蓦然倾身,吓得蝴蝶展翅而去,飞往花丛深处。

焰族女儿一向主动,何时这般苦等过?去见那卿洵吧,他要她报恩,她就报;他不要,她就走,胜过在这里干等。

她摘下一朵盛开的黄菊插在耳畔,人花相映,更显娇艳。做了决定,她便袅袅婷婷地顺着小径向院外行去。

卿府很大,一路走来,房舍连绵,道路交错。如非有人指引,焰娘早迷了路,不过她记性极好,走过后便不会再忘。

顺着长廊再走半炷香时间,眼前出现一片竹林,卿洵的住所便在林中至深处。

就在此时,隐隐约约的琴声从前面不远处的粉墙内传出来,她不禁驻足聆听。有人弹琴并不稀奇,引起她注意的是那熟悉的旋律。她第一次听到这曲子是在十二岁离开族人所居之处的前夕,只是当时的乐曲非琴所奏,而是以焰族独有的乐器红弈所吹。红弈的音色沉厚苍凉,在草原上远远地传出去,落进即将被逐的女儿耳中,便似母亲的啜泣。那样的日子,那样的曲调,她怎会忘记!

不知不觉她已随着琴声穿过月洞门,眼前出现一条假山花木夹道的卵石小径。转过一堆山石,琴音突转清晰,一道石砌小拱桥挡住去路,桥下流水淙淙,是为引山泉之水而建的人工小溪桥。桥对面有一八角飞檐的石亭,从她所站位置可以看见亭中一坐一立两位女子。坐着的女子长发松绾成髻,饰以三支不知用何物打造的古朴发簪，身着湖色窄袖斜襟短衫和月白色缎裤，只看侧面轮廓，已是极美。她面前置有一琴，琴声便是由她所奏。她身后站着的少女作丫鬟打扮，想来是她的侍女。

似乎感应到她的注视，琴声终止，那女子转头向她望来。两人目光相接，一种似曾相识的感觉同时涌上两人心头，却没有人说话。叮咚的水声在三人耳中响着，仿佛想填满这无声的空白。

"二夫人。"一旁的丫鬟忍不住轻唤道，不明白一向冷漠的二夫人为何会如此失常地看着一个陌生女子。

那二夫人身子一震，回过神来，目光却依然留在焰娘身上："云儿，去请那位姑娘过来。"她淡淡地吩咐，声音似她的人一样清清冷冷。

云儿应了，正要过去，却见焰娘缓缓踏上小桥，向这边走来。看到她的穿着打扮、走路姿势，云儿不禁皱了皱眉，脸上出现厌恶的神色。她不明白，这女子一看便知是那种靠着身体吃饭的女人，二夫人为何还要同她打交道。

"云儿，你先下去。"二夫人再次吩咐，语气中有种让人无法抗拒的威严。云儿虽不情愿，却不敢违命，答应后匆匆走了。在与焰娘擦身而过之时，云儿故意连余光也不扫她一下，轻蔑之情溢于言表。

焰娘脸上依旧挂着可颠倒众生的笑，并不介意云儿的无礼。

来到小亭，二夫人站了起来，目光清冷地看着笑意盈盈的焰娘。

"你好。"焰娘娇声问好。

"你……焰娘？"二夫人犹豫半响，问出心中的疑问。两人虽不认识，但直觉告诉她眼前的女人和自己来自同一个地方。

焰娘目光微沉，嘴角扬起一个淡漠古怪的笑："没想到在这卿府之中也可遇到焰娘。如果奴家没猜错，姑娘必是阿古塔家的小姐。"焰族中只有阿古塔家族的人天生擅长乐器，此女能将红弈曲改成琴曲弹奏，身份自不难猜。

"小姐？"那二夫人苦笑道，"你告诉我，身为焰族女儿，谁有资格被称为小姐？"

焰娘笑而不语，手指慵懒地划过琴弦，拔出一串不成调的叮咚声。

二夫人继续道："而且我不叫焰娘，我叫红瑚，自从……"她闭了闭眼，再睁开时秋水似的双眸变得阴冷，"被逐出族的那一刻起，我就不再是焰娘。"她的声音中有着无尽的愤恨。没有犯错，却从一生下来就被定为劣等人，这种待遇有几人能忍受？

"是吗？"焰娘满不在乎地轻笑，摇曳生姿地走至旁边，目光没有焦点地落在满园花草上，"无论如何，奴家还是要恭喜你成为焰族有史以来第一个找到自己幸福的女子。"数百年来，焰女无一人能拥有美满姻缘。红瑚何其有幸，能打破诅咒。

红瑚缓缓坐下，漠然道："你怎知我找到了幸福？"幸福不过是虚无缥缈的玩意，她不屑！

焰娘不解，转过身惊讶道："你不是已嫁为人妇了吗？你嫁的难道不是自己心爱的人？"她本不需提此问，因为自古以来，焰族女子可以将身体给任何男人，却决不会将自由送给非自己所爱的男人。

"是，我嫁人了，那又如何？他就一定得到了我的心吗？"红瑚眼中闪过对自己无法选择的身份的无穷恨意，冷漠无情的声音让人不寒而栗。

焰娘一震，不敢相信自己耳中所闻："你不喜欢他却嫁给他？……"这是身为焰娘所不容许的，但红瑚却做了。

"是。"红瑚目光中流露出一丝骄傲，"不可以吗？我不想过朝不保夕的日子，也不想在不同的男人中间周旋，所以选择了卿九言。他财势兼备，嫁给他后，我要风得风，要雨得雨，有什么不好？"更何况，卿九言只是可怜她曾经的遭遇，才给了她二夫人的头衔，他和她并没有真正的男女感情。

"卿九言？"焰娘脸上的媚笑消失，鲜艳的红唇紧抿，蓦然转身往亭外走去。

原本她以为红瑚嫁的是卿家二少爷卿洵，不想却是卿九言！卿九言是卿家大当家，是卿氏三兄弟的父亲，且不说他按年纪足以做红瑚的爹，众所周知，他对自己的原配夫人疼爱有加，红瑚毫不在意与别的女人分享自己的男人吗？

"站住！"身后传来红瑚的冷叱，显然是对她的行为相当不满，"你瞧不起我是吗？你以为你比我好得了多少，连卿洵那个怪物都愿意陪，你比我还贱！"一向没有感情的卿洵竟然救了个女人，这事在第二天便在府中传开了，红瑚又怎会不知。只是她没料到，那个女人竟和自己来自同一个地方。

焰娘背对她站了半刻，突然爆出一串娇笑，转过身时，又变得风情万种："卿夫人何时听说过不贱的焰娘？可是再卑贱的焰娘也不会否认自己身上流动的是火焰之神的血……"

"我说过我不是焰娘！"红瑚蓦地将古琴挥落地上，几乎是尖叫着道，似乎这样便可将一切否认。只要想起焰族对自己不公平的对待，她就会变得歇斯底里。

目光扫过摔在地上断了几根弦的琴,焰娘点了点头,脸上依旧是不屑的媚笑:"是,卿夫人果然不是焰娘,血液中没有流动着阿古塔家族对乐器的狂热崇拜,毕竟奴家从未听说过哪位阿古塔族人会毁坏乐器的。"

红瑚闻言站了起来,手紧握成拳,不知是因为焰娘的话,还是因为自己天生对乐器的精通与擅长,她纤柔的身子轻轻颤抖着。

突然,她伸手解开盘扣,在焰娘愕然的表情中,一把脱下短褂,露出里面藕色绣着芙蓉的肚兜。她脸上并没有丝毫羞涩,显然早已习惯别人的目光。一转身,她将雪白的背部转向焰娘。

焰娘微惊,只见那片雪白如玉的背上,一条尺许长、弯曲丑陋的疤痕赫然在目,像一条扭动着身体的蜈蚣般恐怖吓人。

"看见没有?"红瑚一边优雅地穿上衣服一边冷笑,"我身上阿古塔家的血早在蒙都之战的时候已还给了他们,我和焰族人再没有任何关系。"她优雅地坐下,看向焰娘的目光中流露出骄傲、怜悯以及鄙夷。

"蒙都之战?"焰娘惊呼,首次露出失态的样子。这场战争是焰族人和强悍的地尔图人,为争夺广阔的蒙都草原而发生的一场规模始无前例的大型战争。在此战役中,双方死伤均无法计数,焰族虽取得最终胜利,但也因此而元气大伤。

红瑚望向亭外小溪,思绪随着溪水的流动飞得很远很远。红瑚想起了那个在战场上为她疗伤,救了她一命的银发男孩,那个后来被称为"焰族医皇"的男孩,也是唯一一个曾温柔待她的男孩。

见她久久不理自己,焰娘皱了皱眉,大感没趣,边往外走边道:"奴家要走了,改天再聊吧。"她口中虽如此说,心中却是暗暗祈祷两人别再碰面。这女人怪怪的，最好不要招惹。

"等一等。"红瑚清冷的声音从身后传来，焰娘转身疑惑地看向冷傲的红瑚，不知她又有什么要说的。

"你是哪家的？"红瑚语气变得柔和，不知是想到了什么，她的眼神很温柔。

焰娘挑眉，不知什么事可令她突然变得如此温柔，但随即又将这种好奇强压下，好奇心太重可不是一件好事，对她们尤其如此。

"成加。"她从不讳言自己的姓氏，因为这对她毫无意义。

"成加？"红瑚怔住，"成加……"

很久了……

一个满头银发却长相俊美、十分爱笑的男孩再次浮现在她眼前，令她眼眶微润。在蒙都之战中，她还了阿古塔的血，却欠了明昭成加一条命，她记着，从不敢忘，只是怕今生怎么也无法还了，因为被逐出的焰族女子是永生永世都不能回去的。面前这女子和他会是什么关系？

"是啊，成加。"焰娘笑眯眯地跃到亭子栏杆上坐下，此时的她反而不急着走了，耐心地等着红瑚回神。

"焰娘成加。"良久，红瑚突然唤道，并仔细打量起焰娘来，想从她身上找到一丝一毫那人的影子。许久，她失望地垂下眼睑。没有，一点也没有！虽然都爱笑，但一个让她觉得纯净温暖，一个却让她想到不好的东西。

"叫奴家焰娘就行。"焰娘柔媚地笑道，柔软好似无骨般倚向身旁的柱子，"姓对于焰族女儿没有丝毫意义，不过是方便你我一起时好区分罢了。"她眼中明晦难辨，让人不知她在说这话时心中想到了什么。

并不理会她的废话，红瑚收摄心神，冷淡地问："明昭成加是你什么人？"她神色之间一片冷漠，并不显露丝毫渴盼的急切，仿佛只是随口问问。

可是焰娘却知道这事对她一定很重要，虽然相处只是片刻，焰娘却已了解到她是那种绝不说废话的女人。

"明昭成加？"焰娘以手支额做出一个诱人的思索状，随即含糊道"是成加家的男儿吧？你难道不知道在焰族中，即使是同一家族，男子与女子也是极难相见的吗？"

"你太多废话了！"红瑚冷斥，心中难掩失落，甩袖欲去。既然这女子不认识他，那就没有必要浪费时间在她身上。

"喂，怎么说得好好的就要走了？"焰娘眼中闪过一丝促狭，但她聪明地没让红瑚瞧见，"你是不是喜欢上那个叫明昭成加的家伙了？"

红瑚闻言一震，回头给了焰娘一个犀利的眼神，并不理会她，径自缓步而行。

"红瑚小姐，听奴家一句，焰族男人永生永世都不会娶焰娘的。"焰娘的声音柔软，并没有刻意提高，却清清楚楚地传进已走至小桥上的红瑚耳中，"而且你已为人妇了，不是吗？"

红瑚没有回头，走路的姿势始终保持着优雅："如果你不想失去舌头的话，最好现在就给我闭嘴。"她的声音似冰珠般一粒粒迸出，打在焰娘身上，让焰娘不禁打了个寒战。但是在焰娘目光无法到达的前方，她手指紧握，秀美的脸上布满难以遏制的痛楚。

焰娘看着她美丽的背影消失在假山背后，不禁轻轻叹了口气，为了红瑚，也为了所有陷入感情旋涡的焰族女子。

明昭成加！想起这个名字，她不禁有些失神。那个天生一头银发、十分爱笑的二哥，那个她自小便崇拜、奉若天神的男儿，那个唯一不会瞧不起焰族女子的焰族医神，那个曾保护过自己的……她摇了摇头，抛开不应该涌起的回忆。焰族中没有兄妹情，没有父女情，也没有……母女情。所以对于那个族群，她一点也不留恋，但她亦不会如红瑚一样刻意抹掉自己的来历。

静竹院名副其实，全种满了竹子，除竹之外再无其他植物。沿着竹林小径前行，片刻后出现一座庭院，青砖灰瓦，朴实自然。此时院中寂寂，只闻风吹竹林之声，令人不禁神清气爽，烦忧尽去。

会是这里吗？焰娘疑惑地站住。堂堂的卿府二少爷，江湖上威名赫赫的孤煞，会住在这种地方？

"有人吗？"院子里一尘不染，焰娘犹豫着是否该踏足其内。等了片刻，并没人回答。

撇了撇红唇，焰娘觉得自己越来越不正常了，她何时如此有礼过？

踏上院中紧密相接的光洁青石板，焰娘向止对自己的房间走去。就在此时，身后小径传来轻微的脚步声，似有几个人正向这里走来。她站住，转过身，恰与来者打了个照面，双方均是一愣。

来者共有四人，为首之人一身白衣，长发披肩，身形瘦高，容貌丑陋，见到她，深凹的眼中浮现出嫌恶的光。

焰娘脑海中立时浮起几个月前在哲远的一个村外的遭遇，那个灰衣男人和眼前的人……

她尚未完全确定，耳中已听到那男人粗似沙砾的声音："谁当值？"

他后面三个作统一青衣打扮的汉子脸上均浮上惶恐之色，其中一人忙道："回二少爷，是吴汉——"他还想说些什么，却被卿洵扬手打断。

"你处理吧！"卿洵冷冷道，"把这个女人弄走，再派人将地板冲洗干净。"语罢，转身朝来路走去。

"是。"那回话的青衣大汉恭声领命，其余两人则随后跟去。

焰娘不敢相信地瞪大了双眼——从来没有……从来没有一个男人会这样对她视若无睹，他究竟是不是男人啊！

"姑娘请！"耳旁传来青衣大汉有礼却强硬不容拒绝的声音，令她回过神来。她千娇百媚地看了那青衣大汉一眼，趁他心神微分的当儿，脚尖在地上轻点，仿似一片枫叶般向不远的卿洵飘去。

"不得无礼！"那男人很快回过神来，赶紧随后追去，同时一掌击向她。他不想伤人，此掌只用了五六分功力，目的是想将她截下。谁知焰娘只是身体微晃，前行的速度丝毫不受影响。他脸色大变，追之却已不及。

"停！"呵斥声起，跟随在卿洵身后的另外两个青衣人同时回身阻截。

卿洵继续前行，连头也未回，仿佛不知身后发生了何事。

焰娘发出一连串娇媚的笑声，竟然不躲不闪，腰身一挺，双手背负，以身子向两人的一拳一爪迎去。

两人一惊，想要收手已来不及，只能硬生生改变方向，将招式击向一旁。两声轰响，地上竹叶翻飞，焰娘已来到两人之间，素手穿花拂柳般飞舞，点住两人要穴，令其动弹不得。他们两人武功并非如此不济，只是没想到焰娘武功又高，又会使诈，猝不及防才着了道儿。

焰娘笑声不断，长发飞扬中人已来到卿洵背后，口中道："卿二少爷留步！"

"没用的东西！"卿洵沙哑的声音响起，一个旋身，一样白色的东西飞上空中，平平展开。

焰娘不禁凝目瞧去，发现是一块手帕，正不解时，卿洵五指齐张，已向她抓来。这一回她不敢故技重施，只因她知道他一定不会怜惜，忙收指成爪向他掌心袭去，另一手则施展小擒拿手去扣他的脉门。此时手帕已落至她眼前，并继续向下飘落。

出乎意料地，卿洵只是避开她袭向他掌心的一击，而对于她真正的杀招并不理会，难不成他知道自己无害他之意？她心中如是想着，手指已扣上他脉门，只是她连欢喜也来不及，便觉呼吸一停，他的手已掐住了她的喉咙。而更让她惊讶的是，她发觉自己所扣之处似铁铸一般，她扣住毫无用处，难怪他躲也不躲。

她痛苦地呻吟一声，颓丧地垂下手，直到此刻她才知道那块手帕的用途，因为他的手是隔着那块手帕捏住她的脖子的——他……他竟然嫌她脏！她想起他要离开时说的话："把这个女人弄走，再派人将地板冲洗干净。"心中恍然，她不禁气得浑身发抖。

"说！"卿洵像看着一件死物般看着焰娘美艳绝伦的脸。对于这种女人，他一向不屑于动手，奈何自己的手下全是废物，平日里凶悍非常，谁知一碰到女人便都成了软脚虾，看来自己得检讨一下御人的手法了。

"要奴家说什么？"焰娘深吸一口气，压下心中的怒火，如花似玉的脸上又浮起可颠倒众生的媚笑，仿佛在和情郎撒娇，丝毫没有命悬一线的恐惧。

卿洵不再和她废话，手指逐渐收紧，目光阴冷地看着她隐藏在甜笑下的挑衅眼神。若非一开始没感觉到她的杀意，这一刻便不会是他亲自动手逼供了，卿家刑室有的是方法让一个人出卖自己最亲的人。他并无意杀她，只是想给她点儿苦头吃，让她知道在卿府还没她可以撒野放浪的地方。只要她乖乖地说出来意，他便饶她一次。

焰娘的媚笑渐渐凝结，脸涨得通红，她想抬手掰开他的手，却发觉两手乏力难举——竟然被他点了穴道。她小嘴微张，动了动，却只能发出喘气声，说不出一个字来。完了，这次玩得太过火，要把命给玩丢了！随着呼吸越来越困难，她唯一能自救的方法就是朝着卿洵毫无表情的丑脸猛眨眼睛。谁知他竟视若无睹，手上力道越来越重。

卿洵并没意识到自己已让她发不出声音来，还嫌她死到临头还敢卖弄风情，心中更增厌恶，怎会松手。

完了，下辈子再不做这种蠢事……焰娘的意识渐渐模糊，嘴角不由自主浮起一个莫名无奈的笑。

"该死！"卿洵低声咒骂，松开手，任她软倒在地。没想到这个女人竟如此倔强，实在是大大出乎他的意料。他并不是一个容易心软的人，如非她昏迷前的那个笑容，他知道自己真会杀了她。

那个笑清清淡淡，一丝淫邪妖媚的味道也没有。那一刻他才看清她的稚嫩脸庞，竟是一个比师妹还小的女孩。想到师妹，他就无法下杀手。

"二少爷。"三个手下怀着恐惧，来到他面前，等待处罚，如非焰娘没下杀手，已有两人丧命了。

卿洵木然却似有实质的目光扫过他们，三人都噤若寒蝉。

就在此时，一阵急促的脚步声由远及近，一个身材矮胖的中年男人出现在竹林小径尽头，见到卿洵，大喜，奔了过来。

"二少爷，老爷叫你去见他。"他的目光好奇地落在软瘫在地上、姿态撩人的焰娘身上，不禁暗暗咽了口口水。早听说二少爷救了一个尤物，今儿一见，果然不假，怕也只有这样的美人才能让一向喜怒不形于色的二少爷心动了。只是她怎么躺在地上？心中虽有如此疑问，口中可不敢问。在这个家中，除了老爷、夫人和净小姐，谁会自找没趣，开口问二少爷呢？

卿洵闷哼一声算是回答，死水般的目光扫过昏迷过去的焰娘，并不作停留，转身疾步而去，只淡淡留下一句话："问清楚。"

"是。"三手下大喜，知道只要完成他的吩咐便不会有事了。另外，他们还知道了二少爷对眼前的女人毫无兴趣，那他们每个人都有机会去博取美人青睐。面对如此尤物，正常男人，谁不心动？

唯有那中年男人一脸不解地看了看二人，然后再恋恋不舍地看了眼地上的焰娘，匆匆追着卿洵而去。

走向啸坤居的一路上，下人们一见到他便吓得站在那里瑟瑟发抖，只叫一声"二少爷"，连看也不敢看他一眼。他腰杆挺直，双手负后，径自走着，仿佛天地之间只有他一人般。

因与生俱来的丑陋容貌，打小他就一直在学习如何面对别人的眼光。二十多年来，能够坦然面对他的女性只有两位，一位是他的母亲，因为她和他一样丑陋吓人；另一位就是师妹净儿，她是自己从小宠到大的人，只有她在他面前任性发威的份儿，哪有她怕他的道理。想起师妹，他脸上不由自主浮起一丝若有若无的笑。没人敢看他，也没人发觉。

说来也有趣，三兄弟中只有他长得像母亲，大哥和三弟像父亲一样气宇轩昂，这才导致母亲只愿教自己武功，而其他两位兄弟只好另觅高人做师父。只是到现在他都没想明白，母亲脾气古怪，容貌又丑，又是外族，当年意气风发、年轻有为的父亲怎会娶她？而且直到现在，父亲仍事事顺从母亲，两人恩爱如旧，几十年来从未发生过口角——不，不是没发生，而是母亲每一次发脾气，父亲都会有办法令其转怒为喜，实在让人佩服他的能耐。

等等！他突然停住脚步，仰首望向高远湛蓝的天空，脑海中浮现出那红衣女子与他对视的倔强眼神。他知道，这世上又多出一个不惧自己容貌的女人。虽说她是风尘女子，但敢与他对望，并在他面前仍能谈笑自若，倒让他有些好奇了。

深吸一口气，他将思绪转到老狐狸宋锡元身上，继续向啸坤居行去。那老家伙野心不小，暗地里招兵买马、偷运私盐，妄想垄断南方市场，以筹军饷。他当所有人都是瞎子吗？本来他做什么都不干卿家的事，可是他竟敢将手伸进他们的势力范围，想蚕食卿家的权力财富，未免不自量力了些。看来他是老糊涂了，只知道搅弄风云，再活下去也没多大意思，等哪天找个黄道吉日为他送终算了。

卿洵神色不变中已决定了一个朝廷大族之首的生死，难怪会有"煞"之称。

第三章 起誓

啸坤居中，卿洵双手下垂站在厅心等待卿九言发话。不需要他询问，他知道卿九言找他来，自然会说明意图。卿九言虽然不像他少有表情，但如果有人妄想从他的神情猜中他的心意，那就大错特错了。

看着木头一般立在那里良久的卿洵，卿九言不禁摇了摇头，心中暗暗叹气。这儿子和他母亲一样，早知会将他弄成这个样子，当初就不该同意夫人单独训练他，现在后悔已来不及了，不过眼下有一事或可刺激刺激他。

"有人来给净儿提亲。"卿九言缓缓地丢出一个惊雷，眼睛眨也不眨地看着卿洵，期待着他的反应。

谁知卿洵连一根汗毛也没动，沙哑地出声："龙源主傅昕臣。"他说出自己早已探知的名字。那人终究还是来了，来将净儿从他身边带走。

"你知道？"卿九言浓眉微皱，长身而起，来到卿洵身前，仔细地打量他。他真想知道这个儿子是怎么想的，他不是喜欢净儿吗?怎么一点也不焦急或妒忌?还是他掩饰得太好?

"见过。"卿洵毫不理会卿九言夸张的举止,径自说出自己虽不想却不得不承认的事实,"他们很配。"

那一夜知道了净儿的心思后,他便着手调查那傅昕臣的身份,在得到确实的资料后,他曾亲自前往长安,与傅昕臣见过面。那确是个有条件让所有女人倾心的男人,更重要的是净儿喜欢。

"是吗?可是我不会同意。"卿九言怒极而笑,返身走回椅子坐下。他心想:"洵儿到底知不知道自己正在将心爱的人往外推啊!难道他真的什么也不在乎?"既然他不懂得争取,那只好靠他这做父亲的为他做主了。不管怎么说,做父母的总希望自己的儿女幸福,即便这可能会剥夺另一个人幸福的机会,他们也不会犹豫。

卿洵默然,良久方问:"为什么?"

平心而论,他自不希望婚事成。可是他知道师妹的心思,又不能假装不知道,将一个心有所属的女人留在身边,看她终日不开心,他办不到。更何况,他根本舍不得师妹伤心。因此,他宁可自己一个人痛苦,也要助她完成心愿。

"因为她是我为你选的媳妇。"随着粗哑的声音响起,屏风后走出一瘦削而奇丑无比的女人来。她一双浅棕色的眸子盛气凌人,让人不敢对视。

卿九言脸上立即浮起谄媚的笑容,伸手将她搂进怀中,女人的丑脸因他的动作而变得柔和顺眼许多。

"我不需要。"早已习惯父母不避外人的恩爱行为,卿洵连眉梢也没动一下,只是淡淡陈述自己的观点。在听到母亲的话时,他最直接的反应就是心跳加速。可是一想到师妹哀怨忧思的小脸,他只好硬着心肠违背自己的心意。

"你需要。"卿夫人声音、神情瞬间转为严厉,"这个世上只有净儿不怕你,因此她必须嫁给你。我不会允许我最疼爱的儿子终身不娶。"

"夫人说得是。"卿九言抚须附和,标准的妇唱夫随。

卿洵再次沉默,他知道母亲的铁腕作风,她认定了的事极难改变。除非自己另有喜欢的人,否则即便自己不喜欢净儿,净儿也必须嫁给自己,但他又岂能如此强迫净儿呢?

"我不要净儿,"木然地,他逼迫自己说出言不由衷的话,"我心中有人。"

卿九言不禁瞪大了眼睛——有人?他不是喜欢净儿吗?难道自己误会了?

卿夫人却冷笑连连:"谁?"她这儿子从小就喜欢净儿,他当她是瞎子吗?对于别的女人,他是瞧也不会瞧上一眼的,除了净儿,他心中又怎会另有他人?他成全净儿的心思,她明白,可是她决不允许他如此委屈自己。

卿洵呼吸暂停。他本是胡诌的,在他心中,除了净儿根本没有别的女人,如今要他说一个女子的名字出来,简直比登天还难。但他神色却没有丝毫改变,毫不退缩地与母亲似可洞察人心的目光相接,并不回答她的问话,装作不愿回答。

如果他急切地推托或胡乱说一个人名,母亲反倒会肯定他的心思,此刻见他不言不语,不透露丝毫内心情绪,母亲心中却打起鼓来:是否他真的另有所爱?

深吸一口气,她冷静下来,语气放柔:"洵儿,你告诉娘,是哪家的姑娘,娘为你做主。"

卿洵缓缓摇了摇头,沙哑地道:"我不想强迫她。"片刻之间他已想好对策,只要让母亲相信自己心中另有他人,决不会娶净儿,从利害关系来考虑,他们不会放弃这门对卿家大大有利的婚事,"另外,我不会娶净儿。"语毕,他转身欲去。

"站住!"卿夫人大怒,挣脱卿九言的怀抱站起,她年轻时脾气古怪又火爆,和卿九言在一起这么多年才稍稍有所改善,这时又受不了卿洵如此不敬,"如果今日我见不着那位姑娘,我会立刻操办你和净儿的婚事。管他什么龙源主,即便是当今皇上,老娘也不买账!"她倒没夸大自己的能耐,皇上不敢得罪卿家,因为随之而来的后果不是朝廷能承担的。

"夫人息怒。"卿九言赶紧安抚,心思一动,忆起一人,转向卿洵,"洵儿,你何苦惹你娘生气。前月你从滇南回来,救回来一个女子,她是否便是你心中的人?"否则以他的脾性,怎会无端救人!

卿洵心中微动,想起方才所见红衣女子的倔强眼神。那个女人不怕自己。想及此,他知道自己有了合适的人选,只愿手下还没将她丢出府去。

"是。"闭了闭眼,他强迫自己承认。他天生有怪癖,爱洁非常,最受不了风尘女子,此时要他将一个浪荡女子当成自己倾心的对象,实在连想想也觉得不舒服至极。

"哦?"卿夫人眼睛微眯,危险地看向卿九言,"我怎么不知道?"

卿九言忙赔笑道:"你去承奉了,我只是听下人传言,还道是胡言乱语，并没放在心上，谁知……却是真的。"别看卿九言在外翻手为云覆手为雨，一回到家，便威风不再，成了老婆奴，府上无人不知，他却毫不在意，反以之为荣。

狠瞪了他一眼，卿夫人没再找他麻烦，转头看向屋中央的卿洵，脸上露出一个莫测高深的笑。卿九言看得心中发毛——他年轻时没少受这种笑的苦。

"既然如此，好，洵儿，你立即派人将那位姑娘请来。"不待卿洵拒绝，她又提高声音，"来人，给我请净小姐。"

事到如今，卿洵根本没有选择的权利。

焰娘醒过来，尚未受到盘问，便被带到啸坤居。

踏入门槛，一眼便看到木头般站在屋中的卿洵，堂上则端坐着一男一女，男的须发乌黑，脸上虽已有岁月的痕迹，却依旧英俊不凡，充满成熟男人的魅力；女人却丑陋无比，与卿洵酷似。不用猜，她已知堂上为何人。

盈盈走上前，她体态婀娜地行了礼，道："奴家见过卿老爷、卿夫人。"因卿洵掐她喉咙时用力过度，她的声音有些沙哑。

"姑娘不必多礼。"卿九言只觉眼前一亮，心中大赞卿洵好运气，这种风情万种的绝世尤物，哪个男人不想纳入私房！

卿夫人冷冷一哼，不悦地看着焰娘轻浮的举止、风尘女子般的穿着，心中已是大大不喜："你叫什么？"既然是洵儿看上的，她自然要好好摸摸她的底。

"奴家焰娘。"虽然不解，焰娘还是据实回答了。

她退至卿洵身旁，目光落在他丑陋似面具的脸上，细细地看了看，突然柔声道："卿郎，你好狠的心！奴家方才只是想……你却那么用力，一点怜香惜玉也不懂，差点将人家弄死了！你说，你要怎么补偿人家？"

卿郎？卿洵若非自制力超乎常人，眼珠子非掉出来不可。刚才两人还以命相搏，一转眼，她竟叫得这么亲密，这女人葫芦里卖的什么药？

"对不起。"他反应奇快。

虽然不解，但她如此称呼却有助于让父母相信，他并不纠正，却也不能不理。

卿九言本来正在喝茶，听闻两人的对答，一口茶水登时喷了出来，止不住地咳嗽；卿夫人也差点被自己的口水呛到，脸微红。

他们的木头儿子竟然也会……

卿洵还没明白过来，反是焰娘心中暗笑，她故意将话说得暧昧，果然有了效果，只是没想到他会道歉罢了。但是她眼神尖利，一眼便看出他的言不由衷，尽管他脸上并无表情，可是那低垂的眼中所藏的鄙夷她却看得清清楚楚。

哼，他嫌她不干净，她就偏要让他碰她，走着瞧好了！

"别！"她玉手轻轻按住他的唇，柔声道，"奴家怎舍得怪你，只要你以后好好疼爱人家就行了。"

她柔软的手指敏锐地察觉到他微微一缩，然后停住不动。她心中大惊，按她所想，她是休想碰到他的，即便碰到，也定会被他毫不留情地甩开，没想到现在他一动不动！灵机一动，她立时知道这其中定有蹊跷，这时不趁机占便宜，更待何时！

正当她想进一步行动时，耳中传来卿夫人粗哑的声音："焰姑娘府上何处？"卿夫人讲话向来直来直往，绝不客气拖沓。

"奴家……"焰娘闻言，楚楚可怜地垂下小脸，欲言又止，却什么也没说。

环佩声响，杨芷净一身杏黄衫裙，似彩蝶般走了进来："净儿见过师父、卿伯伯。"她一进来，便似将春风也带来了一般，温暖了每一个人。

焰娘明显感到身旁男人的震动。传言果然不假，卿洵深爱着他师妹。

卿夫人"嗯"了一声，目光和悦地看着杨芷净，柔声道："净儿这些日子功夫可有长进？"每次见到杨芷净，她必会问她的用功情况，这是杨芷净最怕的。

杨芷净眼珠微转，撒娇道："您问师兄好了，师兄是最清楚的。"她飞快地将问题丢给卿洵，只因知道他一定会包庇自己，"师兄，你说净儿功夫可有长进？"她目光转向卿洵，却意外地发现有外人在。

"咦，你怎么还没走？"她不悦地走到焰娘前数步远，不屑地打量她，"你身体看上去很不错啊，别告诉我你走不动。"

焰娘略一瑟缩，轻轻偎向卿洵，抓住他的大手，故作柔弱地道："啊，净小姐，你别生气，奴——奴家这就离开。"话虽如此说，却一点走的意思也没有。

卿洵微微犹豫，反握住她的手，目光直直地看向前方，沉声道："除了我，谁也不能叫你走！"

这一次，焰娘真正确定卿洵需要自己，不禁精神大振，嘴上却委委屈屈地道："可是……"偷偷瞄了一眼一脸不敢相信的杨芷净。

"师兄?"杨芷净不敢相信自己的耳朵。从小到大,师兄对她从来都是言听计从,别说像现在这般冲撞她,即便是大声一点,也不曾有过。

卿洵强忍住看向杨芷净的冲动,目光落在一脸高深莫测的母亲脸上,不知道她究竟想做什么。

"净儿,你太没礼貌了,还不向焰姑娘道歉!"卿夫人冷冷地斥责杨芷净,一双眼睛却紧盯住卿洵,不放过他脸上一丝一毫的变化,她倒要看看他能忍多久。她是他娘,怎会不知他的怪癖?就算想搪塞,也该找个干净点的,眼前这女人……哼!

"啊,夫人不要生气,奴家担当不起。"焰娘赶紧道。杨芷净对她有救命之恩,虽然态度不善,她却并不介意,倒是这卿夫人不好应付,只望她别将目光放在自己身上。

杨芷净毫不领情,不屑地哼了一声,生气地转过身去,再不看焰娘和卿洵一眼。

卿洵木然地站着,似乎对眼前的一切毫无反应,焰娘却感觉到他与自己相握的手力道很大,大得令她担心自己的骨头会被他捏碎。不过她很知趣,未表现出痛苦的神情,心中琢磨着自己被叫来此地的用意。

卿九言一言不发,含笑看着眼前三个年轻人,但目光停留在焰娘身上最久。他暗暗纳罕,这女人一看便知是那种善于利用自身优点将男人玩弄于股掌之中的风尘女子,对于洵儿这种容貌又丑、性格又木讷,且从他身上捞不到什么好处的男人,她怎会如此曲意逢迎?更稀奇的是,她竟敢长时间与洵儿亲近,能毫不避讳地看他的脸而且泰然自若，看来这女人若不是另有目的，便是真的喜欢洵儿，洵儿与她在一起也并不一定不好。

"既然都来了，洵儿，"卿夫人不悦地看了眼杨芷净，显然对她的任性相当不满，淡淡道，"我要你当着大家的面再选择一次，你是要净儿还是这位焰姑娘？"她终于使出了最厉害的一招。如果当着净儿的面，洵儿仍选择那女子，她也无话可说。

"什么？"杨芷净闻言惊呼，她和焰娘一样，对事情的来龙去脉毫不了解，此时听师父如此说，心中立时一沉，"不！"她不要自己的命运被如此决定。

"闭嘴！"卿夫人厉声喝道，别看她平时宠溺杨芷净，但当真正关系到自己最疼爱的儿子时，她对谁也不客气，"洵儿你说，你要谁？"

焰娘也被卿夫人的疾言厉色震住，一时之间没发觉自己正被别人当作货物般挑选。她仰首看向卿洵的面孔，恍惚间发觉他正强忍着莫名的痛苦。为什么？她再侧过脸看向一脸戾气的卿夫人以及仍眉眼含笑的卿九言，她是否无意中介入了人家的家务事？她可以走吗？

空气仿佛凝住，卿洵想开口说话，却发觉自己怎么也动不了唇。他虽一向少言，但说话却从来没有一次像此次般困难。不要逼我！他想喊，可是一个字也说不出来。他努力将自己的目光定在远处，不让杨芷净娇美的容颜映入眼帘，映入脑中，映入心上，他害怕自己会脱口说出要她的话，那是他一直渴望着的啊！可是……

"傅昕臣……你说要来提亲的，可别忘记。"

"傅昕臣，我好想你！"

想到此，卿洵心中无比挣扎。她心中想的念的是另一个人，渴望共度一生的是另一个才认识没几天的男人，而不是他这个呵护疼爱了她十六年的师兄……

压得人喘不过气的沉寂气氛在整个大厅中弥漫。

终于，杨芷净受不了，她尖叫一声，扑向卿夫人："不，不要这样！求求你，师父，请不要这样……"她控制不住满心的恐惧痛哭起来。

"起来！"卿夫人漠然道，扫也不扫一眼伏在自己膝上的杨芷净，就在这一刻，她对杨芷净彻底失望。曾经她以为这个自己从小养大，疼爱似女儿的孩子不会介洵儿的容貌，但是，她错了，而且错得离谱。浓浓的失望及心痛令她有些恨起眼前的女孩来。

卿九言也是神色微变，却依旧一言不发，他尊重妻子的决定，因为她从不会错。

焰娘感觉到紧挨着的卿洵在杨芷净尖叫哭喊出声时浑身一震，紧握自己的手不受控制地轻轻颤抖。这时她已明白卿夫人的话意，不禁有些哭笑不得，这些人显然没把她当成有独立思想的人，还忘了她并非和杨芷净一样是卿家的人。

尽管她想抗议，但卿洵的状况却令她心中一软，什么也没说。更何况她心底清楚，即便自己抗议，结局必和杨芷净一样，何苦浪费精力。

杨芷净被卿夫人首次展露的无情吓住，抽泣着颤巍巍地站起来,脑中一片空白。她不知道事情为何会发展到这种地步,师父又为何会如此无情。

"我要焰儿。"卿洵缓缓地、低沉有力地道,目光落在焰娘惊讶的脸上。

出乎众人意料地,他露出一个难得一见的微笑,柔化了他丑陋、坚硬的脸。在焰娘不知所措地屏住呼吸时,他的大手撩起她脸畔的长发,俯身在她雪白娇嫩的脸庞上落下轻轻一吻,举止之间透露出无限柔情。

所有人都被他的行为惊呆了。焰娘眨了眨眼,再眨了眨眼,感到自己心跳加速,被迷惑了。

"好——好——"卿夫人狂笑出声,声音中是无比的痛心,"我要你以黑灵起誓,自此以后,焰娘便是你卿洵的女人,你一生一世都不得嫌她、负她。"

黑灵是黑族的图腾,在族人心中有着至高无上的地位,对族人有着绝对的约束,一旦以黑灵为誓,必得终身遵循。这是一种精神上的钳制,其严重性对于注重精神、一心修炼的黑族人来说可想而知。卿夫人是黑族之首,卿洵为其继承人,黑灵誓言的制约力不言而喻。卿夫人这样做,只是希望卿洵会因此反悔,也算是一片苦心。

谁知卿洵连眉头也没皱,一把拉住焰娘跪于地上,左手高举:"我卿洵以黑灵之名立誓,自今日起,焰娘便是卿洵的女人,卿洵一生一世不得嫌她、负她。"他的拇指上戴着一个墨紫色的扳指,晶莹剔透,其中隐约有云雾状物质流动,不知是由何种材料打制而成。

看着他如此认真地立誓,看着场面如此严肃,焰娘生出逃跑的冲动。加上此次,她与他不过三面之缘,连真正的相识也算不上,怎么就这么糊里糊涂地成了他的人!可是面对他极力控制却仍无法掩饰的轻颤,她知道他很痛苦,拒绝的话怎么也说不出口。她想不明白,他既深爱着杨芷净,为何不干脆说明了?何必如此折磨自己?还是说他有不得已的苦衷?

"起来吧!"卿夫人无力地挥挥手,长叹一声,心力交瘁地闭上眼,为自己爱子的倔强心痛不已,"罢了,罢了!依你的意思,你们都下去吧。"她如此逼他,他依旧我行我素,她还能怎么做?

杨芷净狠狠瞪了眼与她同样一头雾水的焰娘,转身负气地跑了出去。

卿洵也牵着焰娘,恭敬地行过礼后迈步而出。

卿夫人感到一双大手抚上自己的肩,温柔地按摩。她心情稍好,仰头望向深爱自己的丈夫,柔声道:"九言,你说洵儿这孩子怎么这么傻啊?"

卿九言微笑着抚上她的脸,目光中充满柔情,轻轻地道:"谁叫他是我的儿子,我不傻吗?随他吧!这事强迫不得。"

想起自己年轻的时候,卿夫人脸上不禁浮起幸福的笑,那张本来奇丑无比的脸竟在瞬间变得妩媚动人:"是啊,你不是也傻得很吗?放着无数美女不娶,偏要我这丑八怪。"

卿九言看向卿夫人,不禁想起自己当年对英姿飒爽的卿夫人一见钟情之事,转头与她相视而笑,一切尽在不言中。

一离开父母视线,卿洵便似被烫着般甩开焰娘的手,再不看她一眼，加快脚步向前走去。

"喂，利用完就丢，卿郎，你好没良心。"焰娘下意识也加快脚步，为他的过分行径微感恼火。

卿洵并不理她，此时的他，脑中、心中一片茫然，只知机械地迈动步伐。因为太过痛苦，所以变得麻木，一种无法言喻的深沉的麻木。

"哎，卿郎，等等奴家啊。"焰娘越追发觉自己心中的不平越少，等追到啸坤居外时，已消失得干干净净，没趣的感觉涌上，脚步立时慢了下来。

就在此时，破空声起，一道亮光从假山后直射她眉心。她反应极快，仰身闪过后，才看清是一柄青锋长剑，持剑人满脸愤怒，黄衫飞扬，竟是杨芷净。

"你做——"焰娘一怔，开口想问，却被她唰唰唰连续三剑刺得狼狈躲闪，剩下的话自然说不下去。

杨芷净也不说话，一招接着一招，招招狠辣无情，仿佛不置焰娘于死地不罢休。她虽练功不勤，但毕竟师出名门又天资聪慧，一般高手也不是她对手。而焰娘鉴于她曾有恩于己，处处忍让，这样一来，便落了下风。

哧一声，焰娘一个闪身不及，肩上衣服被刺破，虽没伤到皮肤，却仍吓出了一身冷汗。她知道再这样下去，必死无疑。她一声冷斥，正要反击，突然一股力自侧方袭来，她尚未来得及反应，已被推离了杨芷净的剑网，毫发无损。她微微定神，抬眼望去，却见本已远去的卿洵直挺挺地站在那里，杨芷净的剑正指着他的喉咙，两人都站立不动，谁也没说话。秋风吹过，撩起两人的衣袂发丝，带着一股令人打心底冷起的寒意。

良久，杨芷净难过地问："为什么选她？"

她不甘心，即便从没喜欢过师兄，但一直以来她都以为自己在师兄心中占据着最重要的地位，可是没想到这一次他竟会选择那个低贱的女人。她心中不服！她哪一点儿比不上那个女人？

"她引诱你？"唯有这个原因她能接受，她也希望是这个原因，而非师兄真心喜欢那个女人。

卿洵看着她愤怒的小脸，一丝若有若无的苦涩浮上眼眸。如在以往，他会想尽办法逗她开心，她说什么他都会听，十多年来他从未存心惹她不开心过，可是这一次……

伸手轻轻推开剑，他什么也没说，转身缓步而去，只留杨芷净呆呆地站在原地，看着他冷漠的背影伴着焰娘逐渐远去。

她始终是不懂他的。

第四章 相思

焰娘是自由的，因为那个誓言是卿洵所发，对她没有丁点约束力。以她流浪惯了的性格，离开卿府是刻不容缓的事。可是她没走，至于原因，是好奇，好奇本来极度厌恶她的卿洵为何会在众人面前对她态度大变，甘愿将一生系在她身上。

答案很快揭晓。就在卿洵发誓后的第二天，卿府便开始忙碌起来，处处贴红挂彩，一片喜气。当焰娘以为这是在为她和卿洵准备婚事，打算偷溜时，杨芷净要嫁给龙源主的消息传进她耳朵。原来如此！可是卿洵为何会将自己心爱的人拱手让给别人呢？她还是不懂。

第十日，杨芷净出嫁，时间虽仓促，婚礼却隆重奢华，各项事宜被安排得井井有条，由此可见龙源主准备之充分和卿家财势之雄厚。

焰娘见到了龙源主，这个新近崛起于江湖、神秘莫测、令人闻之色变的一个庞大组织的首领，竟是一个二十多岁的青年，一个看上去温文尔雅、脸上始终挂着微笑、眼中却透露着疏离，与卿洵同样冷绝孤傲的男人。与卿洵不同的是，他的长相、体型以及自信尊贵的风度都完美到让人无可挑剔。难怪卿洵会退让，他是自卑吗？

想到卿洵也会自卑，焰娘就觉得好笑。可是他真的会自卑？那么狂傲的男人！

没兴趣看热闹，焰娘在卿府内四处闲逛，顺便寻找一直没露面的卿洵。自发过誓后，他的静竹院就任由她出入，可她却再没见过他一面。他竟然给她来了这么一招——躲！她焰娘真有这么惹人嫌吗？她又没逼他做什么，真是的！

在湖畔，她看见了他。

他独自坐在那里，一向挺得笔直的脊背，此时却仿佛不堪承受如此大的打击而无力地弯着，倚靠在背后的树干上，披肩的长发落在胸前，遮住了他的侧脸。他就这么坐着，一动也不动，好似石化了一般，瘦削的背影在深秋的风中显得无比的孤寂凄凉。

她在林中远远地看着他，许久许久，一股无法言喻的悲伤涌上心间——焰族女儿永远不会被人这么深情专一地对待。

他之于她，是另一个世界里的人，两人本不会有任何的交集，性格更是迥然不同。可是这样一个人，却让她看到了她以前从未想象过的深情。

这个世界太多的始乱终弃，太多虚假的甜言蜜语。什么是爱？她由渴望到不解，再到迷惑。直到此刻，她才明白，爱上他，不是一件难事。数日来，在梦与非梦之际，她总是不自禁地回忆起那日他亲昵的称谓、难得的微笑、温柔的动作，还有那宠溺的吻。他的冷酷与嫌恶已变得微不足道，她丝毫不放在心上。

她心底清楚，如果他肯真正地看她一眼，将那日的温柔重新为她真心地展现一次，即便叫她立刻死去，她也是甘愿的。这便是爱了——一种让人心甘情愿焚烧自己的感情；一种喜怒哀乐掌握在别人手中的迷人陷阱；一种一边是幸福甜蜜，一边是无止境的痛苦与孤单寂寞的情感牢笼。她明白了，却也被虏获了。世世代代以来，无数的焰族女子有着她这样的经历，她是否会踏上她们走过的路？

　　她轻轻走上前，跪在卿洵身侧，伸手将他抱进自己的怀中。

　　卿洵似无所觉，并没有丝毫反应。

　　她温柔地为他将长发顺在耳后，露出那张依然没有表情的脸，轻轻地将红润的嘴唇印在他高耸的颧骨上，柔声道："不要难过了。"

　　卿洵一震，清醒过来，一把推开她，力道之大，令焰娘跌倒在旁。

　　"滚！"他浅棕色的眼眸中升起怒火及嫌恶。他只想一个人在这里安静地坐会儿，这女人为什么这么不知趣！

　　焰娘眼神微暗，但随即媚笑起来。她悠然坐起，双手撑在身后，充分展露出自己凹凸有致的曲线，亲昵道："卿郎，你忘了自己发过的誓言了吗？还是要奴家提醒你？"

　　卿洵双眼微眯，一丝不屑浮现嘴角，他蓦然起身，打算离开。既然他不能赶她走，他走总可以吧！

　　"走了吗？"焰娘却不放过他，"是不是后悔了，想去将你师妹抢回来？嗯，现在还来得及。"她不明白他为何要将心上人推到别的男人怀中，故以此相激。在她的心中，只有努力地争取，没有退缩、相让。

"可是你别忘了,奴家才是你的女人,你是一生一世也不可负我的。"没想到那日她不以为意的誓言,在今日却成为她为自己争取卿洵的武器,世事当真是让人难以预料。

卿洵闻言倏然止步,目光恢复平静,缓缓落在仰首与他对视的焰娘身上,从头到脚仔细地打量起她来。

焰娘坦然迎接他的目光,微侧首,长发从肩头滑落至一侧,更显娇媚。只有她自己清楚,他目光在她身上扫过的地方,都会诱发她一股莫名的战栗,让她几乎控制不住自身的反应。

"怎么样,还满意吗?"借着说话,她试着分散自己的注意力。

"你是我的女人!"沙哑平淡的声音,让人猜不透他的心思。

"是啊,卿郎。"焰娘微微蹙眉,露出一个十分诱人的疑惑表情,心却为他的不可捉摸忐忑不已——他想做什么?

"好!好极……"卿洵口中如此说着,脚下已来至焰娘身前。

"卿郎?"焰娘不解,正欲起身询问,瘦削的肩膀已被卿洵蒲扇般的手掌一把抓住。

哧——布帛撕裂的声音响起,一片焰红升至空中,在瑟瑟秋风中飞舞,似激情的火焰,又似沸腾的热血,最后缓缓地落下,似一抹嫣红轻洒在平静的湖面上……

凄凉的箫声在寂静的夜空中回荡,如泣如诉。一阵寒意袭来,焰娘慢慢醒来。圆月已升上天空,月光照得一切清晰可见。身体的疼痛令她不禁皱紧了眉。他走了吗?一丝苦涩浮上嘴角,她竟然赤身裸体在湖畔睡了许久,衣服被他撕烂,他却连件外衣也不给她留下。他根本不管她死活,根本不在意她是否会碰上危险,或许他本来就认为她人尽可夫吧!

她吃力地靠着树坐起来,回忆起他的粗暴和冷漠的眼神,一股无法言喻的疼痛似电般袭过全身,穿透五脏六腑,痛得她想大哭一场,痛得她用力捂住胸口闭上眼呻吟出声。可是就在这颗心中,在众人认为肮脏不堪的心中,竟然连一丝怨恨也无法升起。

箫声戛然而止。焰娘蓦然睁开眼,才察觉到刚刚有箫声的存在。拨开凌乱的长发,她看见在自己左侧不远处的一块大石上坐着一个体态婀娜、手持长箫的白衣女子,在朦胧月色中似幻似真,令人不禁怀疑她是否为湖中仙子。

"你醒了?"那女子优美动听的声音在寂夜中响起,仿佛天籁一般。

"你怎么在这里?"焰娘并不遮掩自己赤裸的身体,压下心中的疼痛,若无其事地问。

"等你醒过来啊。"那女子没有回头,张开双臂迎接从湖上吹来的冷风,一时间鬓发飞扬,衣袂舞动,仿佛要御风而去。

"为什么不叫醒我?"焰娘闭上眼,无力地问。

"你累了,不是吗?"那女子偏过头,露出一张清雅秀丽的脸,竟是红瑚,她的脸上有一抹讥笑,"没想到卿洵那怪物还真勇猛。"

"他不是怪物!"被她的话激怒,焰娘想也不想便替卿洵辩驳,语气中大有"你再说一遍试试看"的意味。

红瑚耸了耸肩,并不与她在这事上争辩。在这里守着她,不是因为她们同为焰娘,而是因为她是成加的人,她欠成加的,一定会还。

"你都看见了?"见她不再说,焰娘语气变得和缓,"他……

他不知道你在吗？"以卿洵的武功，有人在旁窥伺怎会不知？他难道一点也不介意？

红瑚闻言冷声嗤笑："谁愿意看，你以为好看吗？"

她是无意中撞见，被卿洵看到了，但她以平静的目光一扫便赶紧避了开去，直到现在才过来，竟发现焰娘仍躺在原地，卿洵却已不知去向。

焰娘沉默，心绪飞得很远很远。她并不后悔，也不怨恨，因为她比许多焰娘都幸运，虽然过程不是很愉快，但至少她给得心甘情愿。

"将自己的一生交给一个怪——没心的男人，值得吗？"良久，红瑚冷冷地问，一抹恍惚的笑浮上脸颊。

焰族的女儿都是这样，只要喜欢上一个男人，便会不顾一切，直至粉身碎骨。所以红瑚要背弃自己的血统，她不甘心自己的命运由别人主宰，她的一切都与其他焰族女子不同。可是……她的脑海中浮现出那个满头银发的少年，如果是他，他要主宰她的命运，她会怎么样？她欠着他啊！他……不会的，他一定记不得她了，有谁听过，焰族男子曾将焰族女子放在心上？闭上双眼，她觉得胸口有些闷，不禁深吸一口气，将那蠢蠢欲动、莫名其妙的情绪压下。

焰娘露出一个苦涩至极的笑，一直以来她都在尽力避免动情用心，可是直到见到卿洵，她才知道焰族女儿身上所流的血是多么火热，血中的情又是多么浓烈，那是根本无法压制的。为爱燃烧，是所有焰娘注定的命运，也是所有焰娘生命的唯一目的，没有人可以逃掉。

"长相思,相思者谁?自从送上马,夜夜愁空帏。晓窥玉镜双蛾眉,怨君却是怜君时。……人生有情甘白首,何乃不得长相随?潇潇风雨,喔喔呜呜。相思者谁?梦寐见之。"

红瑚对着湖面低低地吟唱起来,歌声轻柔婉转,悲苦凄怨,在夜风中飞扬缭绕,久久不散。

焰娘皱了皱眉,将落在一旁的束发红纱展开裹住自己,披散的长发遮住了大半个身子。焰娘扶着树站了起来,她不爱听这种顾影自怜、让人丧失斗志的曲子。

焰族女儿如果想要,便会不顾一切地去得到,哪会浪费时间在空相思上?别开玩笑了。这红瑚竟唱这种歌,果然她不能再算是焰娘了。

"不喜欢听?"红瑚突然愉悦地笑了起来,显然十分乐意见到焰娘不开心,"是啊,焰族女儿是不会唱这种歌的。"她顿了一顿,又道,"可我不是焰娘,我是红瑚。"

焰娘被她这么一搅,心情反倒好了些,柔声道:"你是什么都和我不相干,我要走了。"语罢,蹒跚地向树林深处走去。

红瑚也不生气,也不理她,径自拿起箫重新吹起来。幽幽的箫声伴着明月秋风,自有一种难言的孤傲。

就在焰娘走出林子的那一刻,箫声停止,耳中传来红瑚清冷孤傲又妩媚的歌声:"不肯随人过湖去,月明夜夜自吹箫……"

卿洵一身灰衣,透过微掩的窗户密切注意着对面大宅的动静。他前日得到情报,宋锡元与天王行、董百鹤、祝奚谦趁卿府筹办婚事之际在滇南的孙家巷秘密会面,商谈了近两个时辰。因戒备严密，商谈内容不详。

昨日这四家便公然将他们各自管理的卿家生意强行停止，并将所有与卿家有关的人员逐出，凡是卿家船舶也不得通过他们的水域。说明这四家已达成协议，决定联手公开对付卿家。如果情况继续发展下去，卿家定会受到前所未有的重击。

一得到消息，卿洵没有同任何人商量，便孤身一人潜至滇南，准备刺杀宋锡元，以儆效尤。

他本非有勇无谋之辈，明知敌人早有准备，此行必危险重重，但他依旧一意孤行。孤独寂寞伴随他太久了，久到让他想不起活着是否还有其他感觉。净儿的离去，令他忽然忆起，除了杀人和维护卿家的利益，他还有选择的权利——选择要或不要，选择生或死。

二更的梆子敲响，一阵冷风吹过，对面宅中灯火明灭不定，不时可见巡夜的人从院中走过。一切如常，并无丝毫紧张的气氛。

卿洵收回心神，仔细检查身上的装备，确定无一遗漏，方轻轻推开窗户。

这是与宋宅相隔一条街的一栋民房的阁楼，早由卿洵的手下秘密买下，成为监视宋家的据点。楼下铺面转租给一对做小生意的夫妇，作为掩饰，至今未暴露。

卿洵从阁楼窗中闪出，苍鹰般飞向对面屋顶。他身法迅急，轻易地躲过巡逻的护卫，直取宋宅的主建筑——四海阁。早在上一次来见宋锡元的时候，卿洵便已将宋宅的布局摸得清清楚楚，此次寻来，自是驾轻就熟。

四海阁位于宋宅中心，是三层木结构建筑，飞檐拱壁，古朴雅致又气势恢宏。周围二十丈内无草无木，是一片由石板铺成的空地。这种设计古怪无比，却也实用无比，无人能在被发现前悄无声息地潜进主楼，尤其是在灯火通明的时候。由此可见宋锡元怕死到何种程度，然而这种人竟敢公然挑衅卿家，实在让人大感意外。

蹲在一棵大树上，卿洵屏气凝神，观察着对面的情况。只见四海阁大门敞开，室内与室外一样灯火通明，宋锡元左拥右抱着两个美艳少女，正在屋中饮酒。他面前摆着一张八仙桌，上置丰盛的菜肴，却一点未动，仿佛正在等人。

微一沉思，卿洵跃下大树，悄无声息地落在院子当中。他双手负后，腰背挺得笔直，长发、衣袂在秋风中飞动，面无表情却让人感到一股煞气，恍似魔君降临。

在两女惊恐的尖叫声中，宋锡元欣然道："老夫在此恭候孤煞久矣，请进来喝杯酒水吧！"

卿洵冷冷一哼，昂首缓步向他走去，目光没有情绪起伏地落在他身上，仿佛看着一个死人。

宋锡元神情不变，双手一拍，一行共八个妙龄少女走了出来，无一不是万中选一的美女，每人均穿着贴身的薄纱衣裙，隐隐透出里面艳红色的抹胸裹裤，一时脂香鬓影，让人怀疑身处梦中。

"闻说卿公子偏爱浪荡女子，老夫特意为公子四处寻觅得这八个绝代尤物，还望公子笑纳。"宋锡元笑眯眯地一挥手，那八名女子立即似蝴蝶般向卿洵飞来。

卿洵闻言，眼中掠过一丝异光，焰娘妩媚的模样清楚地浮现在脑海，令他浑身上下产生一种无法言喻的难受。他天生有洁癖，当日似野兽般占有那个女人,实是为了惩罚折磨自己,如今回想起来,只是觉得作呕。

但是这种感觉只是一闪而过,他目光紧紧攫住宋锡元,脚下的速度始终保持一致,丝毫不露异样。卿洵没有回答宋锡元,他杀人时从不与自己要杀的人啰唆,而在他眼中,也只有要杀的人,其他人与他毫不相干。

"公子——"宛如莺声呖呖,八个艳女带着扑鼻的香味向他迎来,一个个笑颜如花,丝毫未被他丑陋的容貌、煞神般的来势吓住。

就在众女与他相距三尺的地方,眼看就要扑进他怀里时,异变突起。

一双纤白秀美的手似绽放的莲花般从众女中射出袭向卿洵,直指他膻中、气海两大要穴,势疾如雷,如被击中,不死也必重伤。

卿洵眼神中的亮光一现即失,不退反进,直迎向那双手。

众女惊叫声起,纷纷避开。银光闪烁,每人手中已多出一柄匕首,将卿洵团团围住。

玉手的主人完全显露出来,竟是一个肌肤嫩滑若美玉、透明如冰雪的男人。该男子眉清目秀,一对修长明亮的凤眼透着诡异的邪气,对男女均有着无比的诱惑力。即使在使出如此毒辣的招式时,他脸上依旧挂着温柔的笑,给人优雅洒脱的感觉,仿似在吟诗赏月,而非取人性命。

雪湖秋!

当看见那双手时,卿洵便知道来者是谁了,又怎会让他击中?就在雪湖秋双掌距他只剩三寸的时候,卿洵一收胸腹,同时往旁边迅速横移，立时避开了要害。就在对方双手拂在他左胸及左下腹时，一把不知从何处冒出来的长刀已到他右手中，由下挑向对方。雪湖秋想不到卿洵竟胆大到用自己的身体来挡这必杀的一招，骇然往后飞退，但却已避不开这快若迅雷的一刀。

血光飞溅中，雪湖秋跟跄倒退——他的身体已被挑中，身受重伤。未等卿洵乘胜追击，娇气的叱喝声四起，八女挥动匕首联手向他发动攻击，以阻他伤雪湖秋。

这些女人卿洵根本不放在眼里。一声长啸，长发飞动，他疾如鬼魅般在众女之间穿梭而过。所经之处，众女纷纷倒地，无人看清他用的是什么手法。

"轮到你了。"卿洵来至阶前，忽略掉心中突然升起的不妥，紧盯着仓皇后退的宋锡元，冷声道。

说话的同时，也没见他有何动作，数把窄小轻薄、泛着幽幽蓝光的飞刀已向宋锡元飞去，分别袭击他全身各大要害，只要中上任意一把，宋锡元必死无疑。卿洵随后跟上，毫不理会一旁向他扑来的雪湖秋。

当宋锡元避无可避时，一件黑色的披风从旁横切入他与飞刀之间，只听叮当几声，飞刀逐一落地。一根拐杖夹着呼呼的风声，与雪湖秋一同袭向卿洵。持拐者是一黑衣鹤发的老者，一股浑厚至极的力道扑面而来，功力显然不浅。

砰的一声，卿洵那把不知从哪里冒出来的刀与拐杖相击，发出清脆的响声。卿洵前行的势头停滞，那老者立刻口喷鲜血，向旁跌开。雪湖秋的掌已到，卿洵强压下翻腾的气血，双眼冷光一现，并指成掌，恰恰切在雪湖秋的手腕处，骨折的声音响起，雪湖秋脸色惨白地退了开去。

不妥的感觉更胜，卿洵觉得自己似乎遗漏了一件很重要的事，却又无暇细想，只好再次忽略。正当他打算乘胜追击时，一股眩晕袭来，他笔挺瘦长的身躯不禁微微一晃，心中大悟，终于知道自己方才在力战雪湖秋时无暇屏住呼吸，吸了那群女子身上带有毒性的香味，后又运功与那老者硬生生拼了一回，催发血气，加速了毒性发作。

他虽抱着必死的决心而来，但任务尚未完成，怎肯甘心！

看出他的不适，宋锡元长笑一声，本来老态龙钟的身躯一挺，立刻高了许多，白发无风自动，显得威风凛凛。原来他一直都在装模作样，瞒过了所有人的眼，真是不简单！此人不除，后患无穷！

数人跑动的脚步声传进耳中，不用看，卿洵已知自己被团团包围。屋顶四周布满射手，弓弦拉满，箭头对着他。这一次，即便他未受伤中毒，想全身而退也不是件易事。他将下意识想逃走的念头赶出脑海，深吸一口气，强压下体内毒素及伤势，只要宋锡元不逃走，他有把握在毒发前将他毙于掌下。

没有任何先兆，卿洵身子已向前疾奔，射向屋内。一旦进屋，进入弓箭手的射击死角，他的胜算立时大增。一声大喝，宋锡元丝毫不惧，五指齐张，抓向卿洵下阴。本来他这爪应伸向对方天灵盖，但因卿洵个子太高，不易施展，他才改变方向，却依然狠辣无比，让人不易躲闪。

卿洵脚尖点地跃起，屈起右膝迎向他这一爪，左脚后发先至，扫向他太阳穴，摆明即使废掉一条腿，也要取宋锡元性命。

宋锡元怎会在己方稳操胜券的情况下白白把命送掉，赶紧一个仰翻避开卿洵这一脚，谁知卿洵竟然凌空改变姿势，似大鸟般扑向他，左手成刀，直插他胸口。眼看宋锡元招式使尽，已无法闪避，破风声响起，前、后、左、右四方均有人扑出，一刀、一枪、一掌、一剑全向卿洵身上招呼，务必要迫他回身自救，以助宋锡元逃过一劫。

谁知卿洵毫不理睬，只是身体稍向侧移避开了要害，手上招式丝毫不改。就在刀剑砍上他背脊、长枪刺进他左股、巨掌击住他肩胛时，他的手掌插入了宋锡元的身体。

时间仿佛凝住。

宋锡元睁大双眼，不敢相信会是这种结果。他一向自恃武功不差，卿洵虽是武林中几位顶尖高手之一，但在中毒之后，收拾卿洵应是易如反掌。更何况他还布了伏兵，以在危急时救助自己。他本想趁此机会亲手杀了卿洵，届时他在武林中的声望与现在将不可同日而语。可是他千算万算，却算不到卿洵会毫不顾及自己性命来杀他，这对于他这种重视自己的命胜于一切的人来说是无法想象的。所以他错了，他一向算无遗策，而这次却错了，只错这么一次，他就赔上了所有。

一腔血雨喷出，宋锡元倒地，死不瞑目。

收回手掌，卿洵无法控制自己的身体向前扑倒，等他跟跄站稳，回过身时，脸色惨白，却依旧面无表情。一股鲜血从他嘴角源源不断地溢出，滴在他的灰衣上，一圈一圈地晕开。

他就要死了，从此不必再像行尸走肉一样生活。想到此，一股发自心底的喜悦缓缓升起，他不禁咧嘴一笑，露出一口在血红色映衬下雪白的牙齿。

那四人并没乘胜追击,卿洵似煞神般的无畏气势及宋锡元的死将他们震住。他们没见过卿洵这种杀人的方式,被空气中释放出的惨烈气氛威慑住。当卿洵转过身时,浴血的他好似一具来自地狱的僵尸,全身上下带着阴森森的冷意。恐惧不可遏制地直往上冒,那四人本也是江湖上颇有名气的高手,但孤煞的名气实在太大,在他们心中难以超越。而此时孤煞又在他们四人的夹击下杀了本身便是高手的宋锡元,更令他们惧意大增,斗志难兴。再加上群龙无首,宋锡元唯一的儿子仍在醉风楼花天酒地,谁还会愿意继续为宋家卖命?!

卿洵笑容乍露,面目更显狰狞。其中一胆小之人突然大叫一声,转身向外跑去,几个起落消失在夜色之中。另外三人被叫声惊醒,对望一眼,心意相通,突然一起出手,各使绝招,袭向卿洵。他们知道如果此时不杀卿洵的话,后半生将再难安寝。

卿洵既不躲闪,也不招架,脑中浮起杨芷净娇美的小脸,眼看着一枪一剑一掌落向自己,他眼前一黑,仰头向后倒下。

就在此时,一道红影从屋顶飘落,同时三枚泛着银光的暗器分击三人。

破空之声令三人赶紧变招,转身阻挡。而来人已飘至三人跟前,身法之快,令人咋舌。

叱喝声起,一只美丽纤细的玉手击在其中一人胸口,随着肋骨折断的声音响起,白净小巧的玉足点在另一人的后背,令他鲜血狂喷。她又将左掌砍在最后一人仓促刺来的枪身处,乘枪尖荡开之际,一肘撞在最后一人的心窝上,那人口中射出一股血箭,踉跄后退。

这一切都发生在电光石火间,三人做梦也想不到会如此败在一个来历不明的人手里,尚未看清来人容貌,一团红影已带着昏迷的卿洵消失在夜色中。

那些弓箭手哪里去了?

第五章

相濡

篝火熊熊。

山洞很干燥，外面是一望无际的树林。

焰娘紧偎在卿洵的身侧为他取暖，卿洵背对着火堆，他的脸藏在阴影及散发里，看不真切，因而也不再那么骇人。血迹斑斑的衣服仍穿在他身上，但背上及左股的伤势已被焰娘处理好，敷上了止血生肌的金创药，用布条包扎了。

焰娘行走江湖多年，处理外伤颇有经验，只是卿洵不只外伤严重，还有极重的内伤，她也没办法，只能见一步行一步。

焰娘眼睛睁得大大的，盯着眼前嘴角依旧带着若有若无微笑的脸，心中隐隐地痛。为了方便为他处理伤口，她将长发中分后梳，松松挽在脑后，用木棍代替发簪固定，露出了白皙细长的脖子。

"我让你发泄了，你为什么还要一意求死？"她以从未有过的温柔语气道，轻轻将他的头发拨开，露出他整张脸来，"只有死亡才能令你开心吗？"幽幽叹了口气，她的手抚向卿洵的眉，细细勾勒起他的面部轮廓来。

"只有这个时候,你才会乖。你真傻,既然喜欢杨芷净,为什么不将她抢过来?又不是没有机会,为何不珍惜自己的生命?"

树林里很静,除了火焰跳动的声音,便只有焰娘的喁喁私语。在这初冬之际,虫儿早躲藏得无影无踪。

"我也傻,你模样又丑,脾气又怪,我怎会喜欢上你?"焰娘报复性地捏了捏卿洵的脸,为自己莫名其妙地喜欢上这个人不满,"唉,今日如果我再来晚些,又或者那些弓箭手中有一两个高手,那么你和我就都不必烦恼受苦了。"

口中虽如此说,心却因这个想法而揪紧了。如果他死了,她不敢想自己会怎么样。不管他对她怎样,只要他活着,她就有希望得到他的心,即便希望渺茫,她也不在乎。

这里离滇南有上百里远,地方偏僻隐蔽,焰娘在隐匿踪迹方面有独到之处,短期内并无被人找到之虞。

"我身上没钱,人家又要抓你,我没办法给你弄个大夫来。而要回到你家地盘最快要一日半,还得是坐船,现在水路又被封了,根本行不通。"焰娘向昏迷的卿洵说着他们的处境,她一向独来独往,可是现在带着一个重伤之人,实是为难之极。

"卿洵,你一定要争气啊,我好不容易将你救到这里,你可别让我功亏一篑呀。"焰娘一边低喃,一边将头贴在卿洵胸口,聆听他微弱的心跳。如今的她只能乞求上苍可怜,让卿洵早早醒来,渡过这一劫。

卿洵一惊,突然睁开眼,冷汗涔涔,正对上焰娘含情脉脉的双眼,他表情不变,对她视若无睹,将目光移向洞外绵绵的细雨。

是了,在那场打斗中他始终有不妥的感觉,却怎么也想不起是什么，现在他才恍然大悟：雪湖秋不该那么弱。以雪湖秋的实力，应与自己有一拼之力，而那日的雪湖秋竟然不堪一击，连续两次伤在自己手下。究竟，是什么原因使他效力于宋锡元？又是什么原因令他不能完全发挥出自己的实力？

焰娘把弄着散落在胸前的长发，痴迷地看着因陷入沉思而显得更加深沉的卿洵，几乎无法控制源源不断涌上的爱意。

自从明白自己的心意后，她一向漂泊无依的心仿佛找到了停靠的岸，即便没有得到相应的回报，她依然可以感觉到一股涩味很重、无法言喻的甜蜜，这是她十六年来从未有过的感觉。似乎，从出生以来她便在有意无意地追寻这一刻。这是焰娘的宿命，她突然明白。

"你觉得怎么样？"焰娘控制不住心中的担忧，还是问了出来，尽管明白卿洵会回答的概率几乎等于零。救他出来已经有五天了，虽然凭着深厚的内功底子，在第二天中午他便清醒过来，吸入的散功迷香也消散得七七八八，可是几日下来，除了勉强运功自疗，他连站立也不能。如果这段时间宋家鹰爪寻来，以她一己之力恐怕难以应付。因此除了猎食，她还常常外出打探情况，以防意外。

卿洵仿佛没听到她的问话，目光依旧投向飘飞的雨丝，不知在想些什么。

早已习惯他冷漠的态度，焰娘只是无奈地笑笑，起身来至他身旁，伸手抓住他脉门，欲用内力探查他内伤的恢复情况。谁知却被他反掌抓住她的手，然后厌恶地甩掉，仿佛碰到的是什么脏东西一般。

"不要碰我!"简单的一句话道尽他的心态,除非必要,否则他不愿和她有任何接触。

被他的态度刺伤,焰娘不怒反笑,柔弱似无骨地靠向他,伸手从腋下强行抱住他,红唇凑至他耳畔,柔声道:"你忘了,奴家是你的女人,你怎么可以嫌弃人家?"说着,双臂用力,故意压在他的伤口上。

耳际的酥痒令卿洵心烦意乱,尚未偏头躲开焰娘恶作剧似的作弄,一阵剧痛便由背部传至全身。卿洵闷哼一声,细密的汗珠从额上渗出,但他一言不发,连呻吟声也被硬生生吞了下去。

焰娘见他如此,心中升不起丝毫得意,只好不着痕迹地减少力道,收回手,从怀中掏出红色的纱巾,怜惜地为他拭去额上的汗珠,娇媚地道:"看你,脾气臭得要死,奴家心疼你,你不领情,偏要找罪受。"她正正经经地和他说话,他不爱听,那她只好将行走江湖的伎俩使出来了。

卿洵心中大恨,如非此时功力全失,他又怎会受这女人的摆布!一旦他功力恢复,他一定会、一定会……他突然忆起自己的誓言,一股无力感涌上心头。究竟他做错了什么,老天要让他遇上她?!

"怎么了卿郎,这样看着人家?"焰娘被他诡异的眼神盯得怪难受,她是喜欢被他看,可是应该是用爱慕的眼神,而非一副在算计着什么的样子。伸出纤手,她蒙住卿洵的眼睛:"你也喜欢人家的,是不是?"她媚笑道,语毕,倏然住口。如果他也喜欢她,那该多好!

一丝淡淡的忧伤浮上心头，焰娘看着眼前被自己手遮住眼睛，模样并不英俊的男人的脸，胸中涌起想哭的冲动。连对着心爱的人，她亦不会用真性情、真面目，是否焰娘女子真如传说中的那样，体内流着淫荡的血？

不，她蓦然放开卿洵，跌坐在地，不是这样的！为什么所有人都瞧不起她们？他们……他们凭什么瞧不起她们？女人的命是由男人决定的？在焰族中如此，出了焰族还是如此？为什么？为什么他们不好好待她们？她们做错了什么？

焰娘略带怨恨地看着已闭上眼对她不理不睬的卿洵，一股无法言喻的绝望让她突然跪起身，一把抱住卿洵，不顾一切地吻上他的唇。她吻得绝望而无助，因为在心底的最深处，她知道这个男人是以后主宰她悲喜哀乐的人，而他不在乎她，甚至是嫌弃她。

卿洵吃了一惊，睁开眼看到的是焰娘紧闭的双眼及修长的柳眉，那么近，那么清晰，清晰到竟让他产生一种她很好看的感觉，以至忘了推开她，也忘了自己根本无力推开她。

卿洵的伤虽然日见好转，焰娘却越来越不开心，因为那意味着他很快就不再需要她了。

这一日，卿洵已能起身走动，但功力却依旧不能提聚，就在焰娘外出寻猎时，他蹒跚着离开了山洞。只要他能动，他就不会与那女人在一起多待片刻。他不怕遇上危险，生死，他早置之度外，现在与那个女人相处才是他的耻辱。

天渐渐黑了下来，他不顾伤口的疼痛及双腿的瘫软，固执地在树林里走着。天空飘着冷冷的细雨，一股寒意自脚底升起，直窜背脊。他只穿了件灰色单衣，这在以前御寒是绰绰有余的，可是如今的他虚弱到无能为力，冷意从背脊漫至全身。他控制不住地打起寒战，双腿再无力抬动，只能虚软地靠向身旁的一棵大树，准备缓一口气后再赶路。

他早就知道，以他现在的情况独自穿越这片树林，与送死无异。可是他根本不在乎，一个人如果连死都不怕了，还有什么不敢做的？

寒意越来越浓，他整个人仿佛浸在冰雪中，如非凭着过人的意志力，他的牙齿怕早打起架来。此时他也再无法靠着意志力逼迫自己前行，疲累无力的双腿失去控制，他跌坐于潮湿的地上。

就这样了吧！他闭上眼倚在树干上，意识随着寒意的增加而逐渐丧失，心中无喜无惧。生有何欢，死又何惧？对于他来说，生死毫无区别，生时形单影只，死亦孑然一身。一丝苦笑浮上他几乎冻僵的嘴角，活了二十六年，竟连自问也不能：幸福快活如何解？

一股熟悉的香风窜进他的鼻腔，拉回他少许神志。下一刻，一双手从他腋下穿过，抱住他的胸膛，将他从地上扶了起来。

尽管他不愿意，也不得不承认，从紧贴他的柔软身子上散发出的温暖，让他觉得很舒服，舒服到令他不愿反抗，只盼着这种温暖能包围着自己一生一世。

焰娘没有说话，驮着他往来路走去。她是气极了，当她打到一只山鸡回到山洞，发现卿洵不在时，心中又急又怕，莫名的恐惧笼罩着她，让她差点喘不过气来。如果他有个万一，她不知道自己会做出什么事来。尚幸卿洵重伤在身，走得极慢，她又擅长追踪，很快便找到了他蹒跚的身影。

恼他的任性与固执，虽心疼，她也一直狠着心强迫自己不要出面助他，只是远远地看着，直至他体力不支倒地。让他吃点苦头也好，一个人如果连自己都不珍惜，别人为什么要替他紧张呢？虽如此想，她最终还是忍不住伸出了手，所以她很生气，是气自己没用，而不是气他的无情。

是夜，卿洵感觉到从未有过的冷，那种冷，就仿佛赤身裸体躺在冰天雪地中一般，连心也寒透了。就在他以为自己会被活活冻死的时候，一个很暖很暖的娇小身子依偎在他怀中，紧紧地抱住他。柔软的嘴唇覆上他的唇，给他绵绵不绝的真气，让他浑身上下仿佛沐浴在阳光下，暖洋洋的，说不出地受用。

他一向坚硬似铁的意志力在这一刻竟变得无比脆弱，可以明显地感觉到那具娇软温热的躯体所散发出的致命诱惑。她是谁，是什么样的女人，都不再重要。他只知道在她身上他可以获得自己内心深处一直渴求的温暖，在这种温暖的包围下，他将再不用惧怕寂寞的侵蚀。

后背和左股上本已渐渐愈合的伤口再次痛得揪心，可是他一点也不在乎，看着自己怀中那张分不清是焰娘还是净儿的脸露出欲哭还笑的神情，一股无法言喻的温柔从心底升起，令他控制不住，爱怜地喊出心中人儿的名字——净儿！

焰娘恼火地从他的拥抱中挣脱出来，站在他身侧，恨不得痛揍他一顿，将他打醒。

那个女人哪里好，让他这么念念不忘？真是个大白痴！人家都不要他了，还痴心不改。

目光落在卿洵背上，发现绑着伤口的布条已被血浸透。她吓了一大跳，赶紧为他解开布条查看，伤口再次裂开，她只能重新为他清理伤口，并涂上金创药。

"活该！"她一边为他包扎一边骂道，"都这副德行了，还想着那女人，这叫自找罪受。"虽是如此说着，她手上的动作却轻柔无比，生怕弄疼他。而对于自己开始生气的原因，则早在见到他伤口裂开的那一刻便忘得一干二净了。

雨渐止，天边曙光微现。

卿洵醒了过来，只觉神清气爽。一股浓烈的汗味却令他不禁皱紧了眉头，心中暗自思忖，是不是昨夜出了一身大汗将所受寒疾驱了出来。可是昨晚那个为他输真气、用身体温暖他的会是那个女人吗？他不信！

坐起身，他环视四周，山洞中除仍在燃烧的火堆外，空荡荡的，并不见那个女人的身影。他微惊，难道她走了？他随即抛开这个想法，不再想她。她的去留与他毫不相干，他眼下最要紧的是找个水源将身体洗干净，浑身的汗臭实在令人无法忍受。

困难地站起身，他脚步飘忽地往洞外走去。他的内伤尚未痊愈，还不能强行提气运功，否则以他的身手，又岂会被困在这山林之中。心中懊恼着，人已来到洞外，一股清寒的空气迎面袭来，令他精神为之一振。

"又想跑啊，昨儿还没吃够苦头吗？"焰娘娇媚的声音从一侧传来，其中不乏揶揄嘲讽。

卿洵闻声望去，只见焰娘斜靠在洞口一块大石头旁，目光慵懒地看着自己,一头长发松绾成髻,固以木棍,虽朴素,但依旧风韵无限。没有理会她,卿洵微抿薄唇,径自往林中走去。

"喂喂喂,你伤口又裂了,你想去哪里?"焰娘轻轻一跃,悄无声息地落在他身后,跟着他。

"洗浴。"卿洵声音沙哑,出乎意外地回答了她。

一阵树叶摆动的沙沙声在寂静的林子中响起,是焰娘因他突然的回应而吓了一跳,猝不及防下,赤足绊在一突出的树根上,向前跌扑。怕伤着卿洵,她腰身一扭改变方向,扑在了侧方的一棵小树上。

"呃……"焰娘在卿洵诧异地望过来之时,快速地改狼狈的趴抱为风骚的斜倚,妩媚地扶了扶鬓角,轻咳一声以掩饰自己的窘迫,"我是想说,太冷了,你的身子……怕受不得冰凉的溪水。"

没有反驳她,卿洵的目光扫过她沾上污泥的右脚大脚趾,暗自思忖着其疼痛程度足不足够阻止她正大光明地看自己洗澡。

潺潺的水声填满天地,初冬难得一见的阳光透过林木的间隙射进来,将随风摇摆的树影印在溪水中及溪边暗绿的苔藓上。

焰娘坐在溪流中突出来的一块石头上,拉起了裙脚,露出白皙的小腿,将双脚浸在溪水里,用冰凉的溪水来缓解脚趾上钻心的疼痛。她一边看着不远处不理会伤口未愈踏入溪水中清洗的卿洵,一边考虑着是否该去弄一双鞋子来穿。

她自小不爱受拘束,特别讨厌穿鞋,所以二哥怕她受伤,便强迫她将轻功练好。否则长年不穿鞋,谁的脚能保持得如她的脚这般白皙柔嫩。二哥如果知道她今天会伤到脚,不知会不会后悔当初答应她可以不穿鞋。思及此,想到二哥越生气便笑得越灿烂的神情，她脸上露出一个顽皮的笑容。二哥实在是太少年老成了些。二哥，他……他可还好？

一丝忧郁浮上她的眉梢，她的目光从卿洵瘦削又强壮的身体上移开，落在溪水之中。鱼儿无忧无虑地游来游去，人类复杂的情绪一点也干扰不到它们，如果有一天她能变成一条小鱼那多好，再也没有人类的烦恼。

哗啦的水声将她从变成鱼儿的快乐幻想中拉回来，她循声望去，看见卿洵已从溪水中走了出来，身上穿着洗干净的湿衣服。

焰娘左脚一点所坐之石，飞身来至他身旁，伸手扶住他，口中微透怜惜地道："很冷哦？"

卿洵差点没白她一眼，口中虽未言语，心中却已骂了不知多少遍"废话"。他既不能运功抗寒，又没有干衣穿，怎么会不冷？

两人相互搀扶着走回山洞，盘膝坐在火边。卿洵一边烤身上的衣服，一边运功疗伤。焰娘则蹙着眉揉捏自己受伤的右脚脚趾，口中念念有词："没良心的，人家脚受伤了，也不问一句，装着没看见啊，看本姑娘以后还救不救你！"她斥责卿洵的无情，却不敢念出声来，怕影响到他疗伤。

自爱上他的那一刻起，便注定了她今后委曲求全的生活，她也知道不能如此，可是已经放不下了。

十日后，卿洵伤势大愈，两人一同离开住了近一个月的山洞，走了半日，才走出绵延的山林，踏进人口稠密的紫云镇。

一路上人们均对两人投来好奇的目光，只因两人的搭配实在过于突兀：一极美，一极丑；一娇媚甜笑，一木然凶恶。谁也想不出，这样的两人是怎么走到一块儿的。

承奉酒楼是一座中等规模的二层木结构建筑，在卿家的诸多产业中本不值一提，但因其所处位置特殊，在这里的主管是卿家元老级人物卿八公——一个处世圆滑、狡猾如狐的老者，也只有他这种人物才能在这种中间地带应付自如，顺带收集情报。

"二少爷，你终于回来了，所有人急得都快疯了！"两人一踏入承奉酒楼，闻讯出来迎接的卿八公就嚷了起来，须发皆白的他红光满面，看起来保养得不错。

卿洵微微一哼，并没说话。急疯了？这老爷子还真会夸张，卿家上上下下的人随便挑，哪一个压不住阵脚？何况除了爹娘及两位兄弟，谁不畏惧他？他们不盼望他永不出现已是好的，怎会为他的失踪而急疯？这老爷子可真会处世。

对于卿洵的反应，卿八公不以为意，继续道："我已以飞鸽传信于主人，相信他们很快就可以赶到，二少爷和这位……姑娘……"

"奴家焰娘。"见卿洵没有介绍自己的意思，焰娘只好主动开口，顺带附上一个娇媚的笑。

"哦……焰姑娘。"八公不自然地道，卿洵的事他早已有所耳闻，可是他想不通，放着净小姐那么可爱貌美的小丫头不要，二少爷怎么会选眼前这个风尘女子？她长得是很美，可是要娶来做终生相守的伴侣，还是净小姐好。

"二少爷、焰姑娘请。"他逼着自己将轻蔑压下，欲将两人引进后院。

焰娘历尽世事，怎会看不出他的心思？可是她毫不介意，依旧笑意盈盈地跟在卿洵身后。在她心中，只要卿洵瞧得起她就好了，其他人，她根本懒得理会。

"焰娘！"一粗犷的男声在身后响起，焰娘和八公一怔，向后看去，是大堂内一个独自进食的客人。一身华服紧裹魁梧的身材，满面大胡子，桌子一旁放着一把厚背大刀，看来是个练家子。此时他一双略显饮酒过度的眼睛正色眯眯地在焰娘身上移动，一副恨不得将她扒光的急色鬼模样："好久不见，焰娘你是越长越俏啊！"

八公皱起了白眉，心中对焰娘的印象越来越差。

焰娘回首，不安地看了眼卿洵，却见他连头也没回，前行的步伐丝毫未停，仿佛什么事也没发生。经过这近一个月的相处，自己在他心中的地位丝毫没提升，她甚至怀疑，自己在他心中是否还有一点位置可供容身。

心中气恼，但她脸上却娇笑起来，摇曳生姿地走向那个大胡子，风情万种地道："陈当家的，你好记性啊，还记得奴家。"这个姓陈的曾与自己有过一面之缘，是个好色之徒，别看他五大三粗，功夫却不济得很，人又糊涂。不过，她一点儿也不敢怠慢，因为自己是靠着这种人才活到现在。

"姑娘真爱说笑，像姑娘这么标致的人儿，哪个男人在见过之后会忘记！自从上次一别之后，俺可是日日夜夜都想着姑娘。"姓陈的一边说着，一边伸手欲抓焰娘的手。

焰娘一扭身坐在了一旁长凳上，巧妙地闪过，娇媚地横了他一眼，娇声道："不要一见面就动手动脚的，奴家的男人可在这里。"说着，她斜瞟向卿洵已有一半隐进门后的瘦长身影。

"男人？"姓陈的哈哈笑了起来，"俺不也是你的男人？你少在大爷面前装良家妇女。开个价，多少银子你肯陪大爷一晚？"这姓陈的装文雅还不到一刻，便原形毕露了。

焰娘心中厌恶，表面上却不动声色，嗲声道："看你说的，你和我还用得着谈钱吗？嗯——这样吧，奴家现在有事，你把你的房间告诉奴家，奴家待会儿就来陪你。"

"还要等？"姓陈的男子想要发脾气，却被焰娘一把按住肩，柔声道："你有点耐心好不好，有哪个男人像你这般猴急的？"

姓陈的闻言软化，伸手抓住焰娘柔软的小手用力捏了捏，道："俺住天字丁号，小娘子可要快点来。"

"奴家知道了。"焰娘抽出自己的手，临走时还不忘抛个媚眼给他，看到他一副全身酥软的讨厌样子，心中暗自琢磨着怎样才能将他搜刮一空，而又让他有苦说不出。

两人的话一字不漏地落入已走进后院的卿洵及八公耳中，八公的脸色很难看，卿洵却面无表情，可一想起曾与那刚刚说出不知廉耻的话的女人发生过亲密接触就令他作呕。

焰娘来到两人身旁，接触到卿八公嫌恶的目光，她视若无睹，径自抓住卿洵的大手，感到他条件反射似的想要甩开，而后又强行忍住。焰娘耸了耸肩，什么也没说。

是夜，姓陈的被焰娘好生收拾了一番，连那柄做样子用的大刀也被焰娘搜走，丢进后院池塘中。但事后他却不敢声张，反对外宣称焰娘是如何如何放浪。对于男人，面子往往比事实更重要。焰娘就是利用他们这个弱点生存下来，虽然名声坏得不能再坏，但幸运的是并没被真正的糟践。

次日，未等任何人来，卿洵执意乘船南返，焰娘自是寸步不离地跟着。他们从卿八公的口中得知，就在卿洵养伤的这段时间，卿溯一怒之下铲平了宋家，而其他几个与宋家有过关联的、曾密谋对付卿家的家族也受到了不小的打击，震惊朝野。但朝廷只是询问了事情的原因，卿九言送上奏折回复，此事便不了了之了。

卿洵回到竟阳，除了身旁有焰娘跟进跟出外，生活与从前无异，仿佛杨芷净的出嫁对他毫无影响。而焰娘的存在，却对他造成了实实在在的困扰，令他常常要假借出任务以躲避她的纠缠。可是焰娘的追踪术之高着实出乎他的预料，他少得可怜的好胜心竟被激了起来，于是，两人之间的追逐战拉开了序幕。

第六章

追缠

　　芳龄二十还是二八，对于焰娘来说，根本没太大影响。焰族女子是不易老的，如果脸上出现岁月的纹路，红颜佳丽变成鹤发老妪，这对于她们未尝不是幸福的事。可是从古至今，没有一个焰娘可以等到那一天。焰族女儿的情太过浓烈，以至于早早便焚毁了自己。

　　就像她，偏偏不信，偏偏执迷不悟，无视他的轻蔑与厌恶，不顾一切地追随着他，毫不遮掩自己火热的爱，只等着他接受的那一天。终有那么一天的，她相信。

　　四年，不长。只要在他身边，千年万年都不长。他去哪里，她就跟到哪里，无论他走到什么地方，她都可以找到他。因为他曾亲口承认，她是他的女人。

　　"红颜孤煞"，是江湖同道给他们取的称呼。她很喜欢这样把她和他摆在一起，至少在众人眼中，他们也是一对。

　　雪纷纷扬扬地落在石板街上，街旁重叠的瓦房上很快就积了薄薄一层。这里地处南方，并不易见到雪，今年天气似乎比往年寒冷许多。

焰娘坐在屋内，透过窗看着院内赤膊立于雪中与下属过招的卿洵，脸上首次出现与卿洵相同的表情——木然。

杨芷净死了。一朵素洁的白梅在雪中翩然远飞，化为世界的一抹馨香，在人心中缭绕，久久不散。即便她拥有所有人的疼爱与呵护，即便心中有万般的不情愿，却依然无法多留片刻。

昨天下午，得到杨芷净毒发身亡的消息，卿洵只是怔了怔，脸上并没有出现多余的表情，接下来，他要人陪他过招。十二个手下轮流上场，皆是卿府中的精英，是江湖上顶尖的高手，直到此时，一天一夜，被抬下了八个，打斗仍在进行。他不喊停，没人敢停。

焰娘一直坐在那里，什么也没说，什么也没做，只是坐在那里，看着。卿洵张扬的长发狂飞，精瘦的臂膀、胸膛在雪天中冒着亮晶晶的汗珠，对手由十二个变为十个、九个、六个……直到现在的四个，一声惨叫传来，现在是三个。

没有看那个倒地的大汉被飞快地抬下去救治，焰娘的目光定定地锁住卿洵浅棕色的依旧没有感情的眸子，评估着他的发泄起了多大作用。她在等，等……

四年没有杨芷净的消息，谁也料不到首次得知关于她的事，竟是她的死亡。而最让人难以接受的是，杨芷净早在两年前便中了奇毒，却从没有人告诉过卿洵。

卿夫人是冷血的，焰娘眼中闪过愤怒的光。几年下来，焰娘已知道卿夫人根本就是知道卿洵爱着杨芷净，而她竟要逼迫卿洵做出最难的决定。最卑鄙的是，这几年她一直不允许任何人向卿洵透露杨芷净的消息，因为她很清楚自己儿子的性格，他绝不会主动去打探已嫁他人的师妹的一切。既然如此,她为什么不继续瞒下去,让卿洵以为杨芷净好好地活在人间?她为什么要这么折磨自己的儿子?

一声怒吼,紧随着沉闷的气流撞击声,以卿洵为中心,地上的积雪以狂劲的雪浪之势向四周激溅。三声重重的闷哼,三个魁梧的身影向三个不同的方向跌飞。

就在此时,一道红影自窗中飞出,截住袭向抬下伤者的护卫的卿洵。

该她了!

自那次差点被卿洵掐死之后,她就再没与他交过手。她不知道自己这次会不会死于他的手中,可是她知道自己必须出手,虽然她理解他想发泄的心情,但她必须竭尽全力制服他,以免他力竭而亡。从昨天下午起,她便等待着这一刻,等待着可以将卿洵制服的机会。

雪花飞扬,焰娘施展开打小便被逼苦练的轻功身法,像一团燃烧的火焰将卿洵包围住,速度之快,让人连人影也看不清。难怪几年下来,卿洵始终无法摆脱她。

卿洵双眼一闭,本来迅捷的攻势变得沉稳缓慢。以慢打快,他所使招式平凡无奇,但是每一招都封锁住焰娘的后路,令她步步受制,身法再难似之前那般行云流水。

焰娘心中不禁佩服,即使在这种情况下,卿洵仍旧可以理智地选择有效的战术,说明他并不如自己认为的那样伤心得什么都不知道。这便好办了。

一声叱喝,焰娘在无路可退之际,蓦然飘身而起,足尖连环踢向卿洵胸口各处大穴。知道他必能闪过，故她下脚毫不留情。

卿洵步步后退，突然握住焰娘袭向他胸口膻中穴的玉足，正待运功震断她的腿骨，焰娘另一脚已飞至，直踢他的臂弯。他只略微一恍神，焰娘的脚已搁在他的臂弯上，双手似蛇般缠上了他的脖子，娇躯紧贴上他的胸膛。这下倒像是卿洵单手握住她的一只脚将她抱起一般。卿洵力战一天一夜，反应、体力已大不如前，否则怎会让焰娘有机可乘。

卿洵怔在现场，周围的属下也为这出人意料的一幕惊愕不已。

"卿郎！"焰娘轻柔地唤道，一下吻上他的唇，抱住他脖子的纤手则不着痕迹地为他按压肩颈紧绷的肌肉，同时指尖输出一道道柔和的内力，想让他痛苦而紧绷的情绪缓和下来。

卿洵眼中闪过一丝茫然，随后便似发了狂般回应她，内心的痛苦通过唇舌相交，源源不断地流进她的心扉，被她分担。

雪越下越大，从细细的雪粒变成了成片的雪花，远近房舍都被笼罩在雪中，再不真切。

人生如幻亦如梦，譬如朝露去匆匆。

卿洵茫然地看着焰娘不堪自己强烈需索而累极沉睡过去的疲惫小脸，那上面竟然浮现了难得一见的苍白与无邪。在力战一天一夜之后，又在她身上耗尽了精力，他的身体已虚乏至不能动弹，头脑却依旧清醒无比。

杨芷净的死讯似一把尖锐的锥子，无处不在，无时无刻不钻着他的心。自她嫁给傅昕臣之后，卿洵便刻意避开有关她的一切，谁知竟因此连她最后一面也见不上。

他好悔！悔不该当初将她拱手让给傅昕臣，悔不该一时大意放过马为，更悔的是，竟因救眼前这个女人而得罪马为，以致酿成如今的惨剧。是他害了净儿！

从怀中掏出那枚从不离身的珍珠耳坠，卿洵眼前又浮现起小师妹娇小灵动的模样。她一向都是青春焕发、生气勃勃的，怎么可能愿意安静地躺下？永远都不动不语，她怎么受得了？

"净儿！"他闭上眼轻唤，所有的痛苦、所有的怜惜都被关在了心里，释放不出来。

净儿走了，他对这个世界唯一的留恋也跟着消失，活着还有什么意义呢？净儿一个小丫头，娇柔怯懦的，怎么忍受得了下面的阴冷？她这般爱动爱闹的性格，又怎么受得了一个人的孤单寂寞？从小到大，都是他陪着她走过来的，现在他也该跟她一起，保护她不受厉鬼欺侮！

思及此，他觉得胸中的痛苦一扫而尽。想到很快就要见到自己日思夜想的人，他脸上不禁露出一丝笑意。他翻身坐了起来，下床穿好衣服，走出房门，自始至终都没看焰娘一眼。当然，他也没发觉焰娘已因他的动作而醒来，远远地悄声跟在他身后。

出了大门，卿洵顺石板街北行，不到片刻便走出镇子，来到结着薄冰的湖畔。他站在挂满冰的垂柳之下，面北而立。

极目望去，在纷扬的雪花中，结冰的大湖便似处在一个虚幻的梦中，湖中银装素裹的小岛，似真似幻。

三十年来，卿洵第一次用心赏景，也是第一次对这个尘世产生感觉。人是不是只有在死亡面前才会记起自己是活着的，才会对生命产生依恋？可是这些都无关紧要了。卿洵嘴角浮起一个若有若无的笑容，凝聚起剩余的功力，一掌拍向自己的头顶。

"净儿，别怕，师兄来陪你了。"

一声冷哼，气劲相交中，清脆的骨折声响起。卿洵蓦然看向踉跄地跌坐在地、单手捧臂、一脸苍白的焰娘，对于她的阻挠大为不满。

"你做什么？"他冷漠地问道，眼中射出杀机，凡阻挡他的人都得死。

焰娘深吸一口气，痛得几乎要昏厥，强扯出一个与额上所冒冷汗完全不符的娇美笑容："你要做什么？……"她的手骨怕是折了，"你发过誓……不能抛弃我……"

闻言，卿洵嘴角微微抽搐。就是这个该死的誓言让他失去净儿，被这不知廉耻的女人纠缠了四年，而今她竟还想以此来要挟他，简直活得不耐烦了！

他眼中露出一丝诡异，蓦然俯身一把抓住焰娘的手臂，微一用力将她从地上拉起，看着她额角浸出一颗颗黄豆大的汗珠和紧咬下唇强忍疼痛的表情，一股莫名的快意从心底升起："告诉你，我从没将你放在心上过。除了净儿，别的女人在我心中什么也不是，包括你！"她的纠缠令他痛苦，现在，他终于报复回来了。他就要死了，他可以什么都不用在乎。

焰娘难掩心痛，不敢相信自己耗了四年的时间，在他心中自己却丝毫没有存在感。

焰娘被他的冷酷刺伤，怔了一会儿，缓缓闭上眼睛，将酸涩的感觉逼回。她不明白他怎么可以同时拥有痴情和无情这两种特质。可她早已经爱上了他，她又能怎么办呢？

"你喜欢就好。"她听见自己这么说，还听到咯咯的笑声。

那是她吗？一个有爱的女人，还是一个无心的女人？她已经管不了那么多了，她只知道自己一定要阻止他自尽。"可是……杨芷净喜欢的是傅昕臣，她不会喜欢你去陪她，就像你不想要我……"她知道他不会和自己一样死缠烂打，他再爱一个人也不会。他表面上好像什么也不在乎，但事实上，他有极强的自尊，强到令他学不会为自己争取。她不同，她真的是什么也不在乎，为了爱，她可以付出一切。

"不用你管！"卿洵被戳到痛处，蓦地一把挥开焰娘，满眼恨意地看向踉跄后退的她，"你懂什么？你不过是一个人尽可夫的风尘女子，凭什么谈论情爱？"

焰娘冷汗涔涔，手上的痛比不过心口的痛，痛得连话也说不出，只觉眼前发黑，身子摇摇欲坠。他如今的残忍是她从未想象过的，可是一切都是她自找的，她能说什么呢？如果可以选择，她宁可不懂爱，如他所说的那样，去当一个浪荡的风尘女子，也胜过受这般万蚁噬心的痛苦。但是上天注定的一切，谁能改变？她不想当焰娘，不想孤身一人闯江湖，不想爱上一个心有所属的男人，不想死乞白赖没有尊严地去请人施舍一点爱……可是一切都由不得她，这颗心、这具躯体早就不属于她了，她能怎么样？

自嘲的冷笑从毫无血色的嘴唇逸出，焰娘奋力睁开眼，昂首回视卿洵轻蔑的眼神，深吸一口气道："我是贱，可是我敢爱敢恨，敢努力去争取。你不敢，你只是个懦夫！你以为你死了杨芷净就会回到你身边吗？做梦！杨芷净爱的是傅昕臣，她想要的也只会是傅昕臣。是男人的话，要让就让到底，让傅昕臣去陪她！"

"你——"卿洵双手紧握，垂在身体两侧，努力压制想将她一掌击毙的欲望。可是她的话却打进他的心底,令他死志全消。是,净儿自始至终爱的都是傅昕臣,不是他,他凭什么去陪她?转过身,他看向湖面,看向遥远的北方。

"净儿,师兄答应你,一定将傅昕臣送到你身边。"他声音低哑,压抑住酸涩痛楚,立下令他倍受折磨的誓言。而他,还是如孤魂野鬼般在这个世上苟延残喘吧!无论到哪里,他都是多余的,活着和死去又有什么区别呢?

听到他的话,焰娘轻轻松了口气,嘴角浮起一抹欣慰的浅笑,身体一软,摔倒在地。

他在折磨她,她又何尝不是在折磨他呢?

醒过来时,焰娘发现自己躺在床上,手臂已经被接好,用两块小板夹着搁在胸前。

他始终不会无情到弃她于不顾。思及此,她脸上不禁露出甜甜的笑。她是很容易满足的,只要他对她表现出一点点善意,她就会忘记所有的不开心,重新充满勇气。

"焰姑娘,喝药了。"一身灰衣的大汉端着热气腾腾的药走进来,正看见她醒来,大喜说道。

对于焰娘,他由最初的看不起到现在的崇拜,只因她敢三番五次不怕死地去招惹他们最恐惧的二少爷。昨日若不是她,不知还有多少兄弟重伤在二少爷的"毒掌"下。一想到此,他就对她感激涕零,同时庆幸自己可以健全地站在这里。

"卿郎呢?"接过药碗放在一旁,焰娘问。

"二少爷……呃,二少爷……"那大汉支吾着,不知如何回答。二少爷昨晚将她抱回来后便离开了,"他出门了,不知道他去了哪里。焰姑娘，快趁热喝吧，小的先下去了。"

"嗯，谢谢。"焰娘颔首。她端起药来，不再看那大汉，琢磨着自己何时起程去追卿洵。那家伙行事古怪得很，她不在他身边，不知他又会做出什么伤害自己的事来，那她不是亏大了！

决定给他几天的清静，焰娘在小镇内安心养伤，不急不躁，直到十天后才出发，直奔青城。之前她得到消息，傅昕臣在青城出现，一夜之间杀了"快剑"马为，并掀了洛马会总坛。要找卿洵，只要找到傅昕臣就行了。

傅昕臣也疯了，而且他发起疯来比卿洵还恐怖。卿洵还算清醒，尚能听进旁人说的话，傅昕臣却是什么也不管，竟然杀了洛马会连同帮主在内的一百二十七人，惹来白道侠义之士的追杀。只是他武功高强，竟无人奈何得了。不过现在卿洵加入了追杀的行列，当又是一番新局面。

杨芷净的魅力真大，竟令两个天之骄子为她发狂，不枉她来这世间走一遭。只是焰娘不解的是，以傅昕臣的身份，何须亲自动手？更奇怪的是，龙源在出了这么大的事后，竟一点儿动静也没有，难道他们真的眼睁睁看他们的主人被追杀？

摇了摇头，她将这些莫名其妙的东西抛出脑海。傅昕臣的死活与她毫不相干，卿洵却是万万不可有事的。她一定要阻止两人碰面，否则谁死谁活就说不准了。

一声长嘶，马儿前蹄抬起，后足踏地，停了下来。焰娘从马背上飘然落地，用未受伤的右手牵着马儿，从大开的城门走入青城，顺着宽阔的大街缓步而行。

卿家在青城有很多产业，银庄、酒楼、赌场、布坊、珠宝行等总计十余类，因此在这里他们也置有房产。她估计，那里应该有卿洵专属的静竹院，毕竟跟了他这么几年，她早摸清了他的怪癖。

信步来到城西，焰娘的目光漫不经心地扫过一幢幢朱漆红瓦的大宅，最后停在一门旁立有两座威武的大石狮、匾额上金字刻着"卿府"的华宅前。

她浅浅一笑，想到很快就要见到卿洵，就禁不住雀跃。她走上前，轻轻叩了叩门环。片刻后，门被打开，出现一身穿酱紫色长袍的大汉。他见到焰娘，怔了一怔，随即恭敬道："焰姑娘，请进。"

焰娘并不讶异那人会认识她，可能凡是卿家的人都知道她了。以卿家发达的联络通信网，不要说她跟了卿洵四年，就算是一天，恐怕也无人不知了。

"我要见卿洵。"她径直道明来意。

"是，焰姑娘请随小的来。"那人谦恭地道。对于卿洵的女人，不管出身如何不好，卿家下人在表面上也不敢有丝毫不尊敬。

焰娘牵马而入，很快便有人上来为她将马牵到马厩去，引路人中途换了个管家模样的中年男人，身材瘦削颀长，比竟阳卿宅的管家看上去要顺眼得多。

青城的卿宅毫不逊于竟阳卿宅，亭台楼阁，华丽非常。她弄不懂这些人修这么多房子做什么，又住不了，简直是白费力气。

七拐八绕，半炷香工夫后，两人来到一清幽的院落外，月洞门上题有"绿荫深处"四个字。

"姑娘请进。"那管家自始至终目不斜视，此刻开口，目光依旧没落在焰娘身上，语毕即转身而去。

这里不是静竹院，焰娘微讶，想要开口喊住那人，却发现他已消失。挑了挑眉,她无所谓地走进月洞门。既然来了,总要看看他们弄什么玄虚,她才不信卿洵会住在静竹院以外的地方。

院内百花凋零,树木秃枝,只剩下几棵常绿的松树仍昂首挺立在冷风中。什么"绿荫深处",简直是乱扯!焰娘心情愉悦地站在院内欣赏没什么好欣赏的景色,并不急着进入那房门紧闭的屋子。终于,有人沉不住气了,门吱呀一声打开,一个梳双辫的绿袄丫鬟走了出来,来到焰娘跟前。她眼中飞快地掠过一丝轻蔑,开口时语气却极恭敬,声音很脆,让人听着很舒服:"焰姑娘,主母请你进房。"

原来是卿夫人到了。焰娘妩媚一笑,并不搭话,体态轻盈地走向主屋。

卿夫人坐在面向大门的酸枝木椅内,花白的头发中分,披散至腰,与卿洵装扮相似。此刻她那张与卿洵相似的脸上透着高深莫测的表情,不知又在打什么主意。

这是焰娘第二次看到她,她的强硬手段却在焰娘心中留下了极深的印象。如果不是她,自己和卿洵可能早已形同陌路,而不是像眼下这般纠缠着,真不知是该感谢她还是痛恨她。但是有一点可以肯定,那就是对卿洵,她有着一定的控制力。

"焰娘见过卿夫人。"焰娘屈膝,盈盈一礼。

"不必多礼,焰姑娘请坐。"卿夫人淡淡道,沙哑的声音中自带一股令人无法抗拒的威严。

焰娘道谢落座,却并不多言。

"我知道姑娘喜欢洵儿,"卿夫人也不拐弯抹角,开门见山地道,"但是以你的出身,是没有资格嫁入我们卿家的。何况洵儿根本不会喜欢你，只是碍于誓言不能说话。你走吧，不要再缠着他了，他很痛苦。"

微微沉默，焰娘突然发出一串银铃般的笑声，俏脸明艳非常："夫人错了，焰娘和卿郎的事，是当初夫人逼迫卿郎应允下来的，这时才来计较焰娘的出生来历，不嫌太晚？"顿了顿，见卿夫人脸色一沉，她继续说道，"焰娘既已是卿郎的人，就更无谁缠谁的说法，大人也是过来人，既知奴家真心待卿郎，您又如何忍心拆散我们？对不起，恕焰娘失陪。"说罢，起身欲走。

"站住！"啪的一声，卿夫人手拍在案上，厉声喝道，"好个伶牙俐齿的丫头！你就不怕本主取你性命？以我卿家之势力，杀个人还算不得什么！"

"是吗？"焰娘没有转身，娇媚地问，眼中却露出愤怒的眼神，"想取就取吧！焰娘的命本不值钱，您老又何须屈尊与奴家废话？"

"你——"卿夫人语塞，随即大笑出声，"好，好！我倒要看你这丫头有何本事让洵儿接纳你。"

"不劳您费心。"焰娘温柔地道，转身敛衽一礼，向门外退去。

"洵儿不在此处，他昨日已起身赶往北天牧场。"突然，卿夫人扬声道，脸上浮起一个舒心的微笑。她本不喜欢焰娘，可是这几年焰娘为卿洵所做的一切，她都一清二楚，心中早已不计较她的身份，默认她为自己的儿媳了，方才不过是做最后的试探罢了。

焰娘顺利过关。

"多谢夫人。"焰娘的声音传来，人已去得远了。

傅昕臣又在北天牧场掀起了一阵腥风血雨，不知他什么时候才停止他的屠杀。

第七章

钟情

自上次得到傅昕臣出现在边塞一带的消息之后，卿洵寻踪而来，但傅昕臣却突然消失得无影无踪，到如今已有四个月。这四个月，卿洵几乎翻遍边塞周围每一寸土地，却连一丝线索也没找到。自从他发誓要让傅昕臣为杨芷净陪葬后，五年来，傅昕臣从没有在他的探查范围内失踪过如此长的时间。傅昕臣究竟去了哪里？是否已进入黄沙漫漫的大漠？

卿洵漫步在这偏远小镇的石板街上，对街上热闹的皮货、药材交易视若无睹。这是一个关外位于无边的原始森林边的小镇，对于能在这里找到傅昕臣他不抱丝毫希望，只是为了躲避焰娘才碰巧来此，顺便看看此地。

这些年他一刻也没忘记对杨芷净的承诺，一刻也没停止过追逐忽隐忽现的傅昕臣。可是，即使他有超绝的追踪术，现在也依旧连傅昕臣的影子也没抓着。除了傅昕臣具有一种令人不解的可与周围环境相融且不留任何痕迹的奇特能力外，躲避焰娘的纠缠是阻挠他行动的另一个原因。对于焰娘，他厌恶却又不能拒绝，唯有尽量避开。不过他是个极有耐力的人，追逐了这么久，却毫不气馁。

哇的一声，一个小孩号啕大哭起来，卿洵的目光落在距离自己几步远、一个扎着羊角辫、跌倒的小娃娃身上。没有思索，他前跨一步，弯腰准备扶起小孩，谁知小孩反被吓得微微后缩，哭得更大声了。

"你要做什么？"一个女人尖叫着冲了过来，一把将小娃娃抱进怀里，畏惧而又充满敌意地瞪着他。

卿洵平静地看了她一眼，直起身来，没有说话，在周围充满敌意的人群围拢之前离开这里。早已习惯这种场面，他已将心练得麻木到不因任何外界的伤害受影响。可是，焰娘……那女人为何不怕他？恰恰相反，他精准的判断力告诉他，那女人喜欢他，虽然他毫不在意，甚至是不屑。

一道青色身影闪过他的视野，他的心微跳，赶紧收敛心神，跟着那青色身影进了一家酒肆。

酒肆中一张桌前坐了三个普通的皮货药材商人，另一张桌却坐着一个身着青布衣袍的魁伟壮汉。他正在自斟自饮，动作潇洒，带着一股不属于这个地方的贵气，吸引得邻座的商人频频望过来，他却浑然不觉，好似在自己家中一般。

"既然来了，就一起喝一杯吧。"那青衣男人淡淡微笑，带着一股让人说不出来的优雅平和。他专注地倒酒、饮酒，看也没看卿洵一眼，但是没有人会怀疑这句话不是对卿洵说的。

卿洵缓步而入，目光一刻也没离开这个两鬓斑白的男人。两人只见过一次面，而且相隔已有九年之久，可是任他记忆如何不好，傅昕臣也不该是眼前这个样子。曾经的他意气风发，孤傲直逼帝王；噬血如狂，杀人如麻胜似幽冥鬼使。可是现在的他，竟平和悠闲得好像一个隐者。隐者！以龙源主之尊，如非亲眼所见，卿洵说什么也不会相信傅昕臣会在一个乡间陋店内悠闲地饮粗劣的酒，身上不带丝毫骄矜傲气。

坐到傅昕臣对面，卿洵已从上到下将他打量一番。傅昕臣不过三十出头，比自己尚小上两岁，正值壮年，却已两鬓如霜。这对武功高至他们这一等级的人来说，可说是绝无仅有的。他为何会如此？

卿洵想不明白，也不愿费神去想。伸手阻止了傅昕臣为自己倒酒，他不带丝毫感情地道："我答应过净儿，一定会让你去陪她。"他不在乎任何人的生死，除了净儿。

傅昕臣听到杨芷净之名，脸上浮起温柔的笑，却一言不发，目光转向门外。奴儿为什么还没来？这丫头做事总是磨磨蹭蹭的。

"我会将你的尸体送回龙源和净儿同葬。"卿洵闭了闭眼，迫使自己说出言不由衷的话。

傅昕臣依旧无语，浅笑着聆听卿洵谈论自己的后事，似乎那些都与他无关。

"你还有什么可说的？"卿洵问，喑哑的声音带着绝对的无情。对于傅昕臣，他有着绝对的敬佩，如非因为杨芷净，以他的判断力与为人，定不会主动招惹这号人。可是既然招惹上了，他也绝不会后悔退缩。

无视他强硬的气势，傅昕臣为自己斟满酒杯，然后一饮而尽，仿佛这世间再没有比喝酒更重要的事了。

对于傅昕臣的满不在乎，卿洵毫不动气，脸上一片漠然。无论如何，他只做他该做的："我会将你和净儿葬在一起。"再一次，他说出令自己痛彻心扉的话。重复说同一件事，本不是他的作风，可是现在他却不得不以此来坚定杀傅昕臣的决心，因为现在的傅昕臣让他兴不起丝毫的杀意，但是答应净儿的事，他一定要做到。

傅昕臣摇了摇空壶，突然一笑，叫道："店家，给我装一壶带走。"等小二接过空壶之后，他目光首次落在卿洵脸上，温和而没有丝毫敌意。

"净儿不会感激你的。"傅昕臣缓缓地说，没有人比他更了解净儿的善良，包括她的师兄卿洵。

卿洵浅棕色的眸子闪过一丝黯然——是啊，他从来就不懂净儿。小时候，净儿喜欢小野兔，他就费尽心思捉了一只白色小兔给她，结果小兔死了，反而惹得她哭了三天三夜，一个月不理他；又有一次，净儿无意中说她喜欢玫瑰，他就搜遍江南一带，将整个卿宅变成了玫瑰的海洋，却不想净儿大发脾气……类似的事举不胜举，总之，无论他怎么做，净儿都会不高兴，可是……就算净儿会责备，他也要让傅昕臣去陪她，尽管这样做会让他心痛如绞。有谁会亲手将情敌送到自己心爱人的面前？他，卿洵，就是这样一个大大的傻瓜！

"我的命，你做不了主。"傅昕臣温和地道，深邃的眼神中透露出几许沧桑、几许无奈，却无人能知他的心意。

"我会尽力。"卿洵眼皮下垂，语气坚决无比，他的尽力包括舍弃自己的生命。

傅昕臣倨傲一笑，没有做任何回答，可是意思再明白不过——

如果他不想给，没有人要得了他的命。

两人的对峙奇异之极：一个冷静严肃，一个谈笑自若。空气中流动着剑拔弩张的气流，加上两人与众不同的长相，吓得另一桌的客人噤声不语，小二拿着打好的酒不敢上前。

就在此时，细碎的脚步声响起，一个山民装扮的女子走进店中，缓缓向他们走来。

卿洵看见傅昕臣眉宇之间笼上一层无奈，方才的傲气消失无踪，他心中尚在疑惑之时，那女子已从背后张臂将傅昕臣抱住，一双漆黑的眸子则戒备地盯着自己，丝毫没被他的丑陋吓着。

卿洵神色微变："你背叛净儿！"指责、愤怒、痛心，都只化为口中淡淡的一句话。打小卿洵就喜怒不形于色，让他很难被人理解。所以，就算他费尽心思，净儿也不明白他的心意。

"我没有。"傅昕臣闻言神色骤变，冷冷道。任何人都不可以侮辱他对净儿的感情。

"那她是谁？"卿洵的声音依旧没有波动，眼中却掠过一丝杀意，他不允许有人伤害净儿，对于威胁到净儿的人，他一个也不会放过。

察觉到他的意图，傅昕臣脸一沉："不相干，她只是救过我。"从刚才到现在，他首次透露出不耐烦及怒意，显然对卿洵的忍耐已到极限。

卿洵敏锐地注意到那布衣女子在听闻此言时神情一僵，缓缓松开了抱住傅昕臣的手，一抹无奈的笑浮上脸，美极，艳极，却也苦极。莫名地，他突然出神。他竟然感觉到她的情、她的痛、她的孤单及害怕，就如当年的他一般。

"傅昕臣心中只有净姑娘。"她娇柔的声音在卿洵耳畔响起，令他忆起那个月明之夜一个少女对月倾诉心事的情景，他的梦在那一刻破碎了。

落花流水，这世界上有太多为情所苦的儿女，眼前的女子尤为不幸，爱的是一个不能爱的人。傅昕臣只能属于净儿，没有人能觊觎。虽然同病相怜，他仍不会心软。

"哎哟哟，卿郎啊，你这没良心的，也不等等奴家。"焰娘嗲气的声音在门外陡然响起，打破了三人的僵局。

卿洵闻声色变，想要避开已是来不及，焰娘彩蝶般飞了进来，身形一闪，已坐入他怀中。

卿洵的脸色变得更加阴沉，他没想到这女人追踪之术越来越高，无论自己如何隐踪匿迹，她都能追到自己，而且所花的时间越来越短。再过一段时间，恐怕自己真要和她形影不离了。

"总有一天，我会让你再也无法开口说话！"阴狠的语调，道尽他的痛恨与不耻。忍耐到达极限的时候，他不知道自己会不会不顾一切地将她杀了，然后再自杀。

"你要怎么做呢？"焰娘一点也不害怕，反而放浪地笑了起来，"如果是这样，奴家倒乐意得很呢。"说着，她便一把勾住他的脖子，吻上他的唇，丝毫不理会旁边是否有人。她吻得大胆而狂放，不让他有逃离的机会。

卿洵本来的冷静因她的热情而逐渐瓦解，气息变得粗重起来。

这些年来，类似的场面不断地上演，两人仿佛已习惯了这种追逐的生活。不同的是，焰娘越来越妩媚，而卿洵的自制力越来越薄弱。

惊叹的声音在身侧响起，傅昕臣二人见此情形也悄然离开。卿洵自是不多考虑，眼神离开她丰润的唇，微侧脸，透过下垂的长发阴冷地看了邻桌不知死活想要看好戏的人一眼，声音沙哑地吐出一个字："滚！"

焰娘慵懒地依偎在他怀里，俏脸艳丽地看着客人及小二吓得屁滚尿流地逃出小店，那小二竟还不忘拉上店门。她不禁笑出声来："瞧你把人吓得，要不是奴家胆子大，谁来陪你啊！"

卿洵木然道："我不需要人陪。"口中如此说着，他深邃的眸子却在阴暗的光线中闪着灼热的光，紧盯焰娘娇美的笑颜。一挥手扫掉桌上的酒杯，他将焰娘放在桌上。

焰娘勾着他的脖子，眼神中是从来没有过的认真，语气温柔："不要人陪，你不害怕寂寞吗？你温柔些……"

"寂寞？"卿洵冷哼，"你懂什么是寂寞？"在他心中，焰娘四处招蜂引蝶，身旁男人无数，这种女人，根本不配谈寂寞。

"我不懂吗？"滑落的长发轻轻摆动，焰娘藏在卿洵阴影里的脸上浮着不易察觉的落寞，"可——可是我很寂寞啊……"她细弱的嗓音被卿洵逐渐粗重的喘息声掩盖。他从来不知道她在想什么，也从来不想知道。

木屋外的街道上热闹依旧，小二百无聊赖地蹲在门边等着。

天空是深秋特有的灰白色，瑟瑟的秋风刮得枯叶到处飞扬。再过不了多久就会下雪了，这里的雪季很长，一般要持续到来年的二三月份，只希望那两位客人不要长住就好了。

沿着一条时隐时现的小径，焰娘施展轻功，飞快地在林中穿行。这是她第一次主动撇下卿洵，只为好奇。

傅昕臣身边的女孩虽穿着与美丽、妩媚丝毫搭不上边的粗布衣裤，可偏偏焰娘在她身上看到了别的女人即使精心打扮也赶不上的娇媚。连身为女子的自己在看见她的那一瞬间也控制不住心怦怦跳。她和傅昕臣是什么关系呢？难道傅昕臣已经变心了？与卿洵又是否熟识？焰娘决不允许卿洵身边出现比自己更美的人。

天渐渐黑了下来，焰娘决定查探清楚。

前面隐隐透来火光，焰娘放缓速度，尽量不出声。到达火光透出的地方，那里是一个极大的枯树树洞，洞中地上生着火，傅昕臣与那女子分坐火的两旁，两人都在闭目养神。要在傅昕臣的眼皮下杀人脱身，必不容易，但既然来了，自然要试一试。

她眉梢眼角浮起撩人的笑意，一弯腰，钻进洞内。与此同时，傅昕臣睁开眼看向她。

"有事？"傅昕臣见是她，微微眯眼，射出凌厉的光芒，神色之间不善至极。

"没事就不能来了吗？这是你的家啊？"焰娘毫不买账，摇曳生姿地走到那拥有着一双可将人魂魄吸走的美丽眼睛的女孩身旁。她一屁股坐下，顺带将那女孩一把揽入怀中，纤手滑过她嫩滑的脸蛋，啧啧赞道："小妹妹好漂亮！"

"放开她！"

焰娘话音未落，傅昕臣便呵斥道。焰娘讶异着怀中人儿的乖顺，却也不忘白傅昕臣一眼，轻拍胸脯，装出一副被吓坏的样子，娇声道："哟，好凶！妹妹，姐姐好怕呢。"口中如此说着，手上却丝毫没放开女孩的意思，显然将傅昕臣的话当耳边风。

"傅昕臣，你别凶她。我……我很喜欢她，让她抱着没关系。"

女孩的声音仿若天籁,说不出地动听,也说不出地纯真。

焰娘傻眼了,一阵酸意涌上,她眼睛微酸,却笑得比花还娇艳。

这么多年,没有人像女孩这般真诚地说过喜欢她。她想告诉自己:她不在乎,真的不在乎。这么多年没有别人的喜欢也都过来了,这个女孩淡淡的两句话算得什么。可是……可是她好开心,她没法控制自己不为女孩的话而开心。终于,在这个世上,除了二哥,还有人喜欢她,真好!

向傅昕臣抛了个媚眼,焰娘难掩喜悦地笑弯了眼:"妹妹,姐姐问你,你可有意中人了?"虽然开心,但她不忘此行目的。

"意中人?"女孩偏头不解。

"不懂?"焰娘秀眉挑了起来。

女孩摇了摇头,求助地看向傅昕臣。谁知傅昕臣只是微微摇头,含笑不语。将两人无声的交流看在眼里,焰娘心中已明白了七八分。

"意中人就是你很喜欢的一个人,喜欢到不想与他有一刻分离,一心只愿能与他永永远远在一起。"就像她对卿洵,想到他,她脸上浮起甜蜜的笑。看到女孩眼中的迷茫散去,她知道女孩有些明白了。浪迹江湖这么多年,焰娘早看遍了人情冷暖,她知道在这世上,一颗真诚的心是多么难求、多么珍贵。

谁知话音刚落,破空之声响起,焰娘想闪已来不及,只觉发髻一颤,似有东西插在上面。她伸手取下,竟然是一根枯枝。她脸色微白,眼神瞟向傅昕臣,只见他虽然依旧嘴角含笑,但眼中却已盛满冷意,显然对她不满至极。

只这么一招，她便知道，如果傅昕臣要杀她，虽非易如反掌，但她一定躲不过。只是要杀她，她也必令他付出惨重的代价。焰娘眼中射出挑衅的光芒。

在两人用眼神对峙中，女孩娇柔的声音突然响起："如果和他在一起，就忍不住想抱着他，亲近他，就像你今天中午一样，是不是？"

焰娘大乐，知道女孩快被点醒了，不理傅昕臣警告的眼神，连声附和："是啊，就是这样！"

"闭嘴！"傅昕臣终于忍无可忍，冷声呵斥中，一掌隔空击向焰娘。

树洞狭小，焰娘无处可躲，只有举掌硬挡下那迎面扑来带有大量火星的气流。一声闷哼，除了有些血气翻涌外，倒是安然无恙，她心中知道他是手下留情了。

"怎么了？"女孩茫然地扶住她，美丽的眸子中露出惊慌，"傅昕臣，我……我又说错话了吗？"显然她以为是自己惹怒了傅昕臣，看来两人的关系并不如焰娘所想的那样融洽。

傅昕臣并没解释，只是将手伸向女孩，声音温柔："奴儿，过来。"

似乎没有料到他的温柔，女孩脸上闪过惊喜，但当她看到焰娘时，又有些犹豫："你没事吧？"

即使在这种情况下，女孩依然没有弃焰娘于不顾，虽然两人只是萍水相逢。

奴儿。焰娘心中一暖，知道自己永远也不会忘记眼前这个美丽却不谙世事的女孩。这样的纯洁，一生或许只能见到这么一次，她十分感激上天的厚待，让她遇上。

眼角余光瞄到傅昕臣逐渐难看的表情，焰娘心中浮起一个猜测：傅昕臣不喜欢眼前的女孩被人碰触，不论男女。要证实这个猜测，很容易！

她眼中闪过一丝狡黠，伸手拍了拍奴儿的手，道："没事……"

果不其然，未待她说完，傅昕臣已神色严厉地重复命令："奴儿，过来！"看来他是真动了怒。

虽是如此猜想，焰娘却已能确定这个叫奴儿的女孩在傅昕臣心中有着不一般的分量。

这一回奴儿不再犹豫，绕过火堆，抓住傅昕臣伸出的手，扑进他怀里。傅昕臣也接得自然，显然两人都已十分习惯这样的亲密。

"我的意中人就是傅昕臣！"在傅昕臣怀中，奴儿娇声说出她自以为理所当然的话，一点害羞扭捏也没有。对于她来说，喜欢就是喜欢，没什么好遮掩的。只是听到她的告白，傅昕臣却一点反应也没有，仿佛她的话与他毫无关系一般。奇怪的是奴儿也并不在意，继续和焰娘说话："你的意中人就是中午那个人吧？"这么明显的事，即使她再不谙世事，也看出来了。

一说到卿洵，焰娘立即眉开眼笑，点了点头，道："是啊！行了，我得走了，不然我的意中人又要跑得无影无踪了。"得到想要的结果，她不打算多留，免得妨碍人家培养感情。语毕，人已闪出树洞，走了一小段距离，突然想起一事，忙提高声音道："我叫焰娘。"难得投缘，总要让这个天真的女孩记住自己叫什么才好。

傅昕臣和卿洵同样是死心眼儿，否则也不会在妻子亡故之后神志失常，四处招惹是非长达五年之久。只怕是他爱上了奴儿也不愿承认，欺人欺己。

奴儿纯真善良没有心眼儿，只怕在以后的感情路上会吃些苦头，焰娘觉得要想个什么法子帮帮她才好……

唉，自己的感情问题都没解决，还为别人担忧。人家起码还有些意思，自己耗了九年却毫无进展，算怎么回事？焰娘越来越觉气闷，脚下速度立时成倍加快。

卿洵没有追着傅昕臣而去，而是花钱将小店包了下来，准备常住。追踪了傅昕臣这么多年，一心想要杀了他，自己也一直没有怀疑过这样做是否正确。但是直到真正见到傅昕臣，卿洵才发觉自己竟一点杀意也提不起，尤其是在听到那个女孩黯然神伤地承认傅昕臣的心中只有净儿的时候。但是，答应过净儿的事，他怎能失信？他对一个风尘女子也能严守承诺，何况对净儿！

对于傅昕臣这种高手，卿洵心中若没有杀意，却要取其性命，简直是比登天还难。卿洵认为既然花费了五年的工夫来追杀傅昕臣，自然不能功亏一篑。为今之计，只有等待，等待净儿的忌辰。在那一天杀傅昕臣，他将无所顾忌。

躺在小店房间的大通铺上，卿洵闭目等待着焰娘的归来。这一次他不打算再逃，与其浪费精力去做无用的事，还不如将所有的心思放在如何对付傅昕臣上。

床上的床单被套都是新换的，虽然破旧，却很干净，还散发出淡淡的药草香味。这些都是卿洵嘱咐小二收拾的，否则以他的洁癖程度，怎肯躺在这种地方？不如在山野之间露宿，还干净些。不过这几年他的这个毛病已因焰娘的加入改变了许多，以前的他即使出任务时也不会住客栈，要么在野外度过，要么找到自己家的产业所在地,那里会有他专用的房间。

门吱呀一声被推开,他连眼皮也没动一下。黑暗中一阵香风迎面扑来,一个软绵绵的身子扑进了他怀里。他没躲,也没回抱,只是默默地看着屋顶,看着屋顶外那无边的远处,看着那已经有些模糊的娇俏小脸。

"你总是这样,"焰娘轻掩小嘴打了个呵欠,抱怨道,"抱着人家想别的女人。"见他没反应,她继续道:"没听人说过吗,要趁还能珍惜的时候,珍惜自己所拥有的,不要等到失去的时候,才后悔莫及。"

卿洵闻言不禁有些想笑,这女人脸皮还真厚,自始至终,他都不曾认为她属于自己,那个誓言只是被逼出来的。如果她肯主动退出他的生活,他不额手称庆已是对得起她了。后悔莫及?别做梦了。

怀里传来均匀细弱的呼吸声,几日来为了追卿洵,焰娘一直没好好地睡一觉,这时一沾床,便立即睡了过去。

卿洵第一次没趁她睡熟点她穴道跑掉,而是将她轻轻地移至身旁,与她相依而眠。她之于他,已不知应该算什么了。

第八章

骗他

第三日下起了鹅毛大雪,雪花模糊了视野,封锁了山道。卿洵并无丝毫焦急,很早的时候他就学会了忍耐,他有狼一般的耐力,静候最佳时机出奇制胜,而非焦急暴躁,以致功败垂成。他不能进山,傅昕臣自然也不能出来。

小店中有现成的木柴、米粮和干菜,足够两人吃个把月的,对于卿洵、焰娘这类高手来说,平日两三天不吃不喝也无大碍。只是既然在这里住了下来,倒也没必要如此亏待自己,一日一两餐对于终日无所事事的两人来说并不能算是麻烦。只是张罗饭菜的却非焰娘,而是卿洵。多年来的相处,对于焰娘的厨艺,卿洵已深深"领教"了,自然不敢再让她糟蹋食材,焰娘乐得享受卿洵难得的"体贴"。

因为用心,加上长时间相处,焰娘几乎快摸透卿洵这个在外人甚至父母兄弟眼中阴沉难解的"怪物"。他不喜欢与人相处,是因为人们拒绝给他表达善意的机会;他重承诺且对感情执着,虽然一意孤行得不可理喻,冷酷残忍得令人胆寒,但孤单寂寞的他却让她加倍心疼。越了解他,她便陷得越深,以至现在无法自拔。她是用整个身心在爱着他,他可感觉到了?

咚咚的敲门声打断了焰娘的深情凝望,她起身去开门。一旁盘膝佯装打坐的卿洵立觉浑身一轻。她的心思他早已明白,但是那又如何?先不说他早就心有所属,只说她的出身——一个风尘女子,他怎么会将她放在心上?而最让他难过的是,对于她的身体,他既嫌恶却又莫名渴望,往往在碰过她之后,便要立即彻彻底底地清洗一番,将她的味道完全洗去,否则他会浑身难受,坐立难安。这样的女人,他怎会动心?

"焰——焰姑娘,这——这是野——野鸡……"门外传来一个男人发抖的声音,不知是因为太冷还是太紧张,卿洵望去,却只看见焰娘窈窕的背影及飘飞的雪花。

"奴家知道这是鸡。"焰娘含笑娇媚的声音传进卿洵耳中,"大哥,有事吗?"她明知故问,丝毫没有让来人进屋的意思。事实上,也没人敢进来,这些日子常发生这种事,镇上男人都想接近她、偷偷看她,却又害怕卿洵。焰娘心中不满,却也没有发作,只因有卿洵镇着,谁也不敢乱来。他们不知道的是,卿洵根本不会管她死活。

"我——我——我送给你。"男人将捆住的鸡往她面前的地上一放,连递到她手里的勇气也没有,转身就往雪里冲去。

焰娘不禁笑出声,柔声道:"多谢大哥!"声音远远传出去,落进那人耳中,喜得他手舞足蹈,只差没引吭高歌了。

焰娘弯身拾起鸡,关上门时不禁叹了口气。这些男人心里想什么,她难道不明白吗?但这种想法,在卿洵身上是不可能的,一直以来都是自己主动亲近他，甚至强迫他。可是她毕竟也是个女人，还有起码的自尊心，她不知道自己还能坚持到什么时候。她只是一直心无旁骛地追逐着他那颗几乎遥不可及的心，不敢停下来好好想想。

转过身，正对上卿洵冰冷的目光，焰娘心中一惊，不知他想到了什么，眼神这么吓人。她脸上忙浮起媚笑，将鸡丢在角落里。鸡扑扑拍了两下翅膀，动了一下便安静了下来。

"怎么了，卿郎？"焰娘来到卿洵身前，坐进他怀里，欲贴近他的唇，却见他头微仰，避开了，目光中透出让焰娘羞惭的不屑，却什么也不说。

焰娘闭上眼睛，将其中的难堪隐去，脸上依旧挂着颠倒众生的媚笑。

卿洵身子一僵，恼火地一把推开她，声音沙哑冷漠地道："找别的男人满足你。"他痛恨她动不动就挑逗他，痛恨自己可以操纵别人的性命，却无法控制自身的情欲——他痛恨被人摆布。

焰娘摔倒在地，脸上的笑隐去。他竟然叫她去找别的男人！他可以嫌她，不要她，却不该这样侮辱她。一丝冷笑浮上嘴角，焰娘缓缓爬起来，伏在他耳畔，轻声道："如你所愿。"说罢，在他脸上轻轻一吻，转身向门外走去。一阵狂风卷着大大的雪花从打开的门刮进屋内，然后一切又恢复原状，但那道红影却已消失在雪中。

良久，卿洵的目光落在那扇紧闭的门上，不禁有些发愣：她终于走了。

可是他连思索那莫名使自己变得有些烦躁的原因的时间都还

没有，门便再次被推开，焰娘站在门口，笑盈盈地看着他，狂风吹得她的发丝狂乱飞舞："这样的大雪天，你叫奴家到哪里去找男人？"她转身关上门，而后来到卿洵身旁，坐在一旁的木凳上，抬手支额，目光落在燃烧的火焰上，怔怔地出神。

方才她一气之下冲进雪中，被冷风寒雪一激，整个人立时清醒过来。自己竟和那个不开口则已，开口就充满刻薄恶毒的大木头生气，胸中满腔怒火、委屈立时消了个干干净净。要走的话，早在九年前她便该走了，又怎会耗到现在？和卿洵赌气，不值得。想到此，她白了一旁自她进来后目光便一直没有离开过她的卿洵一眼，看到他面无表情地回视自己，也不再有开始的轻蔑及冰冷，她心情不禁大好，拾起一根木棍，一边拨弄炭火，一边轻轻地哼起焰族小调《月色兰》来。

听到她轻柔婉转的歌声，卿洵脸色不禁渐渐缓和下来。虽然不想，他却不得不承认，在看见焰娘回来的那一刻，他在心底缓缓松了口气，至于原因，他不敢细想。

焰娘和卿洵在小店中住了整整四个月，待雪停了，已是来年二月。因住在镇上，只要有钱，饮食并不成问题。这四个月里，卿洵依旧不大搭理焰娘，常常由着她一个人自言自语、自哼自唱，只有在焰娘逼迫他的时候，他才勉强有点反应。两人似乎都已习惯了这种生活方式。

这几日雪下得小了，户外墙角、石板间都隐隐可以看见几点嫩绿色的影子，卿洵最近经常出门，焰娘知道他这是准备去对付傅昕臣了。五年来，他一刻也没忘记过这件事。

可是，傅昕臣身为龙源之主，又岂是能轻易杀掉的。何况，即便他杀得了傅昕臣,又怎逃得过龙源一众高手的报复!龙源可不比宋家,聚集的不是朝廷中赫赫有名的权臣,便是江湖中数一数二的高手,这其中无论谁跺一跺脚,都可令地震动三分,卿洵独自一人怎能与之抗衡?!

焰娘心中十分担心。这一日卿洵回来,正在门外掸披风上的雪,她如常走过去为他解下披风,像一个温柔体贴的妻子。

"卿郎,我们去找个风景秀丽的地方住下来吧,不要再过这种我追你逃的日子了,好不好?"焰娘突然开口,脸上依旧浮着娇媚的笑,可眼神中却透露出渴望,"你喜欢哪里?江南?或者是塞外大草原?如果你还没想好的话,没关系,我可以陪你慢慢找。"

卿洵淡淡看了一眼她,向屋内走去。虽未说话,但他拒绝的意思已表现得很明白——他和她永远不可能。

焰娘虽明知他会有如此反应,却依旧难掩心中的失落。跟在他身后,她思索着怎样才能打消他刺杀傅昕臣的念头。

"杨芷净死了很久了,你醒醒吧,卿洵!"焰娘决定下猛药,他再执迷不悟,她真没辙了,"傅昕臣现在与奴儿过得好好的,你干吗非要去拆散人家?那个小姑娘可没得罪你。"多年来,在他面前,她一直闭口不提杨芷净,可她现在实在是看不下去他这么折磨自己了,就算他会生气,她也管不了了。

出乎意料地,卿洵连回头看她一眼也没有,仿佛没有听到她的话。

连和她说话都嫌烦?焰娘不禁有些气馁,瘫坐到凳子上。她从没碰到过如卿洵这般难对付的人,跟了他九年,却依然无法让他多说几句话。他这人也真行,打定主意不理一个人,无论那人与他相处多久，他也绝不会改主意。还好他的身体够诚实，否则自己和他说不定依然还是形同陌路呢。

"好吧，我们来打个商量。"焰娘思索良久，想着现今或许只有一个办法可打消他的念头。她虽万般不舍，但为了他，她什么都愿意放弃。

"只要你放过傅昕臣和奴儿，"没等他回应，她已接着说了下去，眉梢眼角尽是掩不住的笑意，谁也不知道她得费好大的力气才能压下心中的痛楚和苦涩说出下面的几个字，"我就离开你。"

乍闻此语，卿洵全身不可察觉地一震，转过身来时，眼中是淡淡的嘲讽："凭你？不配。"他胸中翻滚着怒气，不知是因她要离去，还是因她为了救傅昕臣而甘愿离去。他没有思索，张口就吐出伤人的话。

"你……"焰娘只觉一口气堵在喉咙，让她说不出话来。突然，她咯咯笑起来，笑得花枝乱颤，笑得频频喘息。卿洵冷眼看着，沉默地等她开口。

谁知焰娘却并不再说话，笑声渐止，她起身走出门去，长发未束，在雪中轻轻飞扬。

有那么一瞬间，卿洵觉得眼前的不是一个浪荡的女人，而是一团在雪地里燃烧的火焰，而那双晶莹剔透的脚，干净得不染丝毫尘埃。

卿洵飞掠过旷野，向对面山脚下竹林旁的木屋疾驰而去。平原上去年枯萎的野草夹杂着新绿的芽儿，顶着未化净的积雪，在带着丝丝寒意的春风中瑟瑟颤抖着。

掠过原野的时候,他脑海中蓦然想起几天前,焰娘穿着一件不知从哪儿弄来的素白衣裙出现在他面前,微带扭捏地问他好不好看。他没回答,但目光却无法从她身上移开。从没见过她这样的神情、这样的打扮,如非片刻后她故态恢复,他还以为自己见到的是另外一个人。只是当时她说了些话,让他至今仍隐隐不安,似乎会有什么他并不乐意见到的事要发生。"我想你喜欢的女人是这样的,所以……你可要记住我现在的样子啊,别忘了!我以后是再不会做这种打扮的。"她的话和行为太过莫名其妙。

今天早上出门时,她仍慵懒地躺在床上睡着。见他要走,只是如猫一般地睁了睁眼,然后打了个呵欠,便又睡了过去。想是昨晚她热情得过了分,才会如此累吧。

接近木屋,却一丝动静也没听到,卿洵心中微惊,赶紧收拢心神,将自己调至巅峰状态,以应对任何可能的变化。这一次与往昔不同,他要应对的是威震武林、武功神秘莫测的龙源主,任何一点失误都会令他赔上性命。

踏上台阶,他脚步丝毫没停,用掌风将门扇开,人紧随而入。出乎意料,没有攻击,更没有傅昕臣,木屋中炭火边的草垫上只跪着那个容貌绝美的女子。

见他进来,她只是淡淡一笑,然后继续编织着手中的花篮。她是那日与傅昕臣在一起的女孩,数月不见,她似乎长大了许多。

卿洵眼中散发出诡异的光芒,紧盯眼前在忙碌中仍显得十分恬静的人儿:"傅昕臣呢?"声音中带着一丝不易察觉的杀意。

眼前的女孩让他产生前所未有的危机感,很明显,她是净儿的劲敌。

将垂落眼前的发丝撩回耳后,叶奴儿抬头,一丝光彩在眼中闪过:"他走了,去找净姑娘。"浅浅的笑中带着诚挚的祝福,让人猜不透她的心思。

卿洵微怔,惊讶地看着眼前这个似一张白纸却无人可看得透的绝美女子。第一次,他被一个女人的反应迷惑,她不是喜欢傅昕臣吗?

"你有什么心愿?"尽管如此,他还是要杀她,因为他看得出傅昕臣对她不一般,她夺了净儿所爱。

"心愿啊?"奴儿蹙眉,偏头想了想,然后微笑,"叶奴儿一生注定要孤单一人,也没什么可求的。"她说得云淡风轻,但闻者却不禁为她语中的凄凉感到心酸。

"难道你不想和傅昕臣在一起?"不知是因她超越一切的美丽,还是那让人不解的恬淡,本来从不管别人想法的卿洵此刻却忍不住问了一个自己都觉得多余的问题。就算她想,他也不同意啊!但是偏偏,他就想知道她是怎么想的。这样与众不同、令他也忍不住要多看几眼的女子,他还是首次遇上。

叶奴儿闻言,浅浅地笑了,目光落向门外旷野,浑身上下透出一股优雅宁静:"傅昕臣好喜欢净姑娘,只有和她在一起,他才会开心。"她的眼中浮起向往,仿佛在说着一个美丽的故事,故事中的人并非自己用尽一切去爱的人。

卿洵差点就被她的说辞和神态打动,但多年训练出来的冷硬心肠毕竟不是假的。"对不起。"他低沉地说道。他第一次在杀人之前道歉,就在叶奴儿诧异地看向他时,他长发无风自动,神色恢复木然,好似煞神降临,早蓄积好功力的一掌飞快拍出。既然他不得不杀她，那就让她死得没有痛苦吧，这是他唯一能为她做的。

"卿洵！"

一声惊呼，卿洵只觉眼前白影一闪，手掌已碰到一个软绵绵的躯体，他立知不妙，却已无法收手。一股腥热的液体喷到他脸上，白影飞跌开去，接着是重重落地的声音。

顾不得杀叶奴儿，卿洵神色大变，紧随那如落叶般飘落的身影急追而上，一把抱起地上奄奄一息的人儿，一向冷酷木然的脸上出现不敢相信的神色，心底浮上一丝复杂难名的情绪，她不是在小店中吗？

"为什么要这么做？"卿洵沙哑声音中的情绪波动是连他自己也无法明白的，冲击着那钢铁般坚硬的心墙。

焰娘眉头紧蹙，一时之间竟回不过气来应他。这一次是真的完了，可是她一点也不后悔。

"焰娘！"叶奴儿扑在她的另一侧，清澈的眸子中溢满了担忧和不解，"你为什么要打她？"她责备地望向卿洵，绝美的小脸上第一次出现生气的表情。这个男人真坏，焰娘怎会喜欢上他？

焰娘的嘴唇沾染上了鲜红的血渍，嘴角还在源源不断地溢出鲜血，一双眼睛无力地半阖着。叶奴儿眼圈一红，控制不住落下眼泪。"你好狠心……她就算不该喜欢你……你也不必……"语至此，她已泣不成声，只能小心翼翼地为焰娘拭去嘴角的鲜血，再说不出话来。

"闭嘴！"卿洵暴躁地喝住叶奴儿的胡言乱语，咬牙切齿地道，"我要杀的人是你，不是她，是她自己多事！"这个女人是不是疯了？竟然用自己的身体来挡他全力出击的一掌，她以为她的身子是铁铸的吗？活该！可是，为什么他会觉得五脏六腑都在抽痛，受伤的人并不是他啊！

"洵……"缓过气，焰娘硬扯出一个妩媚的笑，但眼中的痛楚却瞒不过任何人，"你放过奴儿吧。傅昕臣就……和你一样……除了，除了杨芷净……不会再喜欢别的人。她……不过和……和我一样而已……"

她阻拦了他的行动，他肯定很生气。可是他很快就不会生气了，因为他终于可以摆脱她，一个人自由自在的，想去找谁就去找谁。她一向装作不明白，始终不肯放手，但这一刻，她不得不放手了，只是在放手前，她要确定他和奴儿都不会有事。

"你别说话，我带你去找大夫。"焰娘从来没有过的认真和虚弱令卿洵心底升起一股莫名的恐惧，一时之间他脑海一片空白，只知将内功源源不断地输入她体内，一边就要抱起她往外走。救她！他唯一的念头就是救她，却不知在这荒山野林中，哪里去找大夫？

"别……这……百里之内没有人烟。"焰娘吃力地制止他，不想将这仅剩的时间也浪费掉，"我……不行了，你可不可以，可不可以……"她的声音越来越小。

卿洵赶紧将耳朵贴至她唇边："什么？"

"吻我，我想……"焰娘一时接不上气，困难地喘息了好一会儿才继续道，"我想你吻我……一下下就好。"她美丽的眼中有着似乎不敢奢求的绝望，又隐隐流动着一丝若有若无的渴望。

他的心向来冷硬，但也有其深情的一面，就是冲着这点，她才付出了自己所有的感情。

卿洵怔住，深邃的眼眸中透露出他内心正在激烈交战。他一向不将她放在心上，为何此刻却为了她一个小小的要求而难以抉择。他应该毫不犹豫地甩袖离去，而不是像现在这样无法放手。只要放开她，然后转过身去，从此他就可以获得自由。但他清楚地感觉到心中一贯的坚持，在濒临崩塌的边缘。

他的犹豫迟疑令焰娘绝望地闭上眼睛，一滴泪珠从右眼角浸出，缓缓滚落。

不该奢望的啊！九年了，她为什么还看不清楚，还要去乞求那永不可能为她展现的温柔？心已经麻木了，为什么五脏六腑还在痛？痛得她几乎快要喘不过气来。就这样死了也好，再没有牵挂，如果爱会让人连心也找不到，那么来世……来世她再也不做人，再不要有七情六欲。

那一滴泪似火焰般灼痛了卿洵的心。她从来不流泪，不管他怎么对她，不管她受到多大的委屈，她从没流过一滴泪。

他抱着她的手不禁收紧，她，只是要个吻而已。

焰娘濒临涣散的神志因感觉到唇上温热熟悉的气息而逐渐聚拢，她奋力睁开眼，那近在咫尺的脸令她诧异之余露出了一个满足的微笑，他对她并非全然无情的，这一生，足矣！来世，她一定要做他的心上人。

提起体内残余的真气，焰娘吃力地迫使自己回到常态："你终于上当了，卿郎。"他是有情之人，她不要他有任何的难过，也不要他亲眼看到她死后的狼狈。她宁可他永远厌她、弃她。

卿洵闻言脸色一变，不待分辨，便已一把推开她。他没想到她竟然无聊到开这种玩笑。他立起身，恼她的狡猾，更恼自己过激的反应。他额上青筋暴涨,双眼几乎要喷出火来。看到仍躺在地上、姿势极为撩人的焰娘脸上浮着得意的笑,他本来快要爆发的脾气被突然升起的厌恶浇灭。这种女人,不值得他动气。

"没见过你这么狡诈的女人!"他鄙视地冷斥,一个字一个字好似冰珠般从牙缝里迸出来,仿佛想将她那颗污秽的心冻僵。

焰娘身子不可察觉地一颤,她强压剧烈的心痛,露出一个风情万种的荡笑,嗲声道:"还是你了解人家。你不知道,奴家方才可是铆足了劲诱你上钩的,就怕你这大木头不解风情,让人白费心思呢。还好你始终是喜欢人家的,不枉奴家对你的一番心意。"她口中如此说着,却知道自己快支撑不住了,卿洵再不走的话,她可能真要白费心思了。

卿洵深吸一口气,努力控制住自己蠢蠢欲动、想伸向她雪白脖颈的双手。他嘴角上扬,因着脸上的血迹,变成一个狰狞骇人的微笑,语气也恢复了日常的冷酷:"不要再让我见到你,除非你想勾引阎王。"语毕,他不再看她一眼,转身离去。她总是有办法拨动他的情绪,以后,他再不会给她这种机会了。

檐下,他碰到不知何时躲到外面的叶奴儿,面无表情地扫了她一眼,心中想起焰娘的话,越过她,步入荒凉的旷野。

卿洵一走,焰娘立刻不支倒地。她长发散落,呕出大量的血,喷在地板上。

要解脱了吧!

"为什么要骗他?为什么?"耳边传来叶奴儿痛心的责问,那声音遥远得仿佛来自另一个世界。

焰娘感觉自己的头被人抬起,放入一个很软的怀中。是谁?

她奋力睁开眼，看到一张沾满泪水的美丽脸庞。是奴儿，她在哭，是为了我吗？一丝浅笑浮上焰娘的脸，那双已不再闪闪发光的眼睛缓缓闭上。这一世，还是有人关心她的。

她终于知道，自己永远也学不来为了生存便什么都不在乎。曾经，她以为自己做到了，现在她才明白，为了心爱的人，为了真正在乎自己的人，甚至仅为一句真诚的话、一个友善的眼神，她都愿意用生命来交换。

焰族女儿的命一向不值钱，她又何曾例外？幸运的是，还有人会为她落泪，她还有什么不满足的？

喂焰娘服下一颗自己珍藏的治伤药，叶奴儿将她移到自己的床上，轻轻为她盖好被子。看着她苍白安详的脸，叶奴儿心中升起一股浓浓的恐惧。焰娘不想活下去了，说不上为什么，她就是知道。如果她不想活，没有人能救得了她。

"焰娘。"叶奴儿轻轻地唤道，将焰娘散在脸上的长发小心拂开。焰娘的痛她感同身受，只是怎能因此而放弃生存的权利？"卿洵不要你，傅昕臣不要我，那又有……又有什么关系？在见着他们之前，我们不也活得好好的？现在只是又回到那段日子而已……"嘴上虽如此说，叶奴儿却知道再也不一样了，心都不在了，又怎会一样？

叶奴儿赶紧停住，让自己脑中保持空白，只因她害怕想起傅昕臣离开后的那段日子，那种痛苦胜过以前所受折磨的千倍万倍，她没有信心自己能再承受一次。

"焰娘，焰娘……"隔了半晌，叶奴儿压下胸口的痛楚，缓缓细语，"外面的花都开了，到处都是，你和我一起去采好不好？

奴儿一个人很孤单……"她难过地将头枕在焰娘脸旁，却几乎感受不到她的呼吸，流下泪来。

焰娘是除傅昕臣外她唯一喜欢并愿意亲近的人，可是……

"活着很好啊，焰娘。我喜欢坐在溪边看白白的云朵，看碧蓝的天空被落日染成各种颜色，听风儿吹过竹林的声音……"那声音……那声音就好像是傅昕臣奏出来的一样，让她常常在深夜产生他仍在身边的错觉。

"焰娘，你喜欢什么？你告诉我，等你好了我陪你去做。"叶奴儿轻柔地问，仿佛认定焰娘仍听得见她的话一般。她真的很孤独，傅昕臣走后她便再没同人说过如此多的话。"可是，只有活着，你才能去做，是不是？"

"活着很好啊……"叶奴儿再次低喃，泪水却早已模糊了双眼，以至没看见那紧闭的双眼在长而翘的睫毛颤动之后缓缓睁开。

"我从没感觉到活着有多好。"几乎听不见的叹息发自茫然看着屋顶的焰娘，她本该安安静静地就这样去了，从此不再烦恼痛苦，可是耳畔不断传来的哭泣及细语却令她死意难决。这一世只有奴儿真心待她，她又如何忍心弃奴儿不顾？

活了二十多年，她从没有一天快乐过，活着又有什么好呢？生命不过是一种负担而已，她尝遍世间冷暖，又怎会不知？

活着真的很好吗？除了奴儿，谁会希望她活着？

第九章 龙源

"不!"卿洵一声低吼,从梦中惊醒,冷汗涔涔地看着屋顶,胸口急剧起伏。待情绪稍为平稳,他掀开被子下床,来到窗前。

窗外仍在淅沥沥地下着雨,走廊上的风灯在风雨中明灭不定,昏黄的灯光透过雨幕直射而来,带给他冰冷的心一丝温暖。

方才他又梦到焰娘被自己打得口喷鲜血、委顿倒地的情景,那难以名状的恐惧感直到现在仍紧紧抓着他,令他不能释怀。

离开那木屋去追踪傅昕臣已有三个月,焰娘却一直没跟上来。

这一路上,他并没有故意隐匿踪迹,按以往的经验,早在第三日他投店的时候,她就应该出现,叵是直到他到达原沙城卿府的别院时,她依旧不见踪影。三个月不见踪影,这在以前是不可能出现的情况。究竟出了什么事?是她的追踪术大不如前了,还是路上碰到了什么阻碍?或者是那一掌……

他不敢再想下去。她不来最好,他不是一直都希望她从自己的生命中消失吗?思及此,他只觉心中一紧,如果她真的从此消失,不见踪影……

一股巨大的失落感无法控制，似阴影般罩着他，令他无处可逃。或许是两人相处得太久了，已养成了习惯。他习惯她时时跟着、追着、缠着自己，当她不再这么做的时候，他竟会觉得浑身不自在。等再久些就好了，习惯是可以改变的。

虽然尽力说服自己，卿洵还是控制不住地想起焰娘执着深情的眼神。忆起她那一滴泪，那放弃一切的表情，他只觉胸口闷得慌，不得不深深地吸了口气，以缓解令人窒息的感觉。

"我想你喜欢的女人是这样的，所以……你可要记住我现在的样子啊，别忘了！我以后是再不会做这种打扮的……"

砰！他一拳打在窗栏上，眼中闪现出不知是愤恨、后悔还是受伤的眼神。他转身回床躺下，却睡意全无，她的音容笑貌、娇嗔痴语却不受控制地冒上心头。他警告自己，他的心中只有净儿一人，他想借想念杨芷净来消除脑海中有关她的画面，可是一点儿用也没有，她的影子就像她的人一样霸道难缠，丝毫不愿放松对他心灵的钳制。最终，卿洵宣告放弃，任由自己的思绪被她完全占据，无眠至天明。

一早，卿洵便动身再次前往叶奴儿所居住的木屋。他不知道自己去那里要做什么，但是他知道自己非去不可，否则以后都会心神不定。

一路行去，并不见焰娘踪迹，看来这次她是决心彻彻底底地消失在自己生命中了。

卿洵并不理会心中莫名其妙的感觉，专心赶路。

七日后，他抵达小镇。

镇上人见他去而复返，均惧怕地远远避开。小店换了个老人看守，见他到来，殷勤地奉上一碗茶，道："卿相公，叶姑娘上次来镇上，嘱老汉如果见着你，便带个口信给你。"

叶姑娘？那个女人！卿洵心中微动，疑惑地看向老人，却没说话。

"叶姑娘说她有事要出去一段日子，卿相公要找她可能不大容易，但她绝对不是去寻傅昕臣，请卿相公不要去找傅昕臣的麻烦。如果知道傅昕臣有什么好歹，她一定不会善罢甘休的。"

老人笑呵呵地讲完威胁的话，老态龙钟地转身去做自己的活儿，一点儿也不在乎这些话的实质意义，只是觉得一向少言又娇弱的叶姑娘竟然会说出这么一番话来，实在有趣。她怯生生的一个小姑娘，连镇上的男人都应付不了，怎么同眼前这个长得凶恶的卿公子算账？呵，走得好，走得好啊！

卿洵不屑，压下想向老人打听焰娘的冲动，起身离去。他施展轻功，只用了半天工夫，便来到木屋。

时值晌午，太阳当空，野花遍地，蝉鸣鸟叫，却无人声。小木屋孤零零地卧在山脚下，门窗紧闭，仿佛主人外出未归。

他推开门，屋内冷冷清清，的确无人。略一犹豫，他走向那道位于木梯下的木门，伸手推开。里面是一间卧室，很简陋，一床两椅、一个储物的大柜，除此之外，别无他物。

他目光落在床上，被褥叠得整整齐齐，被上放着一摞洗干净了的衣服。他大步走上前，一把抓起最上面的那件火红色的纱衣，一抹艳红飘落地上，他伏身拾起。

他的手控制不住地微微颤抖，目光落在下面几件一模一样的红色纱衣上，最下面的白色衣服刺痛了他的眼。他深吸一口气，似乎费尽了所有的力气才将那素白色的衣裙从上面压着的轻纱下抽出来——这是她那日穿在身上的衣服。她的衣服在这儿，人在哪里？

卿洵只觉一阵眩晕袭来，跌坐在床沿上，怔怔地看着手上火红与雪白相衬显得十分艳丽的衣服，脑中一片空白。

良久，他略略回过神，蓦然一跃而起，飞快地搜查了其他几个房间，却一无所获，而后又往屋外搜寻。就在木屋的侧面，他发现了两座坟墓。两座坟虽未立碑，但其上新老杂草丛生，显然已有时日，不是新坟。他缓缓舒了口气，又寻遍屋后竹林及周围各处，尽管一无所获，但绷紧的神经稍稍松弛了些。

天色已晚，他决定暂居谷中，等待主人归来，至于为何要这样做，他却不想去想。有时候，不想，就可以不用承认自己不愿承认的事实。

等了一个月，卿洵才离开。

一切都没变，孤煞没有变，依旧无情无欲、无悲无喜，人人闻之色变；江湖也没变，还是你争我夺，尔虞我诈。唯一不同的是孤煞身边缺了个红颜，江湖上少了个焰娘。

焰娘坐在躺椅里，身上盖着毯子，目光落在窗外斜飞的细雨中。院子里的花木都冒出了嫩绿的新芽，不知不觉又到了二月。

一年来，奴儿为了救她，带着她这个废人走遍了大江南北，受尽艰辛。如非不忍心丢下奴儿孤苦伶仃一个人,她倒宁愿死了的好,省得窝囊到连吃喝拉撒都要人服侍。

这里是江湖中神秘莫测的龙源,她和奴儿进来得有些莫名其妙。几日来,除了衣食有人照管外,并没人告诉她们被请进来的缘由。若是傅昕臣的主意,那为何他一直不露面?对于奴儿,他是否依旧难以抉择?

一丝疲倦涌上来,焰娘打了个呵欠,昏昏沉沉地睡了过去。自受伤后她便是这样,想事情不能太久,否则就极易疲乏。这倒为她省去了不少痛苦,除了行动不便,她比以前快乐百倍,偶尔教奴儿读书认字,既单纯又不费脑筋,也不伤心。

再次醒过来,已是傍晚时分。只见奴儿一人闷闷地坐在椅内,不知在想些什么,一会儿蹙眉叹息,一会儿又笑意盈盈,与近来的沉寂优雅大不相同。今日中午她被请去见了一个人,是傅昕臣吗?否则谁会对她产生如此大的影响?

"奴儿。"焰娘轻唤,因受伤,她连大声点说话也不成了。

叶奴儿恍若未闻,依旧沉浸在自己的思绪内。

轻轻叹了口气,焰娘闭上眼,深深地吸了口气,突然一阵猛咳。

叶奴儿一惊,回过神来,紧张地跑到焰娘跟前,一边为她抚背顺气,一边焦急地问:"你怎么了,有没有事?"

焰娘缓缓平复下来,感觉到胸口微痛,知道自己过于用力了。她毫不在乎地微微一笑道:"你想得出神,我不这样,怎能唤醒你?究竟发生了什么事?"

见她没事,叶奴儿坐回椅内,脸上愁绪浮现,却又难掩喜悦。

咬了咬下嘴唇，她尽力语气平静地道："我……我要和傅昕臣成亲了。原来……原来他也在这儿。"叶奴儿并不知傅昕臣是这里的主人，只知那个似有难言之隐，对自己又极好的叶洽才是。

"什么？"焰娘不敢相信地看着一脸茫然的叶奴儿，怎么仅短短半日不见，她就要成亲了呢，"傅昕臣竟会同意？"

"是……是他主动提的。"叶奴儿讷讷地道。她虽然有些想不通，但还是欢喜地答应了，反正……反正她不会后悔就是。

"什么？"焰娘再次惊呼，虽然声音有气无力，但足以引起叶奴儿的不安。

"我知道他是有一点点喜欢我，"轻轻地，叶奴儿说出她的顾虑，"可是……他最喜欢的是净姑娘，我怕我和他成亲后，净姑娘不会开心，不知他们之间出了什么问题……"

"傻瓜！"焰娘皱眉，但因提不起劲，骂人的声音便似呻吟，"傅昕臣如果不是喜欢极了你，他是绝对不会娶你的。就是叫人拿着剑搁在他脖子上也不成！他们这种男人……另外，杨芷净已死了五六年了，你不知道吗？"这笨丫头怎么什么都不知道，亏她喜欢傅昕臣这么久。

"啊！"叶奴儿轻叫出声，"净姑娘死了？"她除了喜欢傅昕臣，什么也不知道，傅昕臣从不和她说杨芷净的事，她也不在意。她只知道傅昕臣一直不开心，她只能隐隐猜到与杨芷净有关，没想到会是……她的心不禁隐隐作痛，为傅昕臣感到心疼。以后，她再不会让他伤心了！

"你那是什么表情？"看到叶奴儿脸上露出难过的表情时，只觉无奈，奴儿的善良有时还真让人觉得无力。

"那个女人，死了还带走两个男人的心。现在好了，其中一颗总算解脱了出来。奴儿，恭喜你！"后面的话焰娘说得诚心，但眼睛却不禁发酸，自己是没有那福分了。

"焰娘，叶洽说为你找了大夫，你会很快好起来的！"为了不让焰娘因想起卿洵感到难过，叶奴儿心虚地说出连自己也不相信的话，经过了长达一年的求医后，她已不敢抱太大希望。

"奴儿，你会说谎了哦！"焰娘失笑，"你当我怕死？"由着叶奴儿救她，是想借此为她觅得一个好归宿，现在心愿已了，她还有什么可害怕的？

"你……你舍得下卿洵吗？"叶奴儿为她心酸，她怎能如此不在意自己的生命？活着即便再辛苦，但是还有希望，不是吗？

乍闻卿洵，焰娘潇洒不羁的笑顿时僵住，幽幽叹了口气："他是说得出做得到的，我以后是再也不可能见到他了。"那日他被自己气走时所说的话犹在耳边，她怎能不当一回事？何况现在自己如同废人，舍不下又能怎样？难道还要拿他被逼迫发下的誓言穷追不舍吗？他一心一意只爱一个人，自己为什么非要纠缠，非不放下呢？

叶奴儿黯然，她懂焰娘的心思，所以无话可说。

"几次想进龙源看看，结果差点连小命都丢了，还是进不了门，咳咳……"焰娘笑着转开话题，不想让她担心，"没想到这回这么容易就进来了，命运真是捉弄人啊……"

如今，奴儿还在四处为她寻医问药，请大夫来医治。

大夫？焰娘嘲讽地一笑，卿洵的功夫是假的吗？尽管她有真气护体，不至死于当场，却免不了经脉俱断，能看、能听、能说已是不易，谁还有那个本事将自己断裂的经脉接回？

门上响起一声轻叩门声，打断了焰娘的沉思，心中正猜测着谁人如此有礼时，眼中已映入一个她做梦也没有想到的人。

那是一个让人见上一眼便永不会忘记、永不会认错的男人：及腰的银发、慑人的银色眼眸，可媲美神祇的气度，以及那永远温和、让人舒心的笑，只有一个人可以拥有——明昭成加！

焰娘呆住，只能怔怔地看着他，不能思考。

"在下白隐，也是龙源的一员。"声如清风，泛着银光的眼神落在焰娘脸上，不着痕迹地打量着她，似乎想从她身上找到点什么。

"你……"焰娘说不下去，唯有闭上眼，掩饰其中无法控制的激动及泪光。

他是龙源的一员？他为什么要背弃焰族？要知道焰族的男子是不可以在焰族以外的地方落地生根的。他承认自己是龙源的人，那不是背叛族人是什么？

一声难以抑制的低泣从焰娘唇间迸出，吓得她赶紧咬住下唇。

"姑娘？"白隐狐疑地走近，微微俯身，在看见焰娘眉梢处一道不是很明显的疤痕时，他笑容微凝，"小五？"

温柔而不确定的轻唤，令焰娘再也控制不住，泪水从紧闭的眼中流出，顺脸而下。她感到一双手温柔地捧住自己的脸，轻轻掰开她紧咬的嘴唇，而后又小心翼翼为她拭去脸上的泪水。一种不知是喜是悲的复杂情绪涌上心头，令她首次在人前低声啜泣起来。

"小五，为什么哭？"白隐轻柔地将焰娘揽进怀中，声音徐缓如前，没有剧烈的情绪波动，仿佛两人从未分开过，只有那因确认而更显灿烂的笑容泄露了他的心情。

焰娘趴在他怀里,哽咽着说不出话来。只有在他面前,她才能表现出最真实的自我。太久了,她戴了太久的面具,今日终于摘了下来。

抱着她坐进椅内,白隐细心地为她将长发撩在耳后,笑道:"我的小五长大了,变得好漂亮,焰族女子哪一个能比得上你?"

焰娘被他夸张的语气逗笑,睁开眼,泪眼蒙眬地看向这个一向不懂生气为何物的男人,道:"红瑚……"不知为何,她想起了那个孤高的女子。

"嗯?"白隐微惑,对这个名字似是没有印象,也无心深究,扯开话题,"怎么伤成这样?"小五的功夫是他教的,除非这些年荒废了,否则谁有那个本事可伤她至此?

"二哥,你还是那么爱笑!"焰娘也扯开话题,不想谈这事。

"告诉我!"白隐不容她隐瞒,温和但强硬地命令,心中却已升起不好的预感。

"二哥,求你,他……他不是有意的……"焰娘低声哀求。她这兄长,脾性一点儿也没变,看似温和无害,却固执得让人头痛。

"他?"白隐依旧面带微笑,眼神中却已透出凝重,看小五如此维护那人,可想而知那人在她心中的地位。他也知道焰族女儿的命运,难道说小五也遇到同样的情况?那样的话就糟了。

"是……是……二哥,你怎么出来了?"焰娘有口难言,忽然想起自己最开始的疑问,正好可替她解围。

白隐不再逼她,脸上露出回忆的神色:"那日我从青原回来,四处找你找不着,母亲告诉我,你已在三日前被送出了龙峪峡。

我当时大发脾气，砸了很多东西，便也离开了那里。他们不守信用，我又何必管他们死活？出来后，我一直在找你，可是茫茫人海，要找你一个小女孩谈何容易？这期间我也救了不少焰娘，可是却无一人认识你，我一度以为你……还好上苍保佑，总算让我们兄妹相见了！"

他轻描淡写，寥寥几句话便说完这些年的经历，焰娘却知道这其中所经历的艰难困苦不是常人所能想象的，心中不禁一阵难过。她从没想过，一向恬淡优雅的二哥竟会为她离族。

"二哥，你……"她的眼泪再次流下，似乎多年来积攒的泪水要在这一次流干似的。

"乖，不哭了。"白隐安慰地抚着她瘦削的肩，轻声细语地哄着，仿佛她仍是那个不谙世事的小娃娃，"有二哥陪着你，以后再没人敢欺负我的小五了。"

"说话可要算数，二哥。小五再不要和二哥分开了！"焰娘含笑说着违心的话。她自知命不久矣，却不忍让二哥跟着难过。

这一刻，她知道无论焰族的规矩如何冷漠严苛，也无法禁锢人的感情。二哥一向温文尔雅，不想所做之事竟大胆得胜过任何号称勇武之士的焰族男子。

白隐的银色眸子泛着洞悉一切的光芒，他了然一笑，将话题转开："告诉我，是谁那么有福气，赢得了我们小五的芳心？"他不爱动怒，但这并不代表他不追究。

焰娘知道躲不了，何况即便自己不说，他也可从奴儿、傅昕臣那里探知。她轻轻叹了口气，如实道："二哥，我……我……我和他已经没有瓜葛了，他……唉，他是卿洵。"提起这个名字，她心里一阵酸楚，顿了一顿，又道，"你别去找他，他不是有意的。"她知道，凭他的智慧，一定能查到是卿洵伤了自己，怕他去找卿洵麻烦，故如此说。

闻言，白隐笑容不变，却有着让人觉得高深莫测的感觉："既然小五的心在他身上，二哥又怎会惹小五伤心？"

原来是卿洵。没想到近几年江湖上一直流传的孤煞身旁的红颜竟是小五，世事真是巧合得离谱。

"你和他究竟是什么一回事？他到底喜不喜欢你？知不知道你伤成这样？"任何一个有担当的男人都不会在自己的女人重伤之后弃之不顾，孤煞如果真是这样的男人，也不值得小五为他付出所有感情了。

"他……不知道。"焰娘缓缓闭上眼，觉得好累好累。见到久别的二哥的喜悦开心、谈起卿洵的揪心疼痛，令她感到精疲力竭，她好想就这么在二哥怀中睡过去，什么也不想，"在他心中……只有杨芷净……"声音逐渐减弱，她的意识逐渐模糊。

将焰娘放上床，白隐修长的手指怜惜地抚过她在睡梦中依旧紧蹙的眉头。即便恼怒卿洵的无情，但自十七岁那年发过脾气之后，他的情绪便再没起过太大波澜，似乎，早已看透一切。

小五虽经脉俱断，但他身为焰族医皇，又岂会束手无策！探查过她的伤势，他有信心令她恢复如常人。或许会武功全失，不过，又有什么关系？有他在，谁能欺负他的小五！

只是……他的笑微露无奈，目光落在焰娘忧郁的小脸上。世事总是难以预料的，尤其是人心。

豫江春满园湘雅阁内,卿洵一身白衣,闲坐品茗,一双让人摸不透情绪的浅棕色眸子则牢牢地看着对面秀发垂腰的抚琴女子。

那是一个很美丽的女人,有着足够魅惑人的本钱,而她也很善于利用这一点。但是独独对他,江湖中威名赫赫的卿洵,她只存有尊敬和感激,不会将他当一般男人对待。

琴声止,余音不绝。

她——春满园的首席红姑娇子抬起头来,略带娇羞地迎着卿洵毫不避讳的目光,对他丑陋的容貌无丝毫嫌弃和惧意。相处得久了,反觉得他浑身上下散发出一股独特的男性魅力,令她倾心。她知道,如果卿洵开口要她,她会毫不犹豫和他在一起。可是几个月来,他只是这么看着自己,极少说话,不像其他男人,想尽法子讨好她,只为一亲芳泽。

"卿公子,妾身今日请公子来,实是有事请教。"娇子缓缓起身,在卿洵侧旁椅上坐下。她一直为卿洵不肯表态而犯愁,昨日忽得一计,希望能借此一探他的真心。

"何事?"卿洵抿了口茶,淡淡地问。

他不知自己怎么了,一向不爱多管闲事,那日却出手从一群贼人手中救了她;他从不踏足烟花之地,这几月却因她的邀请屡次光顾春满园。究竟自己在想些什么?只为着那纤长的眉、娇媚的眼吗?

"妾身……"娇子欲言又止,白皙的脸在卿洵灼灼的目光下已泛粉色,她顿了一顿,继续道,"前日赵家公子想为妾身赎身,迎娶妾身为正室,妾身不知是否该应了他,所以想到请公子来,向公子讨个主意。如果公子说不好,妾身……妾身便推了他。"

语罢娇羞不已,此番话几乎已明确表明了她的心意,只看卿洵是否解得风情了。

那个女人一向任性妄为,想怎样便怎样,怎会征询他的意见?眼前之人终不是她!

卿洵暗叹一口气,失落地垂下眼,这一年来一直缠绕心间的孤寂日趋浓厚。她不再纠缠他之后,他才赫然发现,她跟随他的这几年,他从未寂寞。

眼前这个女人不是她,虽有相似的眉眼,却有不同的风情。不是她,所以无论这女子对他如何好,他依旧寂寞;不是她,他自然不会插手这女子的婚嫁。

隔壁房中传来笙竹之声,欢声笑语中,有人在唱歌。

被噬心的孤寂缠绕,卿洵皱眉闭眼,仰靠向椅背,脑海中的红衣丽人显得越加清晰。这么久了,为什么他还是忘不了?他痛恨地握紧拳,心痛得几乎无法呼吸。她可以忘记他,为什么他不能?他不能?

"卿公子……"他的反应令娇子欣喜,颇有些心急地想听他亲口说出她梦寐以求的话。

卿洵恍若未闻。

娇媚的女声自隔壁隐隐传来,所唱曲子的旋律与中原音律大不相同,但却好听无比。

卿洵浑身一震,蓦然睁大眼,凝神听去。

"月儿悬在龙天山,色如流水似冰璇。我家小女初十二,艳从月,香自兰,可怜命如月色兰。情是火,恋是焰,纷纷渺渺蝶儿散。"

同样的曲子，在那个大雪中的小店内，他不止一次听那个红衣女子唱起。

"卿公子！"他的反应令娇子略略不安，先前的欣喜渐散，代之的是等待答案的焦虑。

"奴家焰娘，各位大爷莫要忘了……"唱歌的女声隐约响起，在卿洵耳中却恍若惊雷。

焰娘！

没有注意到娇子期待的眼神，卿洵突然站起，风一般冲出门。

娇子吓了一跳，还以为自己的试探惹怒了他。她心中一慌，赶紧追了出去，只希望他不要因此而不理自己才好。不想她追出门后，竟看见卿洵一把推开隔壁的门，怔在门口。

娇子大惑，悄悄来至他身后，透过缝隙往屋内望。

只见门内有三男四女，都因卿洵突兀的行为当场愣住，尤其是那四个女人，见到卿洵，脸上均露出恐惧的神色，没有人说一句话。

缓缓地，卿洵的目光从四个女子身上一一扫过，最后落在立于中央、一身桃红色衣裙的美丽女子身上，他开口问道："你叫焰娘？"

"是。"女子虽然心中害怕，但眼中却流露出倔强的光芒。

不是她！卿洵痛苦地闭上眼，原本已提到喉咙的心因她的回答而急剧降落，落至黑暗无光的炼狱中。不是她！手握紧又松开，松开又握紧，他深吸一口气，强压下暗涌的情绪，强令自己平静。蓦然转身离开，就像他来时那么突然，毫不理会身后娇子的呼唤。

娇子失落地站在原地，看着他背影消失的地方，知道自己已毫无希望，他的心早已被另一个女人占满。一直以来，她都以为他对自己有意，因为他总爱目不转睛地看着她，他没说，只是因为他不善表达罢了。直到这一刻她才明白，这几个月来，他看着的不是自己，而是在她身上的另一个女人的影子。

娇子目光落向屋内那三个油头粉面，看来也是大户人家的公子，他们自卿洵出现便一直噤若寒蝉，直至他离去，才稍稍恢复神色。

不屑地撇撇红唇，娇子转身回自己的房间。就算卿洵不要她，她也不会将自己的终身托付给这类中看不中用的纨绔子弟。

第十章 永世

"长相思,相思者谁?自从送上马,夜夜愁空帏。晓窥玉镜双蛾眉,怨君却是怜君时。……人生有情甘白首,何乃不得长相随。潇潇风雨,喔喔鸡鸣。相思者谁?梦寐见之。"

焰娘坐在古藤架起的秋千上,悠悠地荡着……荡着……似水的目光越过重重楼宇,落在天边的晚霞上,眉梢笼着一股浅浅却挥之不去的愁绪。

红瑚凄怨的歌声似魔咒般紧紧抓住她的心,她挥之不去。从前听到这首歌时,自己还大大不屑,不想却已刻在心底深处,隔了这么久,依然清晰,宛在耳边。

"又在想他?"白隐的声音从一侧传来,似二月的风,轻轻拂去她满怀的愁绪。

焰娘偏头而笑,看向这个从一生下来便戴着光环、不知忧愁为何物,除了笑不会有其他表情的俊美男人,却没回答他。

"如果连笑都带着忧郁,那还不如不笑。"白隐走上前,抓住秋千,俯身看着她。他俊美的脸上挂着温柔的笑,泛着银光的眸子却透露出不悦，显然很不满焰娘的敷衍。

焰娘闻言，不禁轻轻叹了口气，偎进他怀中："二哥，奴儿与傅昕臣明天成亲，他……他可能会来。"

"你在担心什么？"抬起她的脸，白隐问，"你不是说过，你和他已经没有瓜葛了吗？既然他不将你放在心上，你又何苦如此折磨自己？"

"我……我……我没有办法不想他。"焰娘眼眶微红，蓦然起身，走到一棵花开得正盛的石榴树下，垂首轻轻啜泣起来。自从见到白隐之后，她便变得脆弱易哭，与以前坚强的焰娘完全不同。

无奈地一笑，白隐步态优雅地来至她身后，双手按上她的肩，安慰道："为什么又哭？二哥又没叫你不想他。乖，不要哭了，你看！"他伸手摘下一朵火焰般的石榴花递到焰娘眼前，"我的小五应该和石榴花一样热情奔放，尽情享受生命，而不是现在这样多愁善感，眼泪始终干不了。"

接过石榴花，焰娘拭干眼泪，定定地看着那似血似火的颜色出了神。多年前，那红纱飘飞、无拘无束、除了生存什么也不放在心上的女孩到哪儿去了？自从遇见卿洵之后，她便开始逐渐迷失了自己，直到现在，连她都快不认识自己了。难道说爱一个人，真的会丢失自己？

将石榴花插在鬓边，焰娘转过身，对着白隐露出一个比花还娇艳的笑颜。她双手背负，轻盈地转了个圈，裙摆飞扬之间道："小五可比石榴花美丽百倍！"见到白隐之后，她开始逐渐找回在卿洵身边消失殆尽的自信。既然她决定活下来，自然要活得像个人，而非行尸走肉。

"小心,你的身体还弱得很!"白隐大悦,却不忘伸手扶住她。

"没事。唔……穿鞋真难受。"焰娘抱怨地踢了踢穿着鹅黄缎面鞋子的脚,非常不满意这种拘束的感觉。

"活该,谁叫你不珍惜自己。"白隐毫不同情地以指节轻叩她光洁的额头,"还有,我警告你,不准偷偷脱鞋!"

"哦,知道了。"焰娘皱鼻,无奈地应了,心中一动,记起一事来,"二哥,你认识阿古塔家的女儿吗?"记得红瑚曾向自己问起过明昭成加,想必两人相识。

白隐微微思索后摇了摇头,一头银发在阳光下闪着耀眼的光芒,令焰娘再次产生"他是不是天神下凡"的想法。从小她就像崇拜神祇一样崇拜着他,直到现在,她依旧有这种感觉。

"怎么想起问这个?"白隐随口问道,扶着焰娘往屋内走去。她的伤初愈,不宜站立过久。

"人家记得你呢!"焰娘怨责白隐的无情,人家女孩儿将他放在心上,他却连人也记不起,真是枉费人家一片心思。

白隐淡淡地笑,丝毫不觉内疚,柔声道:"多年来,我救人无数,哪能记得那么多?她是不是阿古塔家的女儿,我根本不在意。你也清楚,我救人,是从不问对方姓名来历的。"

这倒是!焰娘在心底为红瑚叹息,她这二哥与她想的丝毫不差,是个下凡来解救世人的天神,永不会动男女私情,只可惜了那个孤傲女子的一片痴心。

"那你以后别忘了这世上还有个'不肯随人过湖去,月明夜夜自吹箫'的美丽阿古塔姑娘。"她认真地说道。因为世上最可悲的事,莫过于自己倾心的人却不知有自己的存在。她做不了什么,只能让他记住有红瑚这么一个人。

"不肯随人过湖去,月明夜夜自吹箫……"白隐低声重复,带笑的眸子中闪过欣赏的光。好个孤高清冷的女子!只凭这一句诗,他几乎可以在脑海中勾画出她的模样。

"我要去看看奴儿,她从没见过人成亲,现在一定不知所措。"焰娘转开话题,她心中惦记着叶奴儿,其他的事都成了次要。

"一起去吧,我去和傅主聊几句。你切记勿要太累,过一会儿我来接你。"

"知道了。"

"一拜天地——"鼓乐声中,一对新人开始行跪拜大礼。

大厅中虽坐满了人,却不嘈杂,参加婚礼之人均非常人,其中又以立于新人不远处一峨冠博带的中年男人最为醒目,不只因为他高大魁梧及充满魅力的长相,还有那似悲似喜,却又似悔恨的表情。

焰娘坐在白隐身旁,却专注地观察着男人的表情,心中忆起奴儿昨夜同她说过的话:"他是我爹爹。我……我叫叶青鸿。二十几年来,我记得的事并不多,但是记忆中竟然有他。我坐在他怀里,他用胡子扎我的脸,我笑着躲着,喊着'爹爹,我求饶'……他为什么不要我?他现在对我这么好又是为了什么?我明天就要成为傅昕臣的妻子了,以后……以后……"

看来,奴儿的认知一点没错。叶洽除了与她有相似的五官外,他现在的表情足以说明一切。想必他一定很遗憾自己不能坐在高堂的位置受新人参拜,这可能会成为他终身的憾事。焰娘无声地叹了口气。

"二拜高堂——"

叶洺脸上闪过一丝激动,却强忍住了,什么也没做,心中充满了当年抛弃妻女的悔恨。

焰娘再次在心中叹了口气。

"且慢。"伴随着一声沙哑的声音,卿洵突然闯了进来,打断了正欲下拜的新人。

焰娘僵住,他还是来了,还是为了他的师妹而来强行分开一对真心相爱的人。他还是这么死心眼!

大厅登时一片寂静。声音传来处,只见卿洵一身灰衣,神色如鹙鸟。

久违了!焰娘只觉眼睛微酸,目光落在那令她魂断神伤的男人身上,再也不能移开。

一只温暖的大手握住了她的手,她没看,她知道那是白隐。他在担心她,她嘴角浮起一抹浅笑。她没事!她真的没事了!

"卿公子如果是来观礼的,请于客席坐下,待我主行完大礼,再来与公子叙旧。"

龙源主事之一——关一之的声音传进焰娘耳中,她不禁心中冷笑:他会来观礼?就是太阳打西边出来也不可能!

果然,卿洵理也未理关一之,一双眼睛直盯傅昕臣,木然道:"你背叛净儿!我会杀了她。"后面一句他是看着叶奴儿说的。

一年多来,他没找傅昕臣与叶奴儿的麻烦,除了因知道傅昕臣确实一直待在梅园陪伴净儿外,还有就是焰娘的求情。若非她,他早杀了叶奴儿,也就不会有今天了。

一想到焰娘，一股无法言喻的痛自心底升起，就像这一年来每次想起她的时候一样。他赶紧深吸一口气，将那种痛楚强行压下。今天之后，或许他就不会再痛了。

"傅某对你屡次忍让……"

傅昕臣的话焰娘没有听进去，她只觉得眼前发黑，在恢复过来后，一股想狂笑的冲动差点逼疯她。他心中始终念念不忘他的净儿，而她跟了他九年，却得不到他的一丝关注。他进来这么久，自己看了他这么久，他却毫无察觉。可笑啊可笑，笑自己痴心一片，笑他的专情固执。

"卑鄙！"白隐温和的声音在她耳边响起，令她清醒过来，不禁失笑。她这二哥，连斥责的话也可以说得这么好听，他是怎么做到的？

她尚未来得及细想，白隐已飘然离座，一拳直逼仍立于厅外的卿洵。

那边叶洽、关一之也各施绝技，与卿洵交起手来。

这三人之中，无论哪一人，都有与卿洵一拼之力，何况三人联手！虽知他们无杀卿洵之意，可是如果卿洵被他们活捉了，以他的烂脾气，不自我了断才怪。她现在武功尽失，已无力帮他。而就算她有能力帮他，这一次她也决不会助他破坏奴儿的幸福。

压下心中的关切，她站起身向大门缓缓走去。不忍见到他被擒的狼狈，害怕自己会控制不住开口为他求情，她只有强忍心痛离开。她会在外面等着，等着他。

一双大手蓦然扶住她，她仰首对着从战圈中撤退的银发男人浅浅一笑："我没那么娇弱。"他总是不放心她。

"爹爹，不要打了。"

叶奴儿的声音突然传进焰娘耳中，令她露出会意及祝福的微笑。奴儿终于解开了心结，她一直都知道，奴儿是个善良宽容的孩子。

就在叶洽雄躯一震，突然静止不动的时候，傅昕臣阻止关一之的声音也传了来。

奇了，傅昕臣好大的度量！

焰娘心中虽讽笑，却也着实松了一口气——他没事，那就最好！

白隐蓦然退出战圈，卿洵立觉所受压力大减。他心中疑惑，目光已透过叶洽和关一之的掌隙看见一人，登时如受雷击，整个人僵在当场，不能动弹。

叶洽的退开，关一之近在咫尺的攻击，他全然不觉，一双眼睛紧盯着那身穿水蓝色长裙的女子，连眼也不敢眨一下。

是她吗？是那个他怎么也放不下的女人吗？她的纤瘦，她的憔悴，还有她不稳的步伐，都在告诉他，眼前的这个女子不会武功，提醒着他的错认。可是那纤长的眉、娇媚的眼，以及那动人心弦的笑，除了她，还有谁可以拥有？

焰儿？

焰儿！

无法言喻的激动似巨浪般冲击着他早已腐朽的心墙，令他无法自持。只是她甜美温柔的笑刺痛了他的眼，那亲密相依的身影摧毁了他傲人的自制力。

"放开她！"他哑声怒喝，双眼几乎喷出火来。她是他的，谁也不准碰！

那明媚的眸子终于望向他，正当他为此而心跳加速时，她又淡然地看向身旁的男子，仿佛方才看到的只是一个无关紧要的人。

那样的冷漠，像一把利刃猛插进他胸口，痛得他几乎喘不过气来，可是他的目光依旧无法从她身上挪开。

银发男人在卿洵几乎置人于死地的目光下，依旧笑得泰然，那是一种旁若无人的笑，让人觉得，即便世界毁灭，他仍可笑得如此自在。不过当他低头看向蓝衣女子时，他的笑容中加入了怜爱，声音中也充满了疼惜："你还要和他牵扯不清吗？"

那蓝衣女子回了一个千娇百媚的笑，柔声道："我的心思你是最了解的了，还用我说？走吧。"

她没看卿洵，转过头，对叶奴儿道："奴儿……"

卿洵痛苦地闭上眼，周围的一切全被隔绝。

恍惚中，他忆起两人怨爱难分的纠缠，一度令他厌弃的生活却在她离开后的这段日子变成最难舍的回忆。一遍又一遍地重温两人相处的每一个细节，终于，他懂了自己的心。

没有寻她，不是不想，而是没有勇气——他害怕会得到他最不愿面对的消息。不寻她，他就还可以自以为是地认为她是为了叶奴儿离开他，而不是——那一掌。那一掌，他下手没有丝毫留情。

是的，他没有想错，她不仅好好的，而且还找了别的男人！

卿洵蓦然睁开眼，嫉妒的火焰在他棕色的眸子中熊熊燃烧，似乎想将一切化为灰烬。看到她与银发男子打算离开的背影，他心中痛苦和愤怒交织，蓦然一声悲啸，凝聚全身功力使出破空一拳，直逼银发男人，欲将他击毙。

她休想!自从他发誓的那一刻起,她就是他的,一生一世!现在他决定不止这一辈子,还有下一辈子,下下辈子……永生永世,他都要定了她,她逃不了!

白隐丝毫不敢小觑他这含怒而发的一拳,忙放开焰娘举掌相迎。

卿洵嘴角扬起一抹冷笑,阴郁地望着一旁茫然失措的焰娘,柔声道:"跟我走吧!"语毕,不再和白隐多做纠缠,搂住她的纤腰,在白隐反应过来前,向后疾退。

卿洵打定主意要逃,有谁能拦得住?

在平静的江面上,一艘华丽的船缓慢地顺流而下。焰娘坐在舱内,目光淡漠地落在窗外不断逝去的翠绿河岸。

他既然不要她,又擒她来做什么?本来自己已决定放弃,他又何苦再来撩拨她的心,让她再次升起渴望?他难道不知道,现在的她已无力追逐于他的身后?摆脱她,这是他最好的机会。

他究竟想做什么?焰娘疲惫地闭上眼,为卿洵反常的行径头痛不已。

舱门被推开的声音响起,没听见脚步声,但是她知道有人来到了她身后。不用回头,她也知道是谁。只是她未料到的是,下一刻她已被打横抱起,向床走去。

她吓了一跳,目光自然而然地落在已换上一身白袍的卿洵脸上。那张脸不再有初时的愤怒,恢复成以往的木然,浅棕色的眸子却紧紧盯着她,令她不能移开目光。

"喂,你告诉我,捉我来有何目的?"收拾起消极的心情,焰娘顺势搂住他的脖子，又撒起娇来。

焰娘想他最厌恶的就是这一套，也许会立刻将自己丢在地上。很怀念啊，很怀念他轻蔑的表情，至少那证明他眼中还看得到她。

没有回应，卿洵将她轻轻放在床上，正要伸直腰，却发觉她的手搂着自己的脖子没有放开的意思。他木然地回视她，等待她的下一步动作。

"你不回答，休想人家放开。"焰娘娇笑道。以前她都是这样逼这闷葫芦说话，没想到现在还有这个机会。

一抹若有若无的笑浮上卿洵嘴角，他蓦然抱起焰娘，一个转身，自己坐上了床沿，焰娘则被搁在了他腿上。

焰娘着实吃了一惊，忍不住收回手揉了揉眼睛——是她眼花，还是她在做梦？她可以想出千万种可能，但绝想不到卿洵会有这种反应。他……是不是生病了？一伸手，她按在了卿洵的额上。

卿洵看着她，突然紧紧抱住她大笑出声，声音虽然嘶哑难听，却极尽欢娱快活，仿佛碰上了世上最令人开心的事。

紧挨着他的身子，感觉到他胸膛传来从未有过的震动，焰娘突然觉得头有些晕。一定是她的病还未好，而且还有加重的倾向。

笑声渐止，卿洵突然伸手为焰娘脱掉鞋袜，在她狐疑的眼神中，用他的手轻轻握住她纤细白皙的脚，爱怜地摩挲："我还是喜欢你不穿鞋的样子。"

焰娘从没见过这么反常的卿洵，被他吓住，心中不禁害怕，只当他是在捉弄自己。现在的她，可经不住折腾。

"你是你，我是我，我穿不穿鞋，与你毫不相干。"笑眯眯地，焰娘一边筑起厚厚的心墙以防被伤，一边挣扎着想从卿洵怀中挣脱，虽然留恋，她却知不宜久留。

卿洵脸色一变，双手用力，将她紧箍在怀中，令她动弹不得："你是我的女人，怎么不相干？"

沙哑的声音仿佛警告，焰娘却敏锐地察觉到其中令人心碎的痛楚，不禁微微蹙眉，他……可是当真？

"那是卿夫人逼的，你……你从来不是心甘情愿。"焰娘忍着心中伤疤被撕裂的剧痛，低低地说出了十年来两人心中都明白的事实。以前她心中总是存着希望，于是从来闭口不提。可是现在她已是废人一个，哪里还敢奢望什么？

"你送我回去吧，我发誓，以后再不纠缠你。"终于，她决定不再伪装自己，脸上一片惨白，一股寒意涌上心头，她禁不住微微颤抖。

"休想！"卿洵闭上眼，痛苦地低吼，手上的力道令焰娘几乎喘不过气来，"我不放，永远也不……"他不善表达，即使到了这一刻，依旧无法确切地表达出自己的心意，只知道用那双强劲的手臂紧紧地抱着，抱着自己不想失去的一切。

"永远？"焰娘茫然，这两个字她从不敢想，可是如今，竟从他口中吐出，"我不走，你不要那么用力，我快喘不过气来了。"

卿洵的手臂微微放松，看着她的目光竟变得温柔，就连那一向骇人的脸部轮廓也因此变得柔和。

她情不自禁地伸手勾住卿洵的脖子，吻上他的唇。与以前不同的是，卿洵立即给予了她热烈的回应，和以前的木然完全不同。

"焰儿……"喘息的间隙，卿洵沙哑地呼唤出这一年来在他脑海中盘旋的名字。从来没珍惜在意过，却不想已放在了心底最深处。

"什么？"焰娘惊愕地后仰，怀疑自己听错——他唤的是何人？

"焰儿。"卿洵重复，不舍地吻上她仍紧蹙的眉，这里，不该有折痕，在这张脸上，他习惯看到笑容，"焰儿……"

他喊的是焰儿！在那次被迫的选择中，他喊的也是焰儿，难道……

焰娘不敢想下去，这一切都是她渴望却从不敢奢求的，只怕……只怕还是梦吧。

"卿洵，我是焰娘……那个……你最讨厌的……唔……"焰娘鼓起勇气，颤抖着声音想要确定，却被卿洵用唇轻轻吻去了最后的两个字。

她瞪大眼睛，不敢相信眼前的卿洵是自己所认识的那个人。

"不要说。对不起。"自责的语调，任谁也想不到会从卿洵口中听到。

可这一刻，不，在知道失去焰娘的那一刻起，即便心中不承认，但自己已经在自责痛悔了。

"别……"焰娘伸手捂住卿洵的嘴，呆呆地与他深情温柔的目光对视。她突然抱住他的脖子，失声痛哭。她终于明白，她的所有深情都有了回报。不需要太多的语言，只从他看自己的眼神，她就可以肯定。可是焰族女子的情……

尾声

春天的湖水绿得像玉,一阵风拂过,泛起层层水波,然后一切又归于平静。湖畔竹林中,一位长发束在脑后、白衣飘飘的女子手持玉箫面湖而立,一双清澈的眼睛凝视着湖面,不知在想些什么。

"不肯随人过湖去,月明夜夜自吹箫……"良久,她低声吟唱出这首她钟爱的歌,一丝莫名的凄楚浮上眉梢。

就在此时,她耳边传来欢快的笑声,接着是一阵沙哑的说话声。

"来,焰儿,把鞋穿上。"男人的声音中有宠溺,有无奈,还有一丝心疼。

"不要,我讨厌穿鞋!"撒娇的女声透露出她的恃宠而骄,"卿郎,你不要和二哥一样总让人家穿鞋呀。"

"可是……"男人显然很矛盾。

"没什么可是,我知道你怕我脚受伤。大不了,你抱人家好了。"女人轻轻一笑,语气中充满撒娇和挑逗。

沉默片刻，男人声音低哑地应道："好。"接着是脚步远去的声音。

焰娘成加终于得到自己的幸福了吗？女子露出一个温柔的笑。

自古以来，焰族女子的感情从来没有得到过回报，一个个花样年华的貌美女儿似一只只扑火的飞蛾，又似一堆堆自焚的火焰，在自己炽热的感情中化为灰烬。而焰娘成加何其有幸，虽功力全失，却终于找到了焰族女儿梦寐以求的真爱。

可是为了爱而失去自己，值得吗？

多年来，她一直在不停地思考这个问题。尽管她一直努力使自己脱离焰娘这个身份的束缚，可是体内流淌的血又有谁能否认呢？

"我以火焰之神的血液诅咒，焰族女人会为自己心爱的人所唾弃……"

古老邪恶的诅咒犹在夜空飘荡，而女子美丽的脸上却浮起不屑的笑。

焰娘，祝福你！

（完）

图书在版编目（CIP）数据

挽香月 / 黑颜著 . -- 成都：成都时代出版社，2023.7

ISBN 978-7-5464-3199-4

Ⅰ.①挽… Ⅱ.①黑… Ⅲ.①中篇小说—小说集—中国—当代 Ⅳ.① I247.5

中国国家版本馆 CIP 数据核字 (2023) 第 000787 号

挽香月
WAN XIANG YUE

黑颜 / 著

出 品 人	达　海
责任编辑	敬小丽
责任校对	唐莹莹
责任印制	黄　鑫　陈淑雨
封面设计	小雯设计
装帧设计	小雯设计

出版发行	成都时代出版社
电　　话	（028）86742352（编辑部）
	（028）86615250（发行部）
印　　刷	三河市嘉科万达彩色印刷有限公司
规　　格	146mm×210mm
印　　张	8.75
字　　数	200 千
版　　次	2023 年 7 月第 1 版
印　　次	2023 年 7 月第 1 次印刷
书　　号	ISBN 978-7-5464-3199-4
定　　价	42.80 元

著作权所有·违者必究

本书若出现印装质量问题，请与工厂联系。电话：（0316）3159777